LE CHARMANT COTTAGE D'AMELIA

ABBY CLEMENTS

LE CHARMANT COTTAGE D'AMELIA

Traduit de l'anglais
par Maryse Leynaud

EDITIONS PRISMA

Titre de l'édition originale :
Amelia Grey's Fireside Dream

First published in Great Britain in 2013 by Quercus, London.

Responsable éditoriale : Ambre Rouvière
Éditeur : Nicolas Rabeau
Correction et composition : Nord Compo Multimédia
Conception graphique de la couverture : Chloé Sadoun
Photo de couverture : Arrière-plan : © Alina G/Shutterstock
Premier plan : © Pixelrobot/Fotolia et gfdunt/Shutterstock

ISBN : 978-28104-1973-9

PEFC
10-31-1601
Certifié PEFC
pefc-france.org

Depuis 2009, Prisma Media met en place une politique d'achat éco-responsable. Ainsi, près de 100 % du papier de nos magazines est certifié PEFC (gestion durable des forêts). La fabrication des livres des Éditions Prisma s'inscrit également dans cette démarche.

À tous ceux qui ont retapé une vieille maison
pour en faire leur foyer.

PREMIÈRE PARTIE

ÉTÉ

Chapitre 1

Lycée St Catherine, Hackney
Mercredi 1er mai

La classe se vida lentement. Mes élèves de troisième E s'entassèrent dans le couloir en bavardant avec animation. Leur moral remontait en même temps que la température extérieure. Je passai devant chaque bureau pour ramasser les exemplaires de *Gatsby le Magnifique* que je leur avais distribués une heure plus tôt.

– Vous croyez que quelqu'un a pris la peine d'ouvrir le sien ?, demandai-je à Trey qui s'attardait devant son bureau.

Au moins, certains d'entre eux avaient vu le film, de sorte qu'une vague discussion avait été possible.

– Chais pas, m'dame, répondit Trey avec un haussement d'épaules, en rangeant son livre d'exercices dans son sac à dos Nike bleu marine.

Derrière lui se dressait le panneau recouvert de papier d'emballage vert que j'avais installé au début du trimestre pour y exposer quelques exemples des exercices d'écriture créative de la classe : *si j'étais Premier ministre* ; *si Mo*

Farah[1] *était maire ; si les iPhone étaient autorisés pendant les examens*... Aucun texte de Trey n'y figurait. Il suivait mes cours de lettres depuis quatre ans, et n'avait encore jamais rien écrit sans mon assistance.

Je consultai la pendule : onze heures. J'avais le temps d'avaler un café en salle des professeurs pendant la pause. Avec un peu de chance, Carly serait là et pourrait me raconter son week-end. Elle avait prévu de revoir Alex et j'avais hâte de savoir comment s'était passé leur rendez-vous.

– Bon. Donnez-moi votre carnet de présence.

Trey s'avança vers mon bureau. Sa cravate était desserrée et sa main droite s'ornait d'une chevalière en or. Désormais, il dépassait largement mon mètre cinquante-sept.

Je pris le livret qu'il me tendait et le signai avant de le lui rendre.

– Vous savez combien je serai heureuse, le jour où vous ne ferez plus l'objet d'aucune sanction disciplinaire ?

– J'ai rien fait, cette fois-ci, se défendit Trey avec un haussement d'épaules.

– Alors, que s'est-il passé ?

Je m'assis et approchai une chaise de la mienne.

– Rien. J'ai pas vraiment envie d'en parler, m'dame.

Malgré tout, il tira la chaise et s'y laissa tomber. Il lâcha son sac par terre.

Je le regardai droit dans les yeux, en attendant qu'il parle. Par les fenêtres ouvertes nous parvenaient les bruits, cris et conversations des élèves dans la cour. La chaleur estivale précoce augmentait leur niveau d'excitation. Trey

1. Mohamed Farah : coureur de fond britannique d'origine somalienne (NdT).

baissa ses yeux ourlés de cils épais. Il haussa encore les épaules.

– Prenez votre temps, dis-je en déverrouillant le tiroir de mon bureau pour y récupérer mon portefeuille et mon téléphone. (J'avais pris l'habitude de les y déposer au cours du trimestre, depuis qu'on m'avait volé mon sac à main pendant un cours.) Je ne suis pas pressée.

Je rangeai mes affaires dans mon sac. Trey se taisait toujours.

– Comme j'ai dit, j'ai rien fait, répondit-il enfin. Garrett est arrivé au mauvais moment. On aurait dit que j'avais frappé Andy, mais c'était pas vrai. Garrett m'a quand même puni. Ça fait des siècles qu'il essaie de me faire mettre à la porte.

– Je ne crois pas que ce soit vrai. Si M. Garrett pense qu'un élève se fait rudoyer, il ne peut pas rester les bras croisés. Il est bien obligé de réagir.

– En me filant un nouvel avertissement, par exemple. Andy et moi, on rigolait, c'est tout. Garrett veut me renvoyer. Maintenant, je m'en fous, m'dame.

– Pas moi. Vous avez du potentiel, Trey, et on arrivera à vous faire obtenir votre GCSE[1] l'année prochaine si vous voulez bien vous mettre au boulot.

– Du potentiel, maugréa-t-il presque en chuchotant. Quel potentiel ?

– Allons, contrai-je avec un léger coup sur son bras.

L'ombre d'un sourire apparut au coin de sa bouche. Un instant, je revis l'enfant vif et espiègle qu'il avait été, celui qui était entré dans ma classe en sixième.

1. *General Certificate of Secondary Education* : examen que les élèves passent en seconde, qui marque la fin de la scolarité obligatoire (NdT).

– Vous êtes intelligent, vous êtes doué pour le travail en groupe. Vous nous faites tous rire – quand vous êtes de meilleure humeur qu'aujourd'hui. Donnez-moi simplement quelque chose noir sur blanc pour que je puisse le prouver à tout le monde.

– Je sais, fit-il en frottant le bout de sa basket contre le pied de la table. Je dois travailler plus.

– Vous en êtes capable, vous savez, assurai-je en tentant de croiser son regard. Si vous avez besoin d'aide, je suis là. Et votre professeure principale aussi.

Il hocha la tête en silence, et se pencha pour reprendre son sac.

– Merci, m'dame.

– De rien.

Je me tournai pour éteindre le tableau électronique et refermer mon ordinateur portable, en vérifiant l'heure. Plus que cinq minutes, pas assez pour un café. Ma conversation avec Carly devrait attendre. Mais j'avais le temps de filer aux toilettes avant mon prochain cours.

Trey se leva. Je le regardai sortir dans le couloir animé. Son uniforme scolaire foncé se perdit rapidement dans la masse des élèves agglutinés devant les casiers.

On y arrivera peut-être, me dis-je en prenant mon sac pour aller aux toilettes. Trey avait encore une chance de réussir ses examens, d'obtenir quelque chose. C'était pour cette lueur d'espoir qu'au bout de sept années à préparer des cours et corriger des copies, j'enseignais encore, même s'il m'arrivait, par périodes, de voir à peine Jack, mon mari, et de me sentir bien plus vieille que mes vingt-neuf ans – et avec des rides, en prime.

Je mis la main dans mon sac pour y prendre mon téléphone. En général, Jack m'envoyait un texto au moment de ma pause. Mais ma main ne rencontra qu'un petit carnet et la doublure. Le sac paraissait très léger. *C'est une blague !* Mon téléphone et mon portefeuille avaient disparu.

– Une bonne dose !, lançai-je à Jack quand il apporta une bouteille de vin ce soir-là pour le dîner, dans notre appartement.

– Et voilà. Je crois que tu en as bien besoin, après une journée pareille.

Il remplit mon verre, puis contourna la table de la cuisine pour venir lisser mes cheveux bruns – ma frange courte ne reste jamais en place.

Avec ses boucles noires et son menton ombré d'une barbe naissante, Jack n'avait guère changé depuis notre rencontre, pendant nos études universitaires. Le moindre de ses contacts gardait le pouvoir de me faire fondre.

– Oh oui, soupirai-je. Je suis furieuse. Je me sens idiote.

– Tu ne devrais pas te retrouver dans ce genre de situation, Amelia. C'est aussi simple que ça. Tu as fait opposition sur tes cartes ?

– Oui, je m'en suis occupée à l'heure du déjeuner. Heureusement, je n'avais qu'un billet de dix livres dans mon portefeuille.

– Et ton téléphone ?

– Depuis qu'on m'a volé le dernier, je prends mon vieux Nokia pour aller travailler. Mon iPhone est ici.

– Bon. Tu penses quand même que tu vas le récupérer ? Tu disais que tu savais qui l'avait pris ?

– Oui, mais on dirait que Trey a disparu. Avec le proviseur, on a parlé à sa prof principale, mais il n'a pas fait signer son carnet de présence cet après-midi, et ça m'étonnerait qu'il se montre demain. Il cherchait un prétexte pour ne pas revenir et il pourrait bien l'avoir trouvé.

– Tu ne veux pas aller voir la police ?

– Ah non ! Je suis furieuse contre lui, je t'assure, mais en même temps, je sais ce qu'il trouve chez lui en rentrant tous les soirs. Le simple fait qu'il parvienne à continuer le lycée tient du miracle. Son frère a abandonné l'école il y a trois ans et il est allé tout droit en prison. Je ne veux pas qu'il suive le même chemin.

– Tu ne peux pas tout régler, observa Jack. Mais tu es un bon professeur.

– Merci. Aujourd'hui, ça me fait du bien d'entendre ça.

Dexter, le chat tigré que nous avions adopté, se faufila entre les pieds de ma chaise en miaulant doucement. Dans notre cuisine exiguë, nous avions l'habitude d'être entassés, et avions appris à vivre avec. Dexter sauta sur mes genoux et s'installa en penchant la tête vers moi pour se faire caresser. Un train passa au-dehors, en direction de Dalston Junction. Les vitres tremblèrent un peu. Encore un détail auquel nous nous étions habitués.

Jack prit ma main et la serra. Son contact, familier, assuré, fort, me fit du bien.

– Les vacances d'été sont presque là, me rassura-t-il. Imagine, dans quelques semaines, à toi les grasses matinées, les pique-niques avec Carly, les glaces, la possibilité de remettre tout ça en perspective.

– Tu as raison. Vivement les vacances.

Éternel optimiste, Jack avait le chic pour me rappeler ce qui comptait vraiment.

Je partis pour St Catherine à six heures trente le lendemain, avant les embouteillages du matin. Même l'air, d'ordinaire enfumé de la ville, paraissait frais et léger à l'approche de l'été. Partir si tôt me laissait le temps de préparer mes cours tranquillement avant le chaos de la journée. Je garai notre Opel Corsa gris argent et montai en salle des professeurs, au premier étage de notre bâtiment scolaire construit dans les années 1960. J'aperçus immédiatement Carly devant la fenêtre. Sa silhouette tout en courbes se découpait dans la lumière matinale et les frisottis qui cascadaient jusqu'à ses épaules étaient bien reconnaissables.

– Salut, belle inconnue !, m'accueillit-elle avec un large sourire.

De fins bracelets d'argent tintèrent à ses poignets.

– Salut !

Je m'approchai pour la serrer dans mes bras.

Elle sortit mon mug du placard, le remplit de café et y ajouta un peu de lait du réfrigérateur. Nous n'avions pas besoin de nous interroger : les révisions tard le soir pour nos examens nous avaient permis de connaître très bien nos besoins mutuels en caféine. À la fin des longues journées de cours, nous nous retrouvions dans nos colocations respectives pour travailler et bavarder devant des cafés et des toasts. Après nos examens, nous avions postulé ensemble à St Catherine puis retenu notre souffle. Nous savions qu'il était peu probable que nous décrochions toutes les deux un poste dans le même établissement, mais nous avions réussi, et notre amitié en avait été cimentée pour de bon.

– J'ai entendu parler de ce qui s'est passé hier, Amelia. Ça craint.

– Un peu, oui. Et c'est la deuxième fois ce trimestre. Mais ça pourrait être pire, et aujourd'hui est un autre jour, bla-bla-bla… Sinon, comment ça va ?, chuchotai-je. (Seulement deux autres professeurs étaient déjà arrivés, mais on ne savait jamais qui pourrait nous épier.) Comment ça s'est passé ce week-end, avec Alex ?

– C'était incroyable. On s'est retrouvé dans un café, et on a passé la journée à se promener le long du canal. On a bavardé, joué avec son chien, mangé des glaces.

– Il ne s'est rien passé ?

– Non ! Rien. Et c'est très bien comme ça. On en est encore à faire connaissance. Il vaut mieux ne pas se précipiter.

– Est-ce qu'il a prévu de parler à Jules ?

– Oui, en tout cas, il en a l'intention. Il attend simplement le bon moment, et ce n'est pas maintenant. Encore quelques semaines.

– Après les examens ?

– Je crois. Quand Jules aura officiellement quitté le lycée.

Je me rappelai l'expression de Carly juste après sa rencontre avec Alex, environ un mois auparavant. Elle était entrée dans la salle des professeurs avec sur ses joues mates une teinte rosée que je n'y avais pas vue depuis sa rupture avec Ethan. Ayant moi-même fait sa connaissance, je pouvais comprendre. Alex était magnifique : grand, avec des cheveux poivre et sel, un accent irlandais chantant et un humour ravageur.

Le seul problème venait des circonstances de leur rencontre : une réunion parents-professeurs. Alex était le père de Jules Garrehy, un des élèves de Carly en terminale, ce qui expliquait que leur relation reste simplement amicale, pour l'instant.

– Ça doit te rendre dingue.

– Un peu, répondit Carly avec un air espiègle. Il est à la fois tout près (elle approcha deux doigts jusqu'à ce qu'ils se touchent presque) et inaccessible. C'est frustrant. Mais en même temps, je suis heureuse.

– Génial. Enfin, que tu sois heureuse. À ton avis, comment Jules va réagir ?

– Qui sait ? Je n'ai jamais été douée pour prévoir le comportement des adolescents. Mais Alex et sa mère sont séparés depuis des années maintenant, et elle a un nouveau compagnon…

– C'est un bon point, approuvai-je en buvant une gorgée de café. Encore qu'à mon avis, c'est une chose de voir ton père ou ta mère prendre un nouveau compagnon, mais si ledit compagnon est un de tes professeurs, ça change tout.

– C'est vrai, dit Carly en se mordant la lèvre.

– En tout cas, tu as raison de ne pas précipiter les choses. C'est moi qui suis trop pressée. Mais je crois que vous iriez très bien ensemble.

Les yeux bleus de Carly, très écartés, s'illuminèrent.

– Merci. Moi aussi. J'espère qu'on aura une chance. Mais pour l'instant, je crois que je devrais essayer de profiter du temps qu'il me reste avant mes trente ans, tant que je suis jeune, libre et célibataire.

– Ne remue pas le couteau dans la plaie !, protestai-je en riant. Moi, il ne me reste qu'un mois ! Ensuite, je serai pratiquement une vieille dame.

– On ne s'était pas fait une liste de souhaits à réaliser avant nos trente ans, à l'université ?

– Mon Dieu ! Mais si ! Je l'ai probablement encore quelque part. C'est sans doute ma dernière chance.

Je souris en me revoyant avec Carly dans le parc, à l'époque où la trentaine nous paraissait à des années-lumière.

– Quelques semaines d'amour à trois, de tequila et de saut à l'élastique, donc ?

J'éclatai de rire.

– Je pourrais aller embrasser un policier au carnaval de Notting Hill. C'était quelque part sur la liste.

Quelle vie m'étais-je imaginée à trente ans ? Épouser Jack. Fait. Vivre dans un appartement assez grand pour nous deux et Dexter…

– Ce n'est qu'un chiffre, me consola Carly. Et un prétexte pour faire la fête. Tu as prévu quelque chose, au moins ?

– En fait, je n'y ai pas vraiment réfléchi. Je te tiendrai au courant.

– Bon, je ferais mieux de me dépêcher. Je dois réorganiser les tables pour un débat de classe.

Carly me serra brièvement contre elle et saisit une trousse transparente remplie de marqueurs.

– Ah oui ? C'est quoi le sujet, aujourd'hui ?

Les cours de sociologie de Carly ne collaient pas toujours au programme autant que l'aurait souhaité le proviseur, mais ses élèves l'adoraient.

– Les femmes d'aujourd'hui ont-elles la vie plus facile que leur mère.

– Tu parles !, m'exclamai-je en riant. À leur époque, c'était simple !

Je pensai à ma mère, Rosie. À mon âge, elle était hôtesse de l'air. Avec ses cheveux teints en blond et son bronzage permanent, elle parcourait le monde. Ma grand-mère Nikki et mon grand-père s'occupaient de moi – leur garçon manqué aux cheveux bruns – pendant ses absences, dans leur maison de Streatham. Un jour elle était à Bali, le lendemain à Tel-Aviv. Elle me racontait ses aventures au téléphone, et m'emmenait parfois pour des voyages plus longs. Sa vie professionnelle paraissait facile et brillante. OK, en dehors des visites occasionnelles de mon père, elle m'élevait quasiment seule, mais mes grands-parents l'aidaient.

Et de toute façon, d'après ce que j'avais compris, c'était son choix à elle.

– Ce sont les quatrièmes. Alors tu peux être sûre qu'ils croient connaître la réponse.

– Bonne chance. Tu me raconteras ce qu'ils auront dit !

Après le déjeuner, j'allai remplacer Isabel Humphries auprès de ses élèves de première, comme toujours depuis le début de sa chimiothérapie, trois mois plus tôt. Je leur distribuai le sujet d'examen blanc que j'avais choisi ce matin-là. Les élèves, plus calmes que mes autres classes, se mirent au travail en silence. Pendant ce temps, je corrigeais quelques copies.

Quand la cloche sonna, annonçant la fin de la journée scolaire, les élèves se regroupèrent devant mon bureau pour me tendre leur devoir.

– Mme Grey, c'est vrai que Mme Humphries est en train de mourir ?, chuchota Eloise, une grande jeune fille aux cheveux attachés en queue-de-cheval serrée et maquillée d'un fond de teint plus sombre que sa peau.

Rassemblés autour de mon bureau, ses camarades étaient suspendus à mes lèvres.

– Elle ne va pas très bien, mais elle bénéficie des meilleurs soins en ce moment. Croisons les doigts pour elle.

– Ça veut dire qu'elle va mourir, traduisit Rob en donnant un coup de coude à Eloise avant de baisser les yeux. Elle ne reviendra pas, hein ? Pourtant elle nous l'avait promis, m'dame. Elle avait dit qu'elle nous aiderait à nous préparer pour l'année prochaine.

Je repensai à ma dernière entrevue avec Isabel Humphries, qui dirigeait le département de lettres et m'avait servi de mentor depuis mon arrivée dans l'établissement. Elle était entrée en salle des professeurs un mois plus tôt pour vérifier avec moi le travail de ses classes. Elle avait maigri, ses cheveux blonds s'étaient clairsemés, et elle faisait plus que ses cinquante-deux ans. Mais sa voix et sa volonté demeuraient fortes, et elle allait toujours droit au but. Elle s'assura que je suivais à la lettre son programme et donnais assez d'examens blancs à ses élèves pour les préparer à leurs *A-levels*[1] l'année suivante. Elle s'était levée pour partir, puis s'était arrêtée.

– Vous vous occuperez d'eux pour moi, n'est-ce pas ?, m'avait-elle demandé avec une douceur rare chez elle.

– Naturellement.

– Bien. Parce que j'ai confiance en vous, Amelia.

Elle ne m'avait pas dit, alors, que les effets de la chimiothérapie étaient si pénibles qu'elle avait décidé de ne pas reprendre le travail, mais Lewis Garrett nous avait informés qu'il commençait à recevoir des candidats pour embaucher un nouveau chef du département de lettres.

– Le mieux que vous puissiez faire pour Mme Humphries, dis-je en regardant le petit groupe de jeunes de dix-sept et dix-huit ans plantés devant mon bureau, c'est de travailler dur, et d'obtenir les résultats que vous méritez. Si Mme Humphries ne peut pas revenir, alors je serai là pour vous aider.

– Super, déclara Eloise d'une voix mélancolique. Vous êtes cool, Mme Grey. Allez, on y va, enjoignit-elle à ses camarades.

Les adolescents quittèrent la salle, attristés. Je fourrai leurs copies dans mon sac pour les corriger plus tard à la maison.

Carly passa la tête à la porte de la salle déserte.

---

1. Dans le système scolaire britannique, les élèves passent les *A-levels*, en fin de terminale, pour pouvoir entrer à l'université (NdT).

– Ça te dirait d'aller prendre un verre, Amelia ? Il fait un temps magnifique ce soir. On est quelques-uns à aller au *Kings Arms*.

– J'aimerais bien, dis-je avec un coup d'œil à ma montre. Mais j'ai promis à Jack de préparer le dîner ce soir. Et puis, j'ai un tas de copies à corriger.

– Sûre ?, demanda Carly en haussant un sourcil.

– La prochaine fois.

Une demi-heure plus tard, j'étais de retour à la maison. En tournant la clef dans la serrure, je remarquai un nouveau graffiti en haut de notre porte d'entrée, au marqueur noir. J'allais encore devoir sortir les pinceaux.

Jack et moi habitions au deuxième étage d'un ancien immeuble HLM à un jet de pierre de Broadway Market, dans l'est de Londres. Il était proche de chez nos amis, bien desservi par les transports en commun, et avec le temps nous nous étions attachés au quartier. Le week-end, on allait prendre un café ou un brunch dans le voisinage, ou on partait se promener le long du canal jusqu'à Victoria Park. Ma meilleure amie depuis l'université, Sunita, et son mari Nico habitaient pratiquement la porte à côté, et Carly n'était qu'à un court trajet en bus. Mais les graffitis et le bruit constant commençaient à nous user tous les deux, et nous avions envie de déménager. Nous avions mis l'appartement en vente environ deux mois plus tôt, mais n'étions pas submergés par les offres – une seule, en dessous du prix demandé, pour l'instant. Notre recherche d'un nouveau logement s'avérait tout aussi difficile : nous avions un accord de principe pour un prêt, mais il nous restait à trouver un endroit qui nous plaise dans les limites de notre budget.

Je déposai mon sac dans l'entrée et gagnai la cuisine, en passant devant les affiches encadrées du premier film d'animation de Jack, *Pupz*. L'histoire d'une chienne labrador qui a une portée de chiots robots. Jack avait étudié le cinéma d'animation à l'université et après deux ans de perfectionnement dans un studio, il avait été engagé. Le studio avait commencé à travailler sur ses idées. Pour l'instant, *Pupz* constituait le point culminant de sa carrière – trois années de réalisation et un tabac aux États-Unis comme en Grande-Bretagne. Depuis, les projets s'étaient faits plus rares, et en début d'année il avait connu un blocage créatif qu'il n'avait pas encore totalement dépassé. Mais il était sur le point de trouver une pépite, je le sentais.

Je donnai à manger à Dexter puis m'assis à la table de la cuisine pour corriger les copies d'examen blanc. Il était vingt heures quand Jack rentra de son match de football, tee-shirt froissé, cheveux ébouriffés et joues rouges.

– C'était bien ?, m'enquis-je.

– Oui, super, merci.

Il vint m'embrasser.

– Tu es tout poisseux !, protestai-je en le repoussant pour rire.

– D'accord, d'accord, je file sous la douche.

– Très bien. Je vais mettre le dîner en route.

Quand Jack sortit de la douche, nous nous assîmes pour manger la salade de pâtes que j'avais préparée.

– Nico a l'air euphorique, me raconta-t-il en commençant à manger. Il m'a dit qu'il avait peint la chambre du bébé. Ils ont choisi du jaune, puisqu'ils ne savent pas si c'est un garçon ou une fille.

– C'est de ça que vous parlez entre mecs, au foot ?, demandai-je avec un sourire.

– Pas tout le temps. Mais c'est quand même important, non ?

Sunita et Nico n'étaient pas seulement nos amis proches. Ils étaient à l'origine de notre relation. À la fête pour les vingt et un ans de Sunita, lors de notre dernière année à l'université de Manchester, elle m'avait désigné Jack, à l'autre bout de la pièce, qui enfournait de la gelée à la vodka et discutait avec un ami en criant pour se faire entendre malgré la musique.

– Regarde un peu le copain d'enfance de Nico, avait-elle murmuré. Sexy, marrant et… célibataire.

À cet instant, Jack s'était retourné et m'avait dévisagée, avec un sourire dans ses yeux bruns. Après une bonne dizaine d'expériences malheureuses, je l'avais reconnu tout de suite. C'était lui.

Huit ans plus tard, la vie de Sunita et Nico changeait.

– Encore quatre mois, c'est ça ?

– Oui, c'est pour la mi-septembre.

– En fait, je vois Suni demain, avec Carly. On va boire un verre au *Florence*.

– La tournée des grands-ducs ?, plaisanta Jack.

– Je voudrais bien. C'est la soirée quiz. Mais je suis contente de les voir un peu.

– Embrasse-la pour moi, d'accord ?

Après le dîner, Jack et moi prîmes la direction du séjour, un bol de crème glacée à la main. Il alluma la télévision. Quand j'eus fini mon dessert, je m'allongeai, la tête sur ses genoux, les pieds dépassant du canapé.

– Tu sais ce que j'ai remarqué tout à l'heure ?, demandai-je tandis qu'il jouait distraitement avec mes cheveux en suivant d'un œil le journal télévisé. Dans la cuisine, je peux toucher les deux murs en même temps.

– Quel talent, marmonna-t-il.

– Et j'avais déjà essayé dans la salle de bains. J'y arrive aussi.

– Bel exploit, commenta-t-il sans me regarder.

Je n'étais pas en train de me vanter d'une quelconque prouesse sportive. Malheureusement, il n'y a rien chez moi d'élégant ou d'élancé. Je suis plus petite que la moyenne et je parais minuscule à côté de Jack. Mais dans cet appartement, je commençais à me sentir comme une Alice géante.

– Tu crois qu'un jour, quelqu'un voudra l'acheter ?

– Évidemment ! (Jack baissa le volume de la télévision et je me redressai en position assise.) On a déjà une offre. Je suis sûr qu'on en aura de plus élevées. Il suffit d'être patients.

Je balayai du regard la pièce encombrée de nos affaires entassées sur les étagères et dans les coins. Ma machine à coudre et ma collection de théières, une rangée de classiques de la littérature alignée le long des plinthes, l'ordinateur et le grand carton à dessins de Jack. Des cartons que nous n'avions jamais déballées parce que nous n'avions nulle part où en ranger le contenu, ma série de poupées russes en équilibre précaire sur le dessus de la fausse cheminée, à côté de notre photo de mariage.

– Tu as raison, soupirai-je. Je suis trop pressée. Mais en visitant ces appartements à Stoke Newington le week-end dernier... Ils sont tellement plus sympas.

– Et au-dessus de nos moyens.

Des cris d'hommes nous parvinrent de l'autre côté de la rue, brutaux et hostiles.

– Je sais.

Je repensai avec mélancolie aux moulures d'époque et aux *bow-windows*, aux rues résidentielles accueillantes. Tout ce qu'il nous fallait, en réalité, c'était un endroit avec une seconde chambre assez vaste pour m'offrir un espace de couture et permettre à Jack de travailler à la maison de temps en temps, mais pour le moment, cela semblait inaccessible. Même si j'avais une promotion et qu'on faisait un bénéfice sur la vente de notre appartement actuel, nous ne pourrions pas obtenir beaucoup mieux que ce que nous avions.

– C'est si affreux de vivre ici avec moi ?, demanda-t-il.

– Pas tant que ça, je le reconnais. Parfois même, ça ne me déplaît pas.

Je fis courir mes doigts sur son menton et m'arrêtai sur ses lèvres. Il fit mine de me mordre, puis m'attira contre lui pour m'embrasser.

Cette nuit-là, il faisait si lourd et humide que même avec toutes les fenêtres ouvertes, l'air ne circulait pas. À la fermeture du pub, un vacarme de conversations avinées réduisit à néant tous mes espoirs de sommeil. Chaque fois que je me retournais, je me sentais plus oppressée. Un peu après minuit, je me levai sans bruit – un exploit, vu que notre grand lit est coincé contre le mur. Mais j'avais l'habitude et Jack remua à peine. Un verre d'eau. Voilà ce qu'il me fallait.

J'entrai dans la cuisine, remplis un verre au robinet et fermai la fenêtre. Un calendrier était accroché au mur. Je remarquai que Jack avait entouré une date et dessiné un gros ballon rouge à côté. Mon trentième anniversaire, dans un mois environ.

Cela me rappela la liste dont avait parlé Carly. L'avais-je conservée ? Je gagnai le séjour et regardai sous le canapé, un de nos rares espaces de stockage. J'en tirai une boîte à chaussures bleue, l'ouvris, et fouillai parmi mes journaux intimes d'adolescente et un tas de vieilles lettres. Elle était tout au fond, une feuille de papier rose ligné, pliée en deux.

« Ce qu'Amelia doit faire avant ses trente ans. »

C'était l'écriture de Carly, pas la mienne. Un jour d'été, après un pichet de Pimm's dans Victoria Park, nous avions discuté de nos désirs, puis noté chacune ceux de l'autre.

1. Nager avec des dauphins.

2. Apprendre à faire du roller.

Je souris. J'avais fait les deux. Ma baignade avec des dauphins, lors de notre lune de miel en Californie, constituait l'un de mes meilleurs souvenirs.

Je parcourus les autres vœux – apprendre des langues étrangères, maîtriser Photoshop – jusqu'à la dernière ligne, la vingtième. Ce n'était pas le genre de souhait qu'on inclut normalement dans ces listes, mais c'était un vrai rêve que je nourrissais depuis mon enfance dans la banlieue sud de Londres, où les sirènes de police étaient plus fréquentes que les chants d'oiseaux. J'en avais lu des descriptions dans des romans, je l'avais vu à la télévision, c'était le royaume des champs verdoyants et des grandes flambées dans la cheminée.

20. Habiter à la campagne.

Chapitre 2

13B Addison Road

À vendre : deux-pièces dans un ancien immeuble HLM, au cœur d'un quartier animé près de Broadway Market. Cuisine séparée, salle de bains. Idéal premier achat.

Samedi 4 mai

Je me réveillai au bruit de l'installation du marché dans la rue. Les commerçants conversaient à tue-tête tout en montant leur stand dans un fracas de piquets métalliques. Jack somnolait encore à mes côtés.

Le soleil filtrait à travers les persiennes de la fenêtre de notre chambre. Dexter miaulait devant mon nez, les yeux écarquillés. Il ne devait guère être plus de sept heures. Je donnai à manger au chat, me préparai une tasse de café et retournai au lit.

Je me calai le dos avec des coussins et allumai mon iPad. D'une pression du doigt, j'ouvris Rightmove App, un site immobilier que je consultais souvent.

Que cherchai-je en réalité ? *Vivre à la campagne*. Voilà ce que j'avais souhaité.

Londres constituait peut-être un périmètre trop restreint. Ni l'un ni l'autre ne recherchions désormais une vie nocturne trépidante à notre porte.

Je changeai mes critères de sélection et élargis le périmètre pour englober des zones hors de la ville. Jack remua à côté de moi. Il posa une main endormie sur ma jambe et l'y laissa. Je souris, réconfortée par son contact, et mis d'instinct ma main sur la sienne. Il avait peut-être raison. Les vacances d'été me permettraient de prendre du recul et tout me paraîtrait moins sombre. Mais en attendant, quel mal y avait-il à fureter ?

Je fis courir mon doigt sur des photos de cottages à toit de chaume et de maisons de style Tudor nichées au cœur de vastes étendues verdoyantes dans le Kent et le Surrey. Des jardins emplis de roses et de jasmins, des salles de bains à poutres apparentes et pourvues d'épaisses serviettes blanches, des cuisines égayées de tissus à fleurs.

Je cliquai sur une des images pour l'agrandir. Elle montrait un cottage à toit de chaume à Chilham – le village paraissait charmant, avec son château près de la place principale, son salon de thé et son pub, le *White Horse*. Il y avait une gare tout près, de sorte que Jack et moi pourrions aller travailler en train. Environ une heure de trajet supplémentaire ne représenterait pas grand-chose si cela signifiait être réveillés par le chant des oiseaux et pouvoir se détendre en été sur des chaises longues dans un vaste jardin.

Jack se blottit contre moi, le visage serein. Il semblait satisfait. J'espérai qu'il ne se réveillerait pas. J'échafaudais des projets d'avenir pour nous deux sans l'avoir consulté. Il se tourna sur le côté et se mit à ronfler doucement. Je reportai mon attention sur l'iPad et consultai la description détaillée de deux cottages dans le Kent, non loin de l'endroit où ma mère s'était récemment installée pour sa retraite.

Aller y jeter un coup d'œil ne nous prendrait pas longtemps.

– Le Kent ?, répéta Jack pendant notre petit déjeuner d'œufs Bénédicte, un peu plus tard.

– Oui, j'ai trouvé un ou deux cottages qui ont l'air intéressants. Je me suis dit que ça nous donnerait une idée du marché, répondis-je en buvant une gorgée de jus d'orange.

– Quel marché ?, objecta Jack, sourcils froncés. Je trouve qu'on s'est bien acclimaté à Londres.

– Je sais. Je suis d'accord. Mais on devrait regarder ce qu'on pourrait s'offrir un peu plus loin. Pour le prix de cet appartement, on pourrait avoir une maison rien qu'à nous. On serait à distance raisonnable de nos lieux de travail, alors ça n'aurait pas d'impact sur notre vie professionnelle. Un peu plus de temps dans le train, pour lire le journal ou consulter nos e-mails, rien de plus. Et nous retrouverions chaque soir notre havre de paix.

Jack promena sa fourchette dans ses œufs.

– Mais nos amis sont ici, à Hackney. Notre vie est ici.

– On continuerait à les voir tous. Je suis sûre qu'ils nous rendraient visite.

Par-dessus l'épaule de Jack, j'aperçus le calendrier. La date entourée m'encourageait en silence, me poussait au changement.

– Je ne suis pas contre, mais c'est un peu soudain, reprit-il en posant sa fourchette. Je sais que tes dernières semaines de travail ont été éprouvantes, mais… Est-ce que c'est lié à tes trente ans ?

– Non, bien sûr que non.

Jack haussa un sourcil.

– Je t'assure, vraiment. On en parlait avant notre mariage, tu ne te rappelles pas ? D'habiter un endroit plus tranquille, où on pourrait faire de longues promenades le week-end. Avoir un chien.

– Je pensais qu'on y viendrait bien plus tard. Et de toute façon, c'était avant qu'on ait Dexter. Il risque de ne pas apprécier, poursuivit-il avec un regard vers le plan de travail où trônait notre chat. Je ne sais pas, Amelia. Je passe déjà beaucoup de temps dans les transports pour aller bosser.

– Mais c'est en métro. Le train serait bien plus calme, et je crois qu'ils améliorent les correspondances dans le Kent en ce moment. Tu disais que tu avais envie de travailler davantage à la maison. Si on déménage, tu auras de la place pour ça.

Je voyais que l'idée faisait son chemin dans sa tête.

– Imagine, Jack. Notre propre cottage, un jardin. Un vrai séjour, avec une vraie cheminée ! On pourrait y faire griller des châtaignes, des marshmallows. Boire du vin avec nos amis quand ils viendraient pour quelques jours.

Soudain, l'idée parut lui plaire.

C'était ma chance. Je devais essayer. J'inspirai à fond.

– Jack, si tu me dis que tu détestes cette idée, qu'elle n'a rien d'attirant pour toi, alors je te promets de laisser tomber.

Il me regarda. J'attendis qu'il me dise que je n'étais pas raisonnable. Que je rêvais tout éveillée.

Mais lentement, un sourire se dessina sur son visage.

– Je ne vois pas pourquoi on ne pourrait pas organiser quelques visites.

Ce soir-là, Carly, Sunita et moi étions installées à une table d'angle dans notre pub habituel, le *Florence*.

Sunita remonta ses lunettes à l'épaisse monture foncée sur son nez et pointa du doigt le fragment de visage ombré d'une barbe de trois jours sur notre feuille de quiz, ravie :

– C'est John Travolta. J'en suis sûre.

– Sûre, tu dis ?, reprit Carly d'un ton sceptique. Sûre comme la dernière fois, quand on a répondu Justin Bieber alors que c'était Tony Blair ?

– À cent pour… (Sunita s'interrompit et posa la main sur son ventre avec une petite grimace.) Ouille ! Il m'a donné un coup de pied juste dans les côtes cette fois-ci.

Sa grimace se changea rapidement en sourire.

– Vous voulez sentir ?, nous proposa-t-elle.

Carly posa son stylo et mit la main sur le ventre de Sunita.

Sa main bougea et ses yeux s'illuminèrent.

– Ah ! Ça doit être son coude. Quel effet ça te fait ?

– C'est un peu bizarre, mais j'adore. Ça paraît plus réel. J'ai l'impression que même Nico y croit maintenant.

Je revis Nico à l'époque où nous étions tous à l'université. Il était toujours le premier à l'ouverture du bar des étudiants, et le dernier à la fermeture, en général déguisé – en pagne, ou dissimulé sous un masque de catcheur mexicain, ou avec un stéthoscope autour du cou. Sa rencontre avec Sunita l'avait un peu assagi, mais il restait un grand enfant. Être propriétaire d'un circuit de kart l'avait encouragé dans cette voie, et il était difficile de l'imaginer responsable du bien-être d'un petit être humain.

– Cinq mois de passés, plus que quatre, résuma Carly.

– C'est allé si vite, renchéris-je. J'ai l'impression que vous l'avez annoncé il y a cinq minutes.

– À l'époque, je pensais que personne ne pourrait être plus surpris que nous, déclara Sunita. Jusqu'à ce que je voie votre réaction. Je n'aurais jamais cru qu'un préservatif qui lâche vous ferait un tel effet.

– C'était un peu comme un rappel à l'ordre. Je crois qu'on s'est tous dit qu'on devait se conduire en adultes maintenant, expliqua Carly.

– Tu parles ! C'est Nico et moi qui avons dû revendre nos billets pour le festival de Glastonbury et acheter un landau, pas vous !, protesta Sunita. Vous, vous pouvez continuer à faire la fête.

Carly et moi échangeâmes un regard.

– Pourtant, ça ne nous arrive plus très souvent, soupirai-je.

Gareth, le patron du pub, prit le micro :

– Mesdames et messieurs, la partie photos touche à sa fin. Échangez vos feuilles avec la table voisine pour la correction.

– Eh merde !, s'exclama Carly. On n'a même pas eu le temps de tout noter. Celui-là, c'est Jessie J., non ?

Elle se dépêcha de griffonner les cinq derniers noms au stylo bleu.

Je souris aux hommes âgés à la table voisine en leur tendant notre feuille et en prenant la leur.

– Pas de triche !, me tança pour rire un homme coiffé d'une casquette.

– Je suis professeure. Je suis digne de confiance et je sais me servir d'un stylo rouge.

Je bus une gorgée de bière et me laissai aller un moment dans l'atmosphère familière du pub.

– Comment ça se passe au lycée pour vous deux en ce moment ?, s'enquit Sunita.

– Plus que deux mois avant les vacances !, nous répondîmes en chœur en nous regardant, avec le même rire fatigué.

– C'est à ce point-là ?

– Ce n'est pas génial, dis-je. Mais ça va peut-être changer. J'ai posé ma candidature pour le poste de chef du département de lettres, et vu que les autres profs qui ont postulé n'ont pas beaucoup d'expérience, je crois que j'ai une bonne chance d'être nommée.

– Je suis sûre que tu serais géniale, déclara Sunita avec chaleur. Tiens-nous au courant.

Elle rassembla ses cheveux noirs au sommet de son crâne et les entoura d'un élastique.

– Et toi, Suni ?, demandai-je. Comment se passe la fin de ton travail ? Est-ce qu'ils vont devoir t'arracher ton portable à la maternité ?

– Aucune chance. J'aurai bientôt terminé. Mais j'ai adoré écrire ce dernier bouquin. Même pendant le premier trimestre, alors que j'étais tout le temps crevée, je peaufinais mon intrigue jusque tard dans la nuit.

– Il est gore ?, m'enquis-je, habituée aux polars de Sunita.

J'avais lu ses trois premiers romans au stade des épreuves, avec Jack qui regardait en douce par-dessus mon épaule pendant que je poursuivais ma lecture jusqu'après minuit en jurant de m'arrêter à la fin du prochain chapitre.

– C'est le plus gore de tous, répondit-elle en buvant une gorgée de son vin blanc coupé d'eau gazeuse. Si je dois abandonner mon travail pour être mère – au moins un moment – autant finir en beauté !

– Parfait.

Gareth donna les réponses au quiz, et je corrigeai la feuille de l'autre groupe, en ajoutant quelques smileys là où ils étaient tombés juste.

– Je t'avais bien dit que c'était Travolta !, triompha Sunita tandis que Gareth lisait la réponse numéro 5. Je suis la meilleure aux quiz de pub !

– Bien joué, Suni, persifla Carly. C'est bon de voir que tes études en psychologie criminelle servent à quelque chose !

Sunita lui fit une grimace, et nous échangeâmes à nouveau nos feuilles avec la table voisine.

Je balayai du regard le pub où nous avions passé ensemble tant de soirées, avec ses boiseries, ses vitres dépolies et son assortiment de vieux habitués, et repensai à ma conversation du matin avec Jack.

– Vous avez déjà envisagé de vivre ailleurs ?, demandai-je.

– Quoi, hors de Hackney ?, se récria Sunita, stupéfaite.

– Oui. Peut-être même encore plus loin.

– Tu ne veux pas dire..., commença Sunita, les yeux écarquillés derrière ses grosses lunettes.

– Tu n'envisages pas..., renchérit Carly.

– Le sud de la Tamise ?, finirent-elles en chœur.

– Plus loin !, fis-je en riant.

– Où ça ?, demanda Carly d'un ton sceptique.

– En fait... J'ai vu de très beaux cottages à la campagne sur Internet ce matin, et je n'arrive pas à me sortir cette idée de la tête. Une jolie maison avec un toit de chaume et des poutres apparentes, un jardin où on pourrait faire des tas de choses...

– Un jardin ?, se moqua Carly. Tu n'as même pas réussi à maintenir en vie le cactus que je t'avais offert !

– Mais si, protestai-je. Au moins quelques mois. C'est Jack qui l'a fait tomber et a cassé le pot.

– Mais en dehors du jardin, intervint Sunita. Qu'est-ce que la campagne peut t'offrir de plus que Hackney ?

– Un endroit vraiment tranquille, un bureau qui ferait aussi chambre d'amis, un très grand séjour...

– Un bureau ?, répéta Carly en haussant un sourcil.

– Oui, répondis-je avec fermeté.

– OK. Si tu le dis.

– Écoute, je trouve ça génial, ce que fait Suni. (Dommage qu'à cet instant elle fût occupée à tirer sur sa culotte en grimaçant.) Mais le but, ce n'est pas de fonder une famille. Je passe déjà assez de temps avec des enfants. Je veux simplement vivre mieux.

– Tu envisages sérieusement de quitter Londres ?, s'enquit Sunita, le front plissé.

– Vraiment ?, ajouta Carly, l'air vexé.

– On va visiter quelques maisons, c'est tout.

Le week-end suivant, après une semaine professionnelle chargée, Jack et moi partîmes pour la campagne. Le GPS nous guidait à travers des champs verdoyants et nous écoutions une playlist de musique soul sur mon iPod. Nous nous étions déjà arrêtés à un cottage dans la matinée – pour découvrir qu'il était si proche de la route qu'on entendait le bruit de la circulation depuis l'intérieur. Il avait été facile de dire non.

– C'est agréable de passer une journée loin de la ville, tu ne trouves pas ?, observai-je.

Jack appuya sur un bouton du GPS et scruta l'écran.

– Si. On respire ici. Je crois qu'on y est presque.

Il quitta la nationale et s'engagea sur une route de campagne. En apercevant la maison, je retins mon souffle.

– Vous êtes arrivés à destination, annonça la voix féminine.

Le cottage était niché dans une étendue de champs vert tendre, où s'élevaient quelques maisons éparpillées. Devant, un jardin bien tenu débordait de myosotis. Des paires de bottes en caoutchouc s'alignaient sous l'auvent de bois, comme si elles se reposaient après une longue promenade, et la porte d'entrée s'ornait d'un vitrail. Les rayons du soleil se reflétaient sur les petits morceaux de verre colorés.

Jack s'engagea sur l'allée gravillonnée et se gara.

– Waouh, fit-il en coupant le contact.

– On se croirait dans un film, tu ne trouves pas ?

– C'est vrai. J'ai l'impression qu'une nuée de mésanges va venir nous escorter jusqu'à la porte, comme dans un dessin animé.

– M. et Mme Grey ?, s'enquit une voix à ma vitre, me faisant sursauter.

En me tournant, je vis un jeune homme aux cheveux roux, vêtu d'un costume bleu marine, penché vers ma portière.

Je descendis pour lui serrer la main.

– Oui, c'est nous. Amelia. Et voici Jack. Ravie de vous rencontrer.

– Moi de même. Je m'appelle Darren, dit-il en serrant la main de Jack. Bienvenue. Entrez, je vais vous faire visiter Arcadia Cottage.

Son sourire chaleureux faisait oublier son costume mal ajusté.

Nous le suivîmes vers la maison.

– Ce cottage appartient à un couple de jeunes actifs, comme vous. Ils sont absents pour la journée, alors vous pouvez prendre tout votre temps pour visiter – si vous n'êtes pas pressés. Ça vaut le coup, croyez-moi. C'est une maison vraiment particulière.

Jack leva les yeux au ciel et je lui décochai un discret coup de coude. Darren était agent immobilier, cela n'en faisait pas forcément un menteur – il me paraissait fiable. Il ouvrit la porte, révélant une entrée au parquet impeccablement ciré. On apercevait la cuisine au bout du couloir, pourvue d'une grande fenêtre et de meubles en bois, avec une batterie de casseroles en cuivre suspendue au-dessus. Mon pressentiment se vérifiait : cette maison avait quelque chose de spécial.

– Vous voyez ce que je voulais dire ?, demanda Darren.

– C'est vraiment grand, remarquai-je en écartant les bras dans l'entrée. Je croyais que les cottages étaient petits et encombrés, mais ce n'est pas ça du tout.

– Venez voir les autres pièces, invita Darren en s'engageant dans le couloir. La cuisine est spacieuse et a été réaménagée récemment. Les propriétaires ont refait toute l'électricité et installé une chaudière neuve en arrivant, il y a trois ans.

Jack répondit d'un hochement de tête approbateur. Je regardai par la fenêtre de la cuisine vers le jardin impeccable que j'avais admiré sur le site web.

Darren ouvrit la porte de derrière et s'effaça pour nous laisser passer :

– Et le jardin est un vrai bijou. Allez voir par vous-mêmes. N'hésitez pas à explorer, et n'oubliez pas le pavillon d'été. C'est un atout magnifique.

Une allée empierrée encadrée de rosiers débouchait sur une pelouse verte bien tondue. Au fond du jardin s'élevait une construction de bois ombragée par un saule pleureur.

Suivie de Jack, je sortis et me dirigeai vers la pelouse. Après quelques pas, je me retournai vers le cottage : la bâtisse de pierre grise était tout aussi belle depuis l'arrière.

– On pourrait faire des barbecues. Des pique-niques en été. On aurait tous les deux l'occasion d'améliorer nos talents de jardiniers.

– Améliorer ?

– Écoute, c'est parce qu'on n'a jamais eu l'occasion d'essayer. Regarde. Dis-moi que tout ça n'est pas magnifique. Même l'odeur est sublime. Respire.

Le lilas qui se dressait tout près laissait échapper un doux parfum.

– D'accord, je le reconnais, ça sent bon.

Je souris de cette petite victoire.

– Tu es sûre qu'il est dans notre budget ?, s'enquit Jack.

– Il est dans nos moyens, oui. Surtout si je décroche ma promotion.

– C'est vraiment silencieux.

– C'est un avantage ou un inconvénient, pour toi ?

– Un avantage, je crois.

Nous nous arrêtâmes un moment devant le pavillon d'été en bois, avec sa petite terrasse et ses banquettes rembourrées sous les fenêtres. Les rameaux du saule se balançaient doucement dans la brise.

Il était là. Le paradis que j'avais tant cherché, depuis mon enfance.

– Rentrons visiter le reste de la maison, décréta Jack en me prenant la main.

Darren nous retrouva dans la cuisine :

– Qu'est-ce que vous en dites ? Le jardin est agréable, non ?, demanda-t-il en haussant ses sourcils roux. Mais le meilleur est encore à venir.

Il sortit de la cuisine et j'accélérai le pas, impatiente de découvrir le reste de la maison. Jack me retint et me chuchota à l'oreille :

– Essaie d'avoir l'air moins enthousiaste, d'accord ?

– Que dites-vous de cette pièce de réception ?, demanda Darren en nous précédant dans une élégante salle à manger.

La main de Jack était encore dans la mienne et je la serrai de toutes mes forces, en essayant de dissimuler mon émerveillement à Darren.

– Confortable, remarquai-je en réfrénant mon envie de hurler de joie. La cheminée est d'origine ?

Je lâchai la main de Jack pour regarder de plus près les jolies faïences bleu et blanc.

– Oui, et elle fonctionne. Comme vous le voyez, la salle à manger donne directement sur le séjour, et dans le coin, vous avez une autre cheminée d'origine, comme celle-ci.

– Imagine passer Noël ici, murmurai-je à Jack. On dînerait à table, puis on passerait tranquillement à côté pour se détendre au coin du feu. Ce serait agréable, non ?

– C'est pratique, commenta-t-il avec flegme. (Pourtant, sous son expression réservée, je discernai une étincelle d'enthousiasme.) Et les chambres ?, interrogea-t-il en se tournant vers Darren.

– Suivez-moi à l'étage. Je crois que vous ne serez pas déçus.

Nous nous engageâmes derrière lui dans l'escalier. La maison possédait deux chambres de belle taille, et une autre plus petite, toutes offrant de magnifiques vues sur le jardin ou la campagne environnante. La salle de bains, que nous visitâmes ensuite, était décorée dans le même style que la maison. Son attribut le plus remarquable était une grande baignoire à pieds de lion.

– On peut y tenir tous les deux !, me glissa Jack à l'oreille.

Je lui décochai un coup de coude dans les côtes, mais l'idée ne me déplaisait pas.

En repartant vers l'escalier, je remarquai un renfoncement dans le couloir.

– On pourrait mettre la console de mamie Nikki ici, proposai-je.

Jack hocha la tête, puis m'adressa un sourire qui, je l'espérais, signifiait qu'il voyait la même chose que moi : cet endroit pourrait vraiment devenir notre foyer.

Une demi-heure après notre arrivée, nous étions de nouveau dans l'entrée.

– Merci de nous avoir fait visiter, dit Jack à Darren.

– Ce fut un plaisir. Toutes les informations sont sur cette fiche, ajouta-t-il en me tendant une feuille imprimée, mais si vous avez la moindre question, passez-moi un coup de fil. Entre nous, je dois vous prévenir, vous risquez de devoir vous décider vite si vous êtes intéressés. Je m'attends à recevoir pas mal d'offres.

Je lançai à Jack un regard inquiet. J'avais encore plus envie de cette maison désormais.

– On vous appellera bientôt. Tenez-nous au courant s'il y a du nouveau.

Nous sortîmes et retournâmes à la voiture.

Derrière nous, une Jaguar noire ralentit et se gara à l'entrée de l'allée.

– Tu crois qu'ils viennent pour visiter, eux aussi ?

– Peut-être, répondit Jack. Mais oublie ça. Qu'est-ce que tu en penses ?

Je contemplai une dernière fois le cottage, en essayant de le fixer dans ma mémoire. Les belles pierres grises et le lilas, les fenêtres à l'ancienne et le toit de chaume impeccablement restauré. Je revis les pièces que nous avions visitées. Que donneraient-elles avec nos meubles, nos gravures encadrées et nos photos sur leurs murs ? Nous aurions enfin un endroit qui rendrait justice aux antiquités que j'avais héritées de mes grands-parents, stockées dans un garde-meubles parce qu'il n'y avait pas de place pour elles dans notre appartement d'Addison Road.

– Je sais que ça voudrait dire de plus longs trajets pour nous deux, que nous serions plus loin de nos amis…

– Mais ?

– Mais je l'adore, Jack. (L'euphorie montait en moi.) Je crois qu'on serait vraiment heureux dans cette maison.

Jack joua avec ses clefs de voiture et détourna les yeux.

– Et toi ?

J'attendis sa réponse, cœur battant.

Chapitre 3

Quitter Hackney

Samedi 11 mai

Ce soir-là, en rentrant de notre visite du cottage, je me plongeai dans un bain moussant. La lueur des chandelles vacillait autour de moi, et l'air s'emplit des effluves de la bougie parfumée que Carly m'avait offerte pour Noël. Je m'en étais à peine servie – une douche rapide avant de me précipiter au-dehors était d'ordinaire tout ce que j'avais le temps de m'accorder le matin. Notre minuscule salle de bains était carrelée de faïence pêche datant des années 1980. Rien à voir avec l'élégante baignoire à pieds que nous avions vue au cottage – celle qui était assez grande pour deux. Ici, la baignoire, le lavabo et les toilettes coordonnées semblaient particulièrement peu engageants. Quand nous nous étions installés, nous avions envisagé de la rénover, mais comme tant d'autres projets d'améliorations, celui-ci avait fait long feu.

Je repensai à ma conversation avec Jack dans la voiture. Il parlait du cottage d'un ton détaché, mais je sentais bien qu'au fond de lui l'enthousiasme montait. Au bout de deux ans, notre mariage semblait un vieux souvenir, et je pensais que nous avions besoin d'un nouveau projet. Le plus grand avantage d'Arcadia Cottage, de ce point de vue, était d'être parfaitement réalisable – l'entreprise ne nécessitait guère d'efforts de notre part. Il nous suffirait d'ajouter ici et là quelques touches personnelles pour y apposer notre empreinte.

Je souris en me remémorant le cottage et l'impression qu'il m'avait faite. Je le savais, Jack avait éprouvé la même chose. C'était une vraie maison. Nous avions quelques détails à vérifier pour commencer, mais j'étais presque sûre que Jack était prêt à faire une offre.

Je pressai le tube d'exfoliant et frottai les grains couleur abricot sur la peau rugueuse de mes genoux. Si un jour les paparazzis s'intéressaient à mes genoux – ce sont des choses qui arrivent, quoique, c'est vrai, rarement à des professeurs londoniens – j'aimais à me dire que je serais à mon avantage.

Je me laissai aller, la tête appuyée contre une serviette, et revis le séjour du cottage. Nous pourrions faire les feux crépitants dont j'avais toujours rêvé. Pour Noël, nous serions peut-être déjà installés, prêts à recevoir des visites, nos cadeaux emballés disposés sous le sapin.

Un coup à la porte interrompit mes pensées.

– Amelia, ton téléphone sonne, annonça Jack.

Je me redressai dans la baignoire et l'eau clapota autour de moi. Quelques gouttes éclaboussèrent le lino.

– Tu sais qui c'est ?

– C'est ta mère.

– Tu peux lui dire que je la rappelle dans une minute ?, criai-je à travers la porte.

Je rinçai les grains d'exfoliant qui s'étaient incrustés dans le moindre interstice de mon anatomie, saisis une serviette épaisse sur le radiateur pour me sécher, en attrapai une autre pour mes cheveux que je nouai en turban. En enfilant mon peignoir, j'entendais Jack :

– Allô, oh, bonjour, Rosie, la saluait-il avec chaleur. Oui, elle est dans son bain. Non, pas de souci, vous ne nous dérangez pas du tout…

Quelques minutes plus tard, je sortai en pantoufles dans le couloir pour rejoindre Jack. Je jetai un coup d'œil dans le séjour et le vis assis sur le canapé devant un épisode de *Game of Thrones*. J'approchai à pas de loup et lui plantai un baiser au sommet du crâne.

– Hé !, plaisanta-t-il en se retournant. Tu me dégoulines dessus !

– Tu adores ça !

Je l'embrassai encore, sur les lèvres cette fois.

– C'est vrai, ce doit être maladif. Ta mère a dit qu'elle voulait juste bavarder.

– Elle avait l'air comment ?

– De bonne humeur.

– Très bien. Je vais m'habiller et lui passer un coup de fil en vitesse.

– Il le faut vraiment ?, demanda-t-il en glissant une main sous mon peignoir pour me caresser le haut de la cuisse.

– Un coup de fil, et je suis tout à toi.

J'allai dans notre chambre enfiler mon pyjama à carreaux, si élimé qu'il était devenu d'une douceur incroyable. Il me servait loyalement depuis si longtemps que même Jack, qui avait manifesté au début une certaine hostilité, s'y était habitué.

Je pris mon téléphone portable sur la table de chevet et appuyai sur la touche deux, correspondant au numéro de ma mère.

– Bonjour, Amelia, dit-elle en décrochant. Ton bain était agréable ?

– Oui, merci, répondis-je en m'asseyant sur le lit. Comment ça va ?

– Très bien, merci, ma chérie. Je ne sais pas pourquoi la retraite m'inquiétait tant. Pour l'instant, c'est merveilleux. Cours de peinture, aquagym, pilates… Je n'ai jamais eu un emploi du temps aussi rempli. Et Hazelton est un village très accueillant.

– Ravie de l'apprendre. On dirait que tu t'adaptes bien.

J'envisageai de lui parler du cottage, mais me ravisai. On n'en était qu'au tout début, et je ne voulais pas nous porter malheur.

– C'est vrai. Je me suis fait de bons amis. Vous viendrez me rendre visite, Jack et toi, quand tu seras en vacances ?

– Bien sûr, maman, acquiesçai-je, en me reprochant de ne pas être passée la voir lors de notre tournée des cottages. Pas le week-end prochain, mais celui d'après ?

– Parfait, répondit ma mère d'une voix joyeuse. Je te ferai un gâteau d'anniversaire et on pourra fêter ça !

– Ce n'est pas la peine.

– Ma chérie, tu vas avoir trente ans !

– Je t'assure, ne te mets pas martel en tête. Mais je serai contente de te voir.

Après quelques minutes de bavardage, nous nous dîmes au revoir. Je m'apprêtais à retourner dans le séjour, quand je pensai à mon père.

Son portable ne répondait pas, alors j'essayai la ligne fixe. Sa femme, Caitlin, décrocha.

– Bonjour, Amelia ! Comment vas-tu ?

– Bien, merci. Très bien, même. Papa est dans les parages ?

– Non, il est sorti, ma chérie. Il n'a plus de portable depuis… enfin, tu sais bien. Je suis toute seule ce soir, conclut-elle d'une voix fatiguée, tendue. Et Mirabel est sortie en ville, elle est partie sans même me dire où…

Franchement, je suis sûre tu n'en as jamais fait autant voir à ta mère.

Je pensai à ma demi-sœur Mirabel, là-bas en Irlande. Un tourbillon d'hormones et de fureur âgé de seize ans. Ses textos et ses e-mails étaient irréguliers, et elle répondait rarement à mes messages, mais nous restions en contact grâce à Facebook. Les dernières photos qu'elle y avait postées la montraient fêtant la fin des examens. Elle semblait avoir pris une bonne cuite. Je me demandai ce que papa et Caitlin savaient de ses activités.

– Elle profite de l'été pour se défouler un peu, avec la fin des examens et le reste. J'étais pareille.

– Je parie que non, contra Caitlin. Elle nous donne vraiment du fil à retordre.

– Bon, Caitlin. J'appelais juste au cas où...

– Si c'est pour le prêt, m'interrompit-elle, je suis désolée que ton père ne t'ait pas encore remboursée. Je sais qu'il comptait...

– Non, je n'appelais pas pour ça. Je voulais juste dire bonjour et prendre de vos nouvelles à tous les deux.

– Bon, soupira Caitlin, l'air soulagé. On fait aller. On attend la reprise, comme le reste du pays.

– Bon. Embrasse papa et Mirabel pour moi, d'accord ? Dis-leur que j'ai appelé.

– Bien sûr. Joe sera désolé de t'avoir manquée.

Je raccrochai. J'essaierais de nouveau dans une ou deux semaines. Je finissais toujours par arriver à le joindre.

*

37, Birdwood Avenue, Streatham (1992)

J'entendis une voiture se garer devant la maison. Il faisait encore nuit, et même sans regarder mon réveil, je savais qu'il n'était pas l'heure d'aller à l'école. J'ouvris mes rideaux roses et regardai dans la rue, dorée par la lumière des réverbères. La voiture était rouge, je ne l'avais jamais vue, et je ne distinguais pas qui se trouvait à l'intérieur.

Je me remis au lit et tentai de me rendormir, mais même en remontant la couette sur ma tête, j'entendais mes parents se disputer dans le couloir. Dans un coin de ma chambre trônait ma toute nouvelle maison de poupée, cadeau de papa. Je l'avais reçue depuis quelques jours, mais n'avais pas encore beaucoup joué avec. Je voulais qu'elle reste parfaite jusqu'à ce que mes amies viennent la voir. Papa était ravi en me l'apportant à la maison, mais pour une raison mystérieuse, maman paraissait contrariée. Elle semblait toujours en colère à cette époque.

J'entendais la voix de maman monter. Je me levai et gagnai la porte à pas de loup, puis m'accroupis. La voix de mon père retentit :

– Tu me rends la vie impossible, Rosie. Je t'ai proposé des solutions, et tu me les as toutes renvoyées à la figure. C'est comme si tu n'en avais plus rien à faire.

– Des solutions, répondit sèchement ma mère. Tu appelles ça des solutions !

– Tu ne penses qu'à toi, j'en ai marre.

– Moi ?

– Nous sommes tous les deux trop jeunes pour penser comme ça, déclara papa d'une voix épuisée, plus douce. Apparemment, tu as besoin d'être seule quelque temps. Je sais bien que tu as toujours pensé à toi d'abord, Rosie. Moi aussi, j'étais comme ça avant, mais depuis la naissance d'Amelia tout a changé, en tout cas pour moi. Mais pas pour toi. Elle doit être notre priorité à présent, ce n'est pas bon pour elle de nous voir nous disputer.

– Tu crois vraiment que je ne me soucie pas de cette famille ?

– Je ne peux plus continuer, Rosie. Tu me forces la main, et je t'en veux pour ça.

La porte claqua et une voiture démarra. C'était la dernière fois que nous étions tous trois sous le même toit.

Un mois plus tard, la pancarte apparut :

À vendre : grande maison avec jardin. Idéal famille.

*

La semaine suivante au lycée, je ne pensais qu'au cottage. Quand mon téléphone sonna pendant la pause, et que je vis le numéro de Darren sur l'écran, mon cœur fit un bond.

– Bonjour, Amelia, c'est Darren, de chez *Grove & Co.*

– Bonjour, dis-je en espérant que les tremblements dans ma voix ne trahissaient pas mon intérêt.

– Vous et Jack, vous m'avez demandé de vous tenir informés s'il y avait du nouveau, alors je voulais vous prévenir que nous avons reçu une offre pour Arcadia Cottage.

Je m'éloignai des autres professeurs qui bavardaient dans un coin et m'assis dans une partie plus calme de la salle. Merde. Ces gens dans la Jaguar. Ce devait être eux. J'aurais dû m'en douter.

Je me demandai comment réagir. Nous pourrions sûrement acheter la maison en acceptant l'offre que nous avions déjà pour notre appartement – si les acheteurs étaient toujours intéressés.

– Les vendeurs étudient l'offre en ce moment. Voudriez-vous en faire une à votre tour ?

Je consultai la pendule murale. Plus que dix minutes avant mon prochain cours. Ma tête s'emplit de chiffres :

l'offre pour notre appartement, l'expertise et les frais de notaire, le déménagement...

– Peut-être. En fait oui, nous sommes intéressés, très intéressés. Mais nous avons encore quelques détails à régler. Je pourrais vous rappeler demain, Darren ?

– Bien sûr, mais pas plus tard. Les vendeurs veulent boucler la transaction aussi vite que possible.

– J'en parlerai avec Jack ce soir. Et on vous recontactera dès demain matin.

Je coupai la communication avec un sentiment de possessivité féroce. Des inconnus voulaient mettre la main sur *notre* cottage. Notre nouvelle vie rêvée. Pas question de les laisser faire.

En rentrant ce soir-là, je m'assis sur le canapé. Mes pensées se bousculaient. Je réfléchis aux solutions possibles. J'avais appelé notre agent immobilier et il semblait croire que l'offre pour notre appartement tenait toujours – il avait promis de vérifier le lendemain. Quand j'entendis la clef de Jack tourner dans la serrure, mon thé avait refroidi.

– Salut !, s'écria-t-il. J'ai pris des plats tout prêts. Ça te dit, un curry vert thaï ?

C'était mon plat préféré, mais je n'avais pas le moindre appétit. Je me levai pour l'embrasser.

– Tu as l'air bizarre, remarqua-t-il.

– Ah bon ?

Gênée, j'arrangeai ma queue-de-cheval.

– Oui, tu as les yeux qui pétillent.

– Il faut qu'on parle. De la maison.

– D'accord, accepta-t-il en tentant de déchiffrer mon expression. Je me débarrasse et je suis tout à toi.

Il déposa les sacs de provisions dans la cuisine, puis reporta toute son attention sur moi.

– Qu'est-ce qui se passe ?

– Darren a appelé. Il a reçu une offre pour le cottage. Si on ne réagit pas tout de suite, on va le rater.

– Bon, fit Jack en inspirant à fond. Et on a combien de temps pour réfléchir ?

– On doit se décider ce soir. Notre agent immobilier confirmera demain si l'offre sur notre appartement tient toujours.

– D'accord. Mais on va être juste, non ?

– Je vais récupérer l'argent qu'on a prêté à mon père, ça nous aidera. Imagine, Jack, on aurait tout ce magnifique espace à l'intérieur, plus le jardin pour inviter nos amis l'été. On a dit tous les deux plusieurs fois que la vie à Londres nous usait. Tu veux vraiment qu'on passe les dix prochaines années ici, sans avoir essayé autre chose ?

– C'est vrai que j'ai eu un bon feeling là-bas. (Il tendit le bras pour toucher le mur du séjour et contempla l'espace exigu.) Mais on a eu des moments sympas ici, pas vrai ?

– Bien sûr. On a eu des moments formidables ici, mais ce n'est pas parce qu'on déménage qu'ils vont disparaître.

– Tu as raison. Ce pourrait être excitant, non ?, reprit-il après un silence, en croisant mon regard.

– Je crois, dis-je en essayant de réfréner mon enthousiasme. On se lance ? On fait une offre ?

– Oui !, accepta-t-il en prenant ma main. Je crois qu'on devrait.

Les yeux dans les yeux, nous nous taisions. C'était le « oui » le plus important de notre relation depuis que j'avais accepté sa demande en mariage, sur une plage des Cornouailles fouettée par le vent, deux ans et demi plus tôt.

– Bon !, m'exclamai-je en riant. Par quoi on commence ?

– Par faire nos comptes ? Je crois qu'on va devoir proposer plus que le prix de départ s'il y a déjà un autre acheteur sur les rangs.

Nous passâmes toute la soirée à aligner des chiffres et échafauder des projets. Quand mes paupières devinrent lourdes, je me couchai près de Jack et serrai son bras. Il m'attira contre lui et m'embrassa. Je crois que nous le sentions tous les deux. Notre vie était sur le point de changer.

*

Le lendemain à l'heure du déjeuner, j'acceptai l'offre pour notre appartement auprès de notre agent immobilier. Puis je téléphonai à Darren, avec Carly près de moi pour me soutenir moralement.

– Imagine que tu es une femme d'affaires !, prononça silencieusement Carly à côté de moi tandis que je le saluai.

Je fis de mon mieux pour me transformer en femme d'affaires, en reléguant la vraie Amelia – tremblante d'excitation – tout au fond de moi.

– Je suis heureuse de vous annoncer que Jack et moi souhaitons faire une offre pour Arcadia Cottage.

– Génial.

J'inspirai à fond, puis me lançai :

– Nous proposons trois cent cinquante mille livres.

– D'accord. Je vais en parler aux vendeurs tout de suite et je vous recontacte rapidement.

La voix de Darren était calme et professionnelle. Elle ne trahissait rien.

Je reposai le téléphone, bouillonnante d'excitation et d'impatience, mais aussi un peu terrifiée.

– Quoi ?, s'enquit Carly, frustrée de n'avoir perçu que la moitié de la conversation.

– Oh, pardon. Il va nous rappeler. Il devait d'abord discuter avec les vendeurs.

– On doit attendre ?, se récria-t-elle, le front plissé.

– Je croyais que tu n'avais pas envie qu'on déménage ?

– C'est vrai, mais quand même, ce suspens…

– Je te retrouve à la cantine dans dix minutes. Je vais appeler Jack pour le tenir au courant.

Quand il répondit au téléphone, il paraissait aussi nerveux que moi. Je lui rapportai ma conversation avec Darren.

– Je t'appelle dès que j'ai du nouveau, promis-je. Je pense que ce sera dans la journée. Je n'ai pas demandé. (Je me rendis compte que j'aurais dû poser la question.) En attendant, remets-toi au travail. Sinon, on aura du mal à payer nos mensualités, où qu'on habite.

– Tu m'appelles tout de suite ?

– À la seconde. Je ne vais pas prendre de décision sans te consulter.

– J'espère que ça va marcher. Tu sais quoi ? Depuis hier soir, je me sens vraiment survolté. Je nous y vois déjà, je…

– On a fait tout ce qu'on pouvait. Ça ne dépend plus de nous. Je suis sûre qu'on sera fixé bientôt.

– D'accord. Merci de m'avoir appelé.

Je me dirigeai vers la cantine pour retrouver Carly. Dans ma poche, mon téléphone demeurait obstinément silencieux, malgré mon impatience.

– À la fin du trimestre, nous avons prévu une sortie scolaire pour aller voir *Roméo et Juliette* au Globe Theater, annonçai-je à la troisième E. Prenez tous un formulaire sur mon bureau et faites-le signer par vos parents ou tuteurs.

– Une journée de vacances !, s'exclama Shanice, au fond de la classe. Génial ! Merci, m'dame Grey.

– Ravie de vous voir si enthousiaste, Shanice. Qui a lancé ça ?, m'enquis-je en voyant passer une gomme au ras de mon nez.

Une douzaine de paires d'yeux me dévisagèrent d'un air innocent.

– L'année prochaine, nous travaillerons sur cette représentation, donc, ce n'est pas facultatif. C'est pour vous une occasion exceptionnelle d'assister à une des pièces de Shakespeare jouée comme à son époque.

– Ça craint !, lança une voix dans le fond de la classe.

– Rupesh, vous pouvez rester ici et ranger les panneaux d'exposition de la classe si vous préférez ?

– Nan, je viendrai sûrement. Hey, m'dame, il vient, Trey ?

– C'est vrai, renchérit Shanice. Il est où, Trey ?

Mon regard se porta machinalement vers la table vide de Trey.

– Pour l'instant, vous en savez autant que moi. Mais si l'un de vous le voit, dites-lui de m'appeler, s'il vous plaît.

– Je l'ai vu, m'dame, intervint Andy, près de la fenêtre.

Il avait des cheveux blonds coupés très court, et les joues légèrement rougies d'acné.

– Ah bon ?

– Oui, il habite la même cité HLM que moi. J'ai essayé de lui parler, mais son frère Sean m'a dit de laisser tomber, que Trey était avec lui maintenant, qu'il ne reprendrait pas l'école.

Sean. La situation n'avait rien d'idéal.

– Son frère croit que je l'ai balancé pour m'avoir frappé, poursuivit Andy, mais ce n'est pas vrai. On rigolait, c'est tout. Garrett a vu ce qu'il voulait voir.

– Garrett, c'est un gland !, cria un autre garçon.

– Paul !, l'apostrophai-je en pivotant vers lui. Si on allait voir le proviseur après le cours ? Puisque vous lui en voulez tellement, vous avez peut-être envie de le lui dire en face ?

– Euh, non m'dame. Pas cette fois.

Les rires fusèrent dans toute la classe.

J'inspirai à fond et déclarai lentement :

– Bon, si personne d'autre ne tient à être envoyé chez le proviseur, reprenons le cours. Vous allez vous grouper par quatre et répondre à la question inscrite au tableau : quels aspects du roman d'Orwell *1984* retrouve-t-on dans notre monde moderne ?

Dans un concert de raclements de chaises, les élèves se répartirent en groupes avec quelques récriminations sur la composition des équipes.

– Je vais prendre ça, merci, dis-je à Paul qui cherchait la réponse sur Google avec son iPhone.

Je fourrai son téléphone dans ma poche.

– Mais…

Je lui décochai mon regard le plus sévère et il se tut.

La classe se concentra sur le devoir et je constatai avec plaisir que la plupart semblaient avoir au moins une vague notion de ce que racontait le roman. La cloche sonna.

– À demain. Paul, attendez un peu, s'il vous plaît. Nous allons voir M. Garrett et je le laisserai décider, quand il aura entendu toute l'histoire, si vous méritez de récupérer votre téléphone.

Il me suivit dans le couloir.

– Vous avez un mari, m'dame ?, s'enquit-il d'une voix enjôleuse.

– Pourquoi cette question ?

– Parce que vous êtes jolie.

– N'imaginez pas pouvoir me charmer, Paul Reilly, l'admonestai-je, non sans éprouver malgré tout un certain contentement.

– De toute façon, j'ai vu votre alliance, reprit-il avec un clin d'œil.

Je frappai à la porte de Lewis Garrett.

– Entrez.

– Bonjour, M. Garrett. Je vous amène Paul Reilly, qui veut vous informer de ce qu'il a fait en cours aujourd'hui.

– Paul, dit Lewis en ôtant ses lunettes qu'il déposa au coin de son bureau. Bienvenue. Encore.

– J'ai déposé son téléphone dans le casier des objets confisqués. Faites-moi connaître votre décision.

– Bien sûr. Oh, Mme Grey, avant que vous partiez. Vous êtes libre demain à l'heure du déjeuner ? J'aimerais vous parler.

– Bien sûr.

Il s'agissait peut-être de la nouvelle que j'attendais, la réponse à ma candidature au poste de chef du département de lettres.

– On se verra à treize heures.

Il hocha la tête, révélant sa calvitie naissante, et je refermai la porte.

*

Peu après, je regagnai ma voiture et déposai mon sac et mes livres sur la banquette arrière. Dans ma poche, mon téléphone sonna.

Fébrilement, je le sortis pour répondre. Le cottage. Je vérifiai l'indicatif du numéro. Le Kent. Ce devait être Darren. Je m'assis derrière le volant en essayant de me calmer. Tout notre avenir reposait peut-être sur ce oui ou ce non.

– Amelia ?

C'était ma mère, bien sûr. Son nom n'était pas apparu sur l'écran.

– Salut, d'où est-ce que tu m'appelles ?

– Je suis chez des amis. Je pensais à ton anniversaire. Qu'est-ce qui te ferait plaisir ? Tu fais toujours de la couture ? Je pourrais me renseigner sur ces cours d'artisanat…

J'entendis un bip. Un autre appel.

– Super. Excuse-moi, maman, on en reparlera plus tard.

Je pris l'autre correspondant sans lui laisser le temps de répondre. Au diable les bonnes manières, c'était trop important.

– Tu as du nouveau ?

Jack. J'étais un peu déçue.

– Pas encore. Je te tiens au courant. ARRÊTEZ ÇA TOUT DE SUITE !, hurlai-je par la vitre ouverte.

Le ballon de foot lancé sur mon capot roula doucement sur le sol, laissant une légère marque sur le métal.

– Pardon, m'dame, me lança une élève de sixième en courant pour le récupérer.

– On ne joue pas au ballon sur le parking, Cassie, vous le savez très bien.

– J'ai appelé il y a une seconde et la ligne était occupée, expliqua Jack. Alors j'ai pensé…

– C'était ma mère.

– Oh. D'accord. Alors je vais attendre.

– À tout à l'heure.

Je démarrai et sortis du parking pour m'engager sur la route familière vers la maison, en écoutant un CD des Strokes que Jack avait laissé dans le lecteur. Coincée dans un embouteillage en arrivant à Hackney, je fis descendre la vitre pour laisser entrer un peu d'air frais. Mais la voiture se remplit de gaz d'échappement, mêlés aux odeurs émanant d'un restaurant de kebab tout proche. En toussant, je m'empressai de remonter ma vitre.

Une autre vie nous attendait, nous l'avions tous deux entraperçue. Je croisai les doigts sur le volant. *Pourvu qu'on ait ce cottage*, priai-je. *Pourvu…*

Notre offre n'était peut-être pas assez élevée. S'il s'agissait des gens dans la Jaguar, ils ne devaient pas être à court d'argent. Je ne voulais pas perdre cette maison.

Je me garai devant l'immeuble et montai l'escalier extérieur jusqu'à notre étage. La chaleur amplifiait l'odeur d'urine habituellement facile à ignorer. J'entrai dans l'appartement. Nous avions de la chance. Beaucoup de chance. Nous possédions un appartement à nous. La plupart des gens de notre âge ne pouvaient pas en dire autant. Et nous nous avions l'un l'autre.

Dexter arqua le dos, et je me penchai pour le caresser.

– Salut, Dex. Je t'ai manqué ?

Il appuya la tête contre ma main.

Mon téléphone sonna. En le prenant, je me rappelai que je devais respirer.

– Amelia ? Bonjour, c'est Darren.

Respire.

– Je suis ravi de vous annoncer que les propriétaires ont décidé d'accepter votre offre. Arcadia Cottage est à vous.

Je m'adossai au mur de la cuisine et tentai de digérer l'information.

– C'est fantastique.

Chapitre 4

Arcadia Cottage

À vendre : cottage du XVIIe siècle au toit de chaume dans le pittoresque village de Chilham, Kent. Cinq-pièces, nombreux éléments d'origine, poutres apparentes. État impeccable. Grand jardin avec pavillon d'été. À voir très rapidement. Contacter l'agence *Grove & Co*.

Jeudi 16 mai

Jack rentra tout excité par la nouvelle que je lui avais annoncée au téléphone.

– On a réussi !, s'exclama-t-il, l'air ravi mais un peu perdu. On va vivre à la campagne !

Il rayonnait, ses réticences n'étaient plus qu'un lointain souvenir.

Je le serrai dans mes bras et nous nous lançâmes dans une gigue endiablée, là, dans notre entrée. Puis il s'écarta légèrement.

– Et maintenant, qu'est-ce qu'on fait ?

On aurait dit qu'il retombait soudain sur terre.

– Comme quand on a acheté ici, je suppose. Seulement cette fois, on a la vente de l'appartement à organiser en plus.

– Ah oui, d'accord.

– L'expertise risque de révéler quelques problèmes, vu l'âge du cottage.

– C'est dingue, hein ?

– Un peu, oui, mais c'est le bon choix.

– Je t'aime.

Il m'embrassa et nous restâmes là un moment, dans l'entrée, enlacés, incapables de retenir nos sourires.

Le lendemain, je ne pouvais m'empêcher de penser à ce que nous allions faire. Mon esprit bouillonnait d'exaltation et d'images d'Arcadia Cottage. Il serait à nous.

La cloche sonna, annonçant la pause déjeuner. Quand la classe de 4e d'Isabel fut sortie, je gagnai le bureau du proviseur. Je frappai et Lewis répondit très vite.

– Amelia, m'accueillit-il en me faisant entrer. Merci d'être venue.

Je pris place devant son bureau et il se rassit dans son fauteuil.

– C'est agréable de venir ici sans élève à faire punir, remarquai-je.

– Ha ha, fit Lewis, mal à l'aise. Oui, l'autre jour, Paul Reilly a partagé avec moi son langage le plus choisi, mais la perspective de deux semaines de colle a paru le calmer un peu.

– Bon. Merci de vous en être chargé. Au fait, les parents de Trey Donoghue ont-ils pu dire où il est ?

– J'ai bien peur que non. J'ai parlé à sa professeure principale ce matin, elle n'arrive pas à les joindre. Son assistante sociale semble penser qu'il vit avec son frère en ce moment, ce qui n'est pas une bonne nouvelle, déclara Lewis d'un ton las et résigné.

– Les services sociaux font quelque chose ?, m'enquis-je. Trey n'a que quinze ans, il doit venir en cours, et Sean sort tout juste de prison.

– Je comprends votre inquiétude, mais à ce stade, nous ne pouvons plus rien faire.

Je revis Trey, son beau visage et sa naïveté sous sa façade de dur à cuire. *J'aurais dû faire plus d'efforts pour le pousser à continuer*, me dis-je.

– Écoutez, Amelia, c'est d'autre chose que je voulais vous parler aujourd'hui.

J'inspirai à fond en essayant de rester calme. Cette nouvelle pouvait faire une énorme différence dans ma vie.

– Vous savez combien je vous apprécie en tant que professeure, et vous avez accompli de grands progrès avec toutes les classes auxquelles vous enseignez cette année.

– Merci.

J'étais reconnaissante de ces compliments inattendus. Je m'étais tant concentrée sur le quotidien qu'il y avait un bon moment que je n'avais pas trouvé le temps de m'enorgueillir de mes résultats.

Lewis rassembla les papiers sur son bureau en piles bien alignées, sans croiser mon regard.

– Des changements vont avoir lieu à St Catherine. Et après les vacances d'été, certains secteurs de l'établissement seront gérés différemment.

– D'accord. Je pense qu'on s'y attend tous.

Impossible de poursuivre selon nos méthodes. Les conclusions de la dernière inspection résonnaient encore dans les couloirs du lycée, et elles restaient gravées dans nos esprits. Malgré notre travail acharné, notre conscience professionnelle, le talent de certains de nos élèves, un mot avait tout réduit à néant : échec.

– Merci pour votre candidature au poste de chef du département de lettres.

J'en étais capable. Je le savais. Je pouvais participer au redressement de St Catherine.

– Mais malheureusement, nous avons décidé d'engager un candidat venu de l'extérieur. Graham Kilfern a obtenu des résultats fabuleux au lycée William Greaves. Et je crois qu'il pourra redresser la situation ici.

– Pardon ?, croassai-je.

– Graham Kilfern. Il sera notre nouveau chef du département de lettres à partir du mois de septembre.

Et voilà. Ma candidature n'avait même pas été examinée.

– D'accord, dis-je en essayant de ravaler ma fierté. J'ai hâte de faire sa connaissance.

– J'imagine que vous êtes déçue, Amelia, poursuivit Lewis. Comme je disais, nous avons beaucoup d'estime pour tout ce que vous faites ici. Mais nous avons pensé que pour montrer notre volonté de relever le niveau de St Catherine, nous devions recruter un candidat extérieur.

Ma poitrine se comprimait. J'avais travaillé dur pour préparer cet entretien. J'étais sûrement assez qualifiée pour que ma candidature mérite d'être prise en considération ?

– En quoi cette nomination m'affectera-t-elle ?

Lewis referma le dossier qu'il avait à peine regardé et le mit de côté. Puis il se pencha en avant, appuyé sur les coudes :

– Certains changements vous affecteront directement, tout comme les autres professeurs. Je l'ai dit, nous respectons votre façon d'enseigner, et nous tenons à ce que vous puissiez continuer dans cette voie. Mais dans certaines classes, en particulier celles qui auront des examens l'année prochaine, nous n'avons pas encore observé les améliorations que nous espérions, et M. Kilfern a exprimé le désir de les prendre en charge.

– Ma troisième et ma première me sont retirées ?, m'étranglai-je.

– Non, non. Votre classe de 1re semble obtenir de bons résultats, et nous sommes ravis de la laisser entre vos mains. Mais je crois que nous savons tous les deux que vous rencontrez des difficultés avec la troisième E, et une nouvelle approche pourrait bénéficier à toute la classe. Naturellement, tous les élèves de Mme Humphries seront aussi transférés à M. Kilfern.

Le souffle me manquait. La troisième E. L'objet de tous mes soins depuis que ce groupe de gamins turbulents était arrivé dans l'établissement, que je pensais pouvoir remettre à niveau l'année suivante. Les résultats n'étaient guère brillants, c'était vrai, mais avec une réduction du nombre d'assistants de vie scolaire pour les élèves handicapés et une poignée seulement d'entre eux dont l'anglais était la langue maternelle, je trouvais que je ne m'en sortais pas si mal. Ils progressaient.

– Mais… j'avais des projets pour la troisième E. Et j'avais promis à la classe de 1re d'Isabel que je les accompagnerais jusqu'au bout.

– Je regrette, Amelia. Ce n'est pas une décision que j'ai prise à la légère. C'est pour le bien de l'établissement tout entier. Vous reprendrez deux des nouvelles classes de 6e à la place.

Je restais assise, muette et engourdie. Je ne voulais pas tout recommencer avec des sixièmes. Je voulais suivre mes classes, et tenir ma promesse aux élèves d'Isabel.

C'était déjà arrivé – j'étais déjà sortie de cette pièce la queue entre les jambes pour rentrer pleurer sur l'épaule de Jack et trouver alors seulement les mots que j'aurais dû prononcer. Je repassais la conversation dans ma tête et disais alors au proviseur tout ce qu'il fallait. J'inspirai à fond et ouvris la bouche.

– S'il n'y a rien d'autre, je pense que nous en avons fini pour aujourd'hui, déclara Lewis. Il y a autre chose ?

– Non, répondis-je après un instant de silence. Rien d'autre.

J'envoyai un texto à Carly :

Les toilettes. Tout de suite.

Elle arriva quelques minutes plus tard, au moment où je me remettais du rouge à lèvres.

– Ça va ?, demanda-t-elle en posant la main sur mon bras. Tes mains tremblent.

Je ne m'en étais pas aperçue avant. Mais en regardant ma main droite, qui tenait le bâton de rouge, je vis qu'elle avait raison.

– Pas vraiment, répondis-je en rangeant le tube dans mon sac.

– Qu'est-ce qui se passe ?

Je m'attachai les cheveux devant la glace et serrai les lèvres pour répartir la couleur.

– C'est cet endroit, Carly. Tu donnes encore et encore, et tu n'as rien en retour. Garrett vient de me dire qu'on a un nouveau chef pour le département de lettres.

– Ils n'ont pas..., commença Carly en s'appuyant au lavabo et en me regardant droit dans les yeux. Ce n'est pas possible !

– Ils voulaient quelqu'un d'extérieur. Mais ce n'est pas tout. Ils transfèrent ma classe de 3e à ce nouveau type – celle que je tiens le plus à suivre.

– C'est affreux, murmura Carly en secouant la tête.

– C'est l'horreur. Je me sens vraiment plus bas que terre.

– Pas étonnant. Il y a un moment où on doit d'abord penser à soi.

Elle mit la main sur mon bras.

– Je n'ai pas le choix, je dois accepter ce que Lewis propose, ou plutôt, décrète.

– Tu crois ? Je n'ai aucune envie que tu partes, mais il y a d'autres lycées.

– Je ne peux pas démissionner. Pas maintenant. On achète ce cottage. Je ne suis même pas sûre que notre prêt nous serait accordé sans mon salaire.

– Tu es un excellent professeur, Amelia. Tu trouveras autre chose. Avec un peu de chance, dans un endroit où on te traitera mieux qu'ici.

Je laissai l'idée faire son chemin.

– Je ne peux pas. Vraiment pas. Mais, poursuivis-je en me mordant la lèvre, au cas où je changerais d'avis, la date limite, c'est fin mai, non ?

Carly hocha la tête.

Le samedi matin suivant, Jack gardait son neveu Oscar chez sa sœur, tandis que j'organisais par e-mail la visite de l'expert à Arcadia Cottage. Nous devions nous dépêcher si nous voulions respecter la date fixée avec nos acheteurs – mi-août.

Avec la vente de notre appartement pour une somme inférieure à celle que nous espérions, et les coûts de déménagement que nous avions estimés, Jack et moi aurions besoin du moindre penny disponible. J'allais devoir réclamer à mon père le remboursement de notre prêt. Je l'appelai sur sa ligne fixe, et Caitlin répondit à nouveau.

– Tu as de la chance, ma chérie, dit-elle avec chaleur mais aussi, encore, une trace de tension. Il vient de passer la porte. Joe !, cria-t-elle. C'est ta fille au téléphone. Celle qui sait se tenir.

– Salut mon cœur !, dit mon père avec l'accent irlandais qu'il avait acquis après des années à Dublin.

– Comment ça va, papa ?

– Très bien, merci. J'étais en ville, je buvais un coup avec des copains. J'en avais bien besoin après mon boulot de ce matin – un client vraiment exigeant, et ce qu'il avait déjà fait sur l'installation électrique était un vrai merdier. Il pleut des cordes ici, je suis trempé comme une soupe. Comment tu vas ?

– Très bien, merci. En fait, j'ai de très bonnes nouvelles. Jack et moi achetons un cottage. On part dans le Kent.

– La campagne ? C'est génial.

– On est vraiment impatient. La maison est parfaite. Tu sais que j'ai toujours rêvé de vivre à la campagne, quand je lisais *La Maison aux pignons verts*.

– Ah bon ? Ah oui, ça me dit quelque chose. C'est bien. Caitlin ! Tu pourrais me faire une tasse de thé, pendant que tu y es ? Je suis gelé.

– Bref, papa, poursuivis-je en cherchant comment présenter les choses. Je me demandais si tu pourrais nous rembourser une partie de l'argent qu'on t'a prêté. Parce que…

– Ça coûte une fortune de déménager, pas vrai ? Le notaire et tout ça. Bien sûr, ma chérie. Je m'en occupe. Tu auras tes billets avant la fin du mois.

– Merci, papa, soupirai-je, soulagée. Cinq mille livres, ça veut dire qu'on n'aura plus à s'inquiéter pour les frais de notaire.

– Pas de problème, mon cœur.

– Comment va Mirabel ?

– Ne m'en parle pas. Cette gosse, elle ne veut pas aller en première, elle dit qu'elle se fiche de ses notes au GCSE. Enfin, je sais bien qu'elle voit son père gagner correctement sa vie sans avoir fait beaucoup d'études, mais comme je lui dis toujours, c'est sur ta sœur que tu devrais prendre exemple, pas sur moi.

– Je n'en suis pas si sûre, objectai-je en riant.

– Quand même, sérieusement. Professeure, un boulot stable depuis quoi ? Dix ans ?

– Sept, rectifiai-je en repensant à ma conversation avec Lewis, à tout ce temps qui soudain semblait ne plus avoir d'importance.

– Un peu de ton autodiscipline ne lui ferait pas de mal, je t'assure. On dirait que tout ce qu'on lui dit, Caitlin et moi, ça lui passe au-dessus de la tête. Et ce type avec qui elle sort…

– Mirabel a un petit copain ?

– Copain, copine… Je ne sais pas. Avec leur jean si moulant, c'est difficile à dire.

– Papa !

– Enfin, bon, ma chérie, je dois y aller. Le thé est prêt et je crève de soif. Mais ça m'a fait plaisir de t'entendre. Je t'aime, mon cœur.

– Moi aussi, papa.

Je coupai la communication et posai mon téléphone sur le lit.

Je contemplai notre chambre – le panier débordant de linge sale, le journal de samedi sur la table de chevet, mon soutien-gorge pendu au montant du lit, et les chaussures de football puantes de Jack sur l'appui de la fenêtre.

Cet endroit était une porcherie. J'attrapai le panier à linge et en renversai le contenu dans la machine à laver. J'enfilai des gants en caoutchouc et allumai la radio. Je me mis à la vaisselle, puis récurai la cuisine. Pendant que je m'échinai, la perspective de retourner au lycée le lundi suivant, et de devoir annoncer à certaines classes que je n'assurerais plus leurs cours, parut s'estomper quelque peu. Dexter m'observait. On aurait dit qu'il suivait un match de tennis à Wimbledon.

Je passai la serpillière, puis briquai le four et les placards de la salle de bains jusqu'à ce qu'ils brillent. Les heures passèrent en un éclair et je sursautai en apercevant Jack à la porte en fin d'après-midi.

– Waouh, fit-il en regardant autour de lui, incrédule. Qu'est-ce que tu as fait à cet appartement ?

– Salut ! Je me suis dit qu'il avait bien besoin d'un peu de ménage.

– OK.

Je savais qu'il lisait en moi à livre ouvert. Il me connaissait depuis assez longtemps pour savoir que des surfaces étincelantes signifiaient un moral en berne.

– Merci d'avoir fait tout ça. Ça te dirait un petit tour au pub ?

– Bien sûr.

J'attrapai mon sac et le suivis dans l'escalier.

Nous traversâmes le pont sur le canal. De l'autre côté, les voitures passaient, musique à fond, vitres baissées par cette belle soirée estivale.

Au *Florence*, Jack alla commander deux pintes au bar.

– Merci, dis-je en avalant une gorgée de bière fraîche.

Je remarquai qu'il avait pris le soleil : ses bras et son visage avaient bruni.

– C'est agréable de sortir tous les deux, non ?, fit-il.

– Oui. Je ne sais plus où j'en suis. D'un côté, le cottage me rend vraiment euphorique, et de l'autre, j'ai l'impression que ma vie professionnelle part en vrille.

Il me prit les mains :

– Tu sais que je te soutiendrai quoi que tu décides.

– Merci.

Ça ne réglait rien, mais je me sentais plus forte.

– Tu as pensé à aller voir les établissements près de Chilham ?

– Oui, j'ai jeté un coup d'œil sur Internet ce matin, pour me faire une idée.

– Et alors ?

– Ils ont l'air sympas. Petits, provinciaux. C'est un autre monde.

– Un changement ne te ferait peut-être pas de mal ?

– Sûrement. Je chercherai encore la semaine prochaine. Parlons de toi maintenant, pour une fois. Comment ça se passe, à ton travail ?

– Très bien, en fait. Les investisseurs adorent le storyboard de *Lovekatz*, tu sais, celui dont je t'ai parlé ? Les chats qui rencontrent des robots et se battent pour établir un nouvel ordre mondial.

– Comment est-ce que j'aurais pu oublier ça ? C'est génial.

– J'espère qu'on va y arriver, dit-il en buvant un peu de bière. Le moral est bas en ce moment, il nous faut un nouveau projet. Ça voudra sans doute dire beaucoup de boulot, pour mettre le scénario au point – je ne sais pas comment je vais faire avec le temps de trajet supplémentaire, mais je pourrais peut-être travailler un peu dans le train, en allant au studio.

Jack n'était pas vraiment du matin, et au réveil, il n'était pas au mieux de sa forme. Apparemment, notre vie à tous les deux allait connaître quelques bouleversements.

– Tu vas y arriver, promis-je. Je le sais.

– Pour changer de sujet, reprit Jack avec une lueur espiègle dans le regard, il reste exactement deux semaines avant le grand…

– Tais-toi !, le coupai-je en me bouchant les oreilles. Je ne veux pas en entendre parler !

Je me mis à chantonner bruyamment.

– Trois-zéro !, articula-t-il en silence.

– Argh ! Ça m'énerve que tu sois plus jeune que moi !

– On n'a que six mois d'écart. Je ne peux pas vraiment te charrier. Qu'est-ce qu'on va faire pour fêter ça ?

– Je ne sais pas, soupirai-je en fronçant le nez. On pourrait inviter quelques amis ici ? Réserver une salle du pub ?

– Super. Je m'en occupe, déclara-t-il avec un clin d'œil. Je vais t'offrir la soirée de ta vie.

– Tu as l'air salace quand tu dis ça, tu sais ?

– Parfait, déclara-t-il en se penchant au-dessus de la table pour m'embrasser.

Le vendredi, je pris une journée de congé. D'accord, je me fis porter pâle. Je ne l'avais pas fait une seule fois depuis que j'enseignais. Au début, je me sentis coupable, mais à la sortie de Londres, mes remords se muèrent en sentiment de liberté.

Le lundi soir, assise à la table de la cuisine, j'avais parcouru les offres d'emploi dans le supplément « éducation » du *Times* en ligne. Ne trouvant rien, j'avais à nouveau étudié les établissements à proximité d'Arcadia Cottage. Il n'existait ni collège ni lycée à Chilham même, mais quelques-uns dans les environs, dont deux à Canterbury. Tout en lisant, j'essayais de m'imaginer travaillant dans l'un d'entre eux. Ils paraissaient tous si paisibles.

Aucun d'eux ne semblait avoir de poste libre, mais je m'étais dit qu'il serait peut-être bon de m'y présenter en personne pour discuter des éventuelles opportunités. J'avais noté les adresses e-mail des proviseurs et rédigé un message pour me présenter et résumer mon expérience professionnelle.

Le mercredi, j'avais reçu deux réponses me proposant un entretien. Carly avait raison. St Catherine n'était pas le seul établissement au monde. Et un autre me conviendrait peut-être mieux.

Je ne pus résister à l'envie de faire un crochet par Chilham en me rendant à mes entretiens. Le village était aussi pittoresque que dans mon souvenir, avec sa place principale bordée de maisons de style Tudor et son salon de thé animé. Je sentis l'euphorie monter en moi. Avec un peu de chance, ce village allait devenir le nôtre.

Je pris la direction de la première école, Woodlands Secondary, dans les environs de Canterbury, et me garai. Le bâtiment victorien à deux étages, environné de verdure, possédait une grande aire de jeu et un terrain de basket. J'ajustai mon chemisier blanc, ouvris le portail – pas de portique avec détecteur de métaux ici – et entrai. Dans le couloir, j'entendais des bruits de conversations et de mouvements dans les salles de classe, mais tout se déroulait dans le calme, sans cris. Par une vitre, j'observai avec envie une enseignante qui parlait, une vingtaine de paires d'yeux attentifs fixés sur elle. Les élèves avaient leur livre ouvert devant eux.

Je frappai à la porte du proviseur, et obtins presque aussitôt une réponse enjouée.

– Entrez !

Debout devant des étagères, un livre à la main, se tenait une femme d'une cinquantaine d'années aux cheveux d'un blond doré, vêtue d'un élégant tailleur bleu marine.

– Bonjour, dis-je.

– Bonjour. Vous devez être Amelia Grey. (Elle s'avança vers moi, la main tendue.) Je suis Charlotte Jacobs.

– Ravie de vous rencontrer.

– Vous m'avez surprise en pleine réorganisation de mon bureau, déclara Charlotte en chassant un peu de poussière du livre qu'elle tenait avant de le ranger sur l'étagère. Ça fait une éternité que je veux trier ces bouquins. Merci de m'avoir contactée, et d'être venue.

– Merci de me recevoir. Cette école semble formidable.

– Oh, vous êtes tombée sur un bon jour. Hier, c'était la journée sports, je crois qu'ils sont tous épuisés.

– Alors, comme je le disais dans mon e-mail, je m'installe dans la région et j'espérais que vous penseriez à moi si un poste se libère.

– Oui. J'étais ravie de recevoir votre message. J'ai parcouru votre CV et je crois que nous aurions beaucoup à apprendre d'une personne avec votre expérience.

Mon cœur se gonfla d'espoir. Cela signifiait-il que j'avais une chance ?

– J'ai bien peur de ne rien avoir pour vous en ce moment, poursuivit Charlotte. Mais la situation pourrait changer au printemps prochain. On reste en contact d'ici là ?

*

– Comment ça s'est passé aujourd'hui ?, demanda Jack à mon retour, dans la soirée.

– Les lycées étaient magnifiques, tous les deux. J'ai préféré le premier, Woodlands Secondary, l'ambiance est vraiment amicale et accueillante. Mais ils n'ont pas de place pour l'instant. La proviseure pense qu'un poste pourrait se libérer au printemps, alors ils vont garder mon CV. Je savais qu'il était peu probable qu'ils cherchent quelqu'un pour septembre, mais je ne sais pas. J'espérais quand même, sans doute.

– Quelque chose va se présenter.

– Je me suis inscrite à l'agence régionale des remplacements et ils ont l'air de penser que j'ai de bonnes chances de trouver un poste permanent dans les environs.

– Super.

J'étais appuyée au plan de travail de la cuisine.

– Plus ou moins. Jack, comment pourrais-je donner ma démission à St Catherine tant que je n'ai pas de nouveau travail ? Ça paraît dingue. Je devrais peut-être m'accrocher.

– Tu es sûre d'en avoir envie ?, insista Jack. C'est dur de te voir comme ça, si malheureuse dans ton travail.

– Tu as sans doute raison. Je ne suis pas certaine de tenir encore un trimestre, pas avec ce que Lewis veut faire.

– Tu dois choisir ce qui est bon pour toi.

– Et l'emprunt ?

– Il a déjà été accepté, non ? Je suis sûr qu'on arrivera à rembourser, surtout si tu fais des remplacements.

– Oui, mais on n'est pas censé les prévenir de tout changement dans notre vie professionnelle ?

– Écoute, ne pense pas à ça pour l'instant. Prends la décision que tu dois prendre, et on avisera.

Le lundi, j'entrai dans le bureau de Lewis.

– Votre décision concernant les changements dans les classes à l'arrivée du nouveau directeur, elle est sans appel ?

– Oui, j'en ai peur, confirma-t-il.

– D'accord. (*Je peux le faire. Je peux le faire.*) Alors, je souhaite vous remettre ma démission.

Il me dévisagea, sourcils froncés, interdit.

Oh, mon Dieu. C'était de la folie. Enfin, c'était fait. Je ne pouvais qu'aller de l'avant.

– Je considère que changer de professeur si peu de temps avant les examens ne rend pas service aux élèves. Pour beaucoup, nous représentons l'unique élément de stabilité.

Sept ans de départs aux aurores et de corrections tard le soir, de week-ends anxieux de préparation et de soirées parents-professeurs passées à répondre aux exigences des familles. Sept ans. Pour quoi ? Une nouvelle vie à la campagne se trouvait presque à ma portée. Pourquoi ne la saisissais-je pas à deux mains ? Je sentis l'adrénaline monter en moi.

– Je resterai jusqu'aux vacances, naturellement. Mais vous devrez chercher un professeur pour me remplacer à la rentrée.

La bouche de Lewis s'entrouvrit. Le mouvement était à peine perceptible.

– Votre décision me peine beaucoup, Amelia. N'y a-t-il aucune autre solution ?

– Je n'en ai pas l'impression. Je vous ai mis ma démission par écrit.

Je pris ma veste et sortis du bureau.

Je suivis le couloir jusqu'à la salle des professeurs comme dans un rêve. Carly me saisit le coude au moment où j'ouvrais mon casier.

– Ça va ? Tu es toute pâle ?

– Je l'ai fait !, chuchotai-je. Je viens de démissionner.

– C'est vrai ? (Elle me fit pivoter et m'entraîna à l'écart des autres professeurs.) C'est incroyable, même si Dieu seul sait comment je vais m'en sortir sans toi. Comment a réagi Garrett ?

– Je crois qu'il est sous le choc.

– Pas étonnant. Il va avoir du mal à dégotter un prof avec ton expérience d'ici à septembre. Mais c'est son problème. Comment tu te sens ?

– Je dois être sous le choc, moi aussi. Ça n'a aucun sens, ce que je viens de faire, ni sur le plan professionnel, ni sur le plan financier. On doit penser au cottage. Je vais devoir appeler la banque et le leur dire…

– Mais comment tu te sens ?, insista Carly.

– Euphorique.

– Des choses merveilleuses t'attendent pour très bientôt, prédit Carly. Je le sais.

Les deux semaines suivantes passèrent à toute allure. J'assurais mes cours sur pilote automatique, j'essayais de m'habituer à l'idée que mes élèves auraient un nouveau professeur au mois de septembre et que moi… pour la première fois de ma vie, j'ignorais ce que j'allais faire.

Le samedi, la sonnette me réveilla. En regardant par le judas, je vis notre facteur sur le paillasson, flanqué d'un livreur. Je leur ouvris.

– Ça ne passait pas par la fente de la boîte, expliqua le facteur en me tendant une enveloppe bulle et une liasse de courrier.

– Et c'est aussi pour vous, ajouta le livreur en me tendant un bouquet de roses rouges, roses et blanches. Bon anniversaire, je ne me trompe pas ?

– Non. Merci.

Je refermai la porte et retournai vers la chambre.

– Regarde ce que…, commençai-je avant de repérer Jack dans la cuisine.

Il avait dressé la table, posé un bouquet de lis au milieu, et préparait des pancakes devant la cuisinière. Je mis la main devant ma bouche.

– C'est adorable, commentai-je en l'entourant de mes bras.

– Tu le mérites. Encore qu'apparemment, quelqu'un m'a surpassé, poursuivit-il en désignant les cadeaux que je venais de recevoir.

– Les fleurs sont de maman, j'en suis sûre, dis-je en vérifiant la carte.

À Amelia pour ses trente ans.
Bon anniversaire.
Avec tout mon amour.
Maman.

– Et le paquet ?, demanda Jack en envoyant un pancake en l'air et en le rattrapant dans la poêle avec dextérité.

– Je ne sais pas.

L'écriture ressemblait beaucoup à celle de mon père, mais ses cadeaux n'arrivaient en général que deux ou trois jours après mon anniversaire. Je déchirai l'enveloppe.

À l'intérieur se trouvait un écrin de velours noir. Je l'ouvris et découvris de délicats pendants d'oreilles en argent qui captèrent la lumière du soleil.

– Waouh !, s'exclama Jack en déposant le pancake sur une assiette.

Je savais ce qu'il pensait : mon père ne nous avait toujours pas remboursé l'argent qu'il nous devait. Mais là, c'était différent.

Je cherchai une carte dans le paquet et la trouvai, ornée d'une image de ballerine.

À ma magnifique Amelia pour son anniversaire.
Amuse-toi bien. À la tienne !
Avec tout mon amour.

Papa.

Je soulevai les pendants et sentis une boule se former dans ma gorge. Ils étaient tout simplement magnifiques.

– Tu es prête ?, demanda Jack dans la soirée, en examinant ma robe turquoise et les boucles d'oreilles envoyées par mon père, qui tombaient élégamment presque jusqu'à mes épaules.

Je hochai la tête puis, en m'inspectant dans la glace de l'entrée, ajoutai une fleur blanche dans mes cheveux.

– Et voilà, j'ai fini.

– Tu es superbe, dit Jack en m'embrassant. Tu n'as pas du tout l'air d'avoir plus de vingt-neuf ans.

Je lui décochai un coup dans le bras pour rire, et il m'entraîna au-dehors.

En arrivant au *Florence*, je m'attendais à trouver au moins Carly et Sunita, mais je ne reconnus que quelques habitués du pub.

– Tu leur as bien dit que ça se passait ici ?, m'inquiétai-je.

– Oh merde ! J'ai complètement oublié !, fit Jack en se tapant le front, tandis que l'ombre d'un sourire apparaissait au coin de ses lèvres. Viens voir par là, poursuivit-il en m'entraînant vers la porte de derrière.

J'entendis un bourdonnement de conversations dès qu'il ouvrit la porte donnant sur la cour. L'endroit avait été transformé. Les treillages étaient chargés de guirlandes électriques blanches et de lanternes en papier vert et orange. Chacune des tables en bois s'ornait d'une nappe mexicaine rayée. La nuit était chaude et le ciel dégagé. Les étoiles brillaient à travers le *smog*.

Une bannière bariolée était suspendue à la palissade de bois :

JOYEUX ANNIVERSAIRE, AMELIA !

– C'est toi qui as fait tout ça ?, demandai-je en me tournant vers Jack.

– Possible, répondit-il avec un haussement d'épaules. Avec l'aide des fées.

Il désigna du menton Carly et Sunita, qui nous observaient depuis le fond de la cour.

Sunita apporta un plateau chargé de cupcakes au glaçage vert vif. Dans les trois gâteaux du centre était plantée une bougie. Elle m'accueillit d'un baiser :

– Joyeux anniversaire, ma chérie. Le vert, c'est pour représenter la campagne, expliqua-t-elle. Je n'avais pas prévu qu'il soit si flashy. Je crois que j'ai mis trop de colorant.

Un chœur de « joyeux anniversaire ! » s'éleva. Je soufflai les bougies et pris un cupcake. Comme tout ce que cuisinait Sunita, il était délicieux.

– Le goût est bien meilleur que l'aspect, remarquai-je.

Je passai le plateau à Jack et Nico.

– Tu viendras au circuit la semaine prochaine ?, demanda Nico à Jack en prenant un gâteau avec un sourire. Je fermerai au public, ce sera réservé aux amis. C'est pour arroser le bébé.

– Arroser le bébé ?, répéta Jack.

– Oui, comme Suni et moi, nous ne sommes toujours pas mariés, je n'ai pas eu d'enterrement de vie de garçon, alors je me suis dit qu'on pouvait faire une fête maintenant. Tu viendras, hein ?

– Eh oui, intervint Sunita avec un mouvement accusateur du menton. Toujours un bon prétexte, hein ? Je t'apporte un verre de prosecco ?

– Merci.

Je l'accompagnai vers le bar.

– Il s'est déjà mis à la sangria, alors qu'il est supposé commencer tôt demain, soupira-t-elle. Fais attention qu'il n'entraîne pas ton mari dans ses délires.

– J'aurais dû me douter qu'on pouvait vous faire confiance pour mettre l'ambiance !, lançai-je avec un éclat de rire.

– Oui. Encore que ce soir, c'est Nico qui boit ma part.

Carly se fraya un chemin jusqu'à nous. Sunita me mit dans la main un verre de vin blanc pétillant.

– J'ai quelque chose pour toi, annonça-t-elle en me tendant un sac.

Je déballai soigneusement les paquets : un sublime top bleu de Chine et crème de chez Reiss et un collier assorti.

– Merci, Suni !, dis-je en l'embrassant.

– C'est bien plus marrant d'acheter des fringues pour quelqu'un d'autre que de chercher quelque chose dans quoi je rentre.

– Et moi aussi, j'ai un petit quelque chose, dit Carly en me tendant un paquet enveloppé de papier bleu.

À l'intérieur, je trouvai un ravissant carnet à croquis, et un livre illustré de décoration intérieure dans le style vintage dont je lui avais parlé.

– Je me suis dit que le carnet te servirait pour tes *mood boards*[1], quand tu prépareras la décoration des pièces.

---

1. Assemblage de couleurs, matières, formes, destiné à organiser l'aspect général d'une pièce avant d'en commencer la décoration (NdT).

– C'est une idée géniale, merci, dis-je en la serrant dans mes bras.

En parcourant le livre, je sentis l'enthousiasme monter en moi. J'avais hâte de commencer à ajouter les touches personnelles qui feraient vraiment de ce cottage notre foyer.

– St Catherine ne sera plus pareil, dit Carly. Je n'arrive toujours pas à croire que tu t'en vas vraiment.

– Nous ne serons qu'à une heure de route, et nous aurons toute la place pour vous héberger toutes les deux plusieurs jours. Vous pourrez vous offrir des week-ends à la campagne.

– Tout change en ce moment, remarqua Carly. Pourquoi tenez-vous tous tant à changer de vie ? Les choses me convenaient comme elles étaient.

– Salut !, criai-je aux derniers fêtards, en quittant le pub avec Jack juste après minuit.

Mon anniversaire et notre départ avaient été dignement célébrés, et nous avions dressé des plans pour que nos vieux amis viennent nous rendre visite.

Un peu fatigués, nous prîmes le chemin de la maison, en nous rappelant nos conversations de la soirée.

– Et en septembre…, commença Jack.

– Nous serons installés dans notre nouveau chez-nous !

Peu m'importait de rentrer dans un appartement rempli de cartons. Nous avancions ensemble vers une nouvelle vie.

– Je n'en peux plus d'attendre !, m'avoua Jack en souriant. Au début, je t'ai cru folle, mais je dois le reconnaître, c'était une idée géniale.

– Je suis bien contente qu'on soit d'accord là-dessus. Et quand j'aurais retrouvé un travail, elle nous paraîtra encore meilleure !

Oui, nous allions devoir nous serrer la ceinture pendant quelque temps, mais nous ne pouvions plus faire machine arrière – depuis que j'avais donné ma démission, j'éprouvais une impression de liberté, de légèreté. Je venais peut-être d'avoir trente ans, mais je me sentais plus jeune que jamais.

À la maison, Jack sortit son téléphone de sa poche et le posa sur la table de chevet.

Je remarquai l'icône de la messagerie sur son écran.

– Tu as un message, annonçai-je en enfilant mon bas de pyjama avant de me rendre compte que je l'avais mis devant derrière.

– Ah bon ? Je n'ai pas vérifié de toute la soirée, en fait. C'est probablement le boulot.

Tandis qu'il consultait le message, je mis mon haut de pyjama et le boutonnai lentement. La fête résonnait encore en moi. J'étais touchée des présents que m'avaient choisis Carly et Sunita. Finalement, la trentaine s'annonçait plutôt bien.

– Merde, pesta Jack en levant les yeux vers moi pendant qu'il écoutait le message. Putain, bordel, connerie.

– Quoi ? Qu'est-ce qu'il y a ?

Il posa son téléphone.

– C'était la banque. Le message date de cet après-midi. C'est une mauvaise nouvelle.

– Ça, j'avais compris, rétorquai-je, le cœur battant. Qu'est-ce qui se passe ?

– Il y a un problème.

Le souffle me manqua. Ce n'était pas possible. On déménageait. À la campagne. Et quelqu'un d'autre emménageait dans notre appartement. Tout était organisé, tout était prêt.

Il me regarda :

– Ils ont réexaminé notre demande de prêt après ta démission. Elle a été rejetée.

Chapitre 5

Dans les limbes

Dimanche 9 juin

Une tasse de thé dans une main et deux cachets de paracétamol dans l'autre pour soulager ma gueule de bois, je contemplai notre cuisine, ses placards bas de gamme à la peinture écaillée, son lino gris fatigué, sa minuscule fenêtre donnant sur la voie ferrée – et j'eus envie de pleurer.

Comment notre rêve de campagne avait-il pu disparaître ainsi, en un instant ? Un moment, nous étions prêts à nous installer dans une maison où, je le savais, nous aurions pu être vraiment heureux, et le suivant, nous nous retrouvions à la case départ, et nous étions coincés.

Quels choix nous restait-il maintenant que ce cottage nous échappait ? Annuler la vente de notre appartement, bien que je n'aie plus mon poste à St Catherine pour m'inciter à rester à Hackney ? Laisser tomber nos acheteurs et risquer de ne pas en trouver d'autres ?

Jack et moi n'avions pas dormi de la nuit. Mon esprit tournait à plein régime – pourquoi n'avais-je pu serrer les dents encore un trimestre ? Si nous n'avions pas prévenu la banque de ma démission, y aurait-il eu des conséquences ? Notre maison, celle qui nous était destinée, était désormais hors de portée, et dans deux mois, nous devions quitter notre appartement. Si nous ne prenions pas très vite une décision, nous allions finir à la rue.

Mais je ne pouvais passer la journée à me lamenter sur mon sort, ce qui valait probablement mieux. Sunita et moi avions prévu de nous retrouver sur Oxford Street à dix heures, alors je devais me ressaisir. J'avais promis de l'aider dans ses derniers achats en prévision de l'arrivée du bébé et elle m'avait fait miroiter, ensuite, une gaufre au café du grand magasin. Je ferais quasiment n'importe quoi pour une gaufre.

J'avalai les cachets avec le reste de mon thé, puis lavai ma tasse. Prendre l'air me ferait du bien. Dans notre chambre, j'enfilai un top large en soie orange et un jean slim noir, avec des sandales ocre. Je glissai mon téléphone et mon portefeuille dans mon sac à main et m'examinai brièvement dans la glace. Mes cheveux étaient un peu en bataille – les dernières semaines au lycée avaient été si frénétiques que je ne les avais pas fait couper depuis deux bons mois, et ma nuit blanche m'avait laissé des cernes noirs.

Je pris un bus, puis le métro vers le centre, et trouvai Sunita qui m'attendait à l'entrée du grand magasin.

– Salut, Amelia. Tu as une mine affreuse.

– Merci, grinçai-je.

– Désolée. Mais tu as l'air fatigué. Tu ne paraissais pas si soûle que ça hier soir.

– Ce n'est pas ça, soupirai-je. C'est la maison. Notre plan tombe à l'eau, Suni.

Nous traversâmes le rayon parfumerie et je la mis au courant de ce qui s'était passé après notre retour chez nous.

– C'est affreux. Quelle poisse !

– Je sais. J'aurais dû m'en douter. C'était idiot de croire que tout allait se mettre en place, que je trouverais un nouveau travail, ou que la banque prendrait le risque.

– Je ne suis pas sûre que les banquiers aient très envie de prendre des risques en ce moment, remarqua Sunita. Je suis désolée, ma belle. Tu es sûre que tu te sens de faire les magasins aujourd'hui ?

– Oui, ça va. Ça me fera du bien de penser à autre chose.

J'inspirai à fond pour me calmer. Parler du cottage avait ravivé mon émotion, et je ne voulais pas fondre en larmes.

– C'est agréable d'avoir de la compagnie. Nico n'a pas été vraiment à la hauteur pour les préparatifs.

Une certaine tension se lisait sur son visage.

Avec elle, je passai plusieurs heures à traîner dans le rayon petite enfance, au troisième étage, à choisir des décorations pour la chambre sur le thème des animaux de la forêt, un babyphone, un siège auto et un couffin. Plus un tapis d'éveil et une paire de chaussons à laquelle je ne pus résister et que j'offris à Sunita.

Vers quinze heures, mon estomac se mit à gronder.

– Suni, ce n'est pas que je m'ennuie, mais tu n'avais pas parlé de gaufres ?

– Des gaufres ?, répondit-elle avec une lueur dans l'œil. Bien sûr. Mon Dieu, comment en suis-je arrivée à m'intéresser plus aux accessoires de voyage hors de prix qu'à l'ingestion de pâtisseries pleines de crème avec toi ? Désolée. Filons au café avant que je perde complètement la boule.

Un quart d'heure plus tard, nous étions installées près d'une fenêtre donnant sur la foule qui se pressait sur Oxford Street, avec des assiettes de gaufres, crème chantilly et fraises devant nous.

– Merci d'être venue, Amelia. Ça aurait été beaucoup moins drôle sans toi.

– Pas de problème. À quoi serviraient les amies ? Je suis ravie de t'aider pour les achats, mais je ne sais pas si je te serais très utile quand il s'agira des tétées de nuit.

– C'est vrai. J'espère que Nico me soutiendra davantage à ce moment-là. Avec un peu de chance, il aura le déclic quand le bébé sera là.

– Il a la trouille ?

– Je crois. Il trépigne d'impatience, mais en même temps il a peur. Il a fait un cauchemar où il accouchait lui-même dans un supermarché, et depuis il pâlit chaque fois qu'on parle de la naissance.

– Je parie qu'il sera génial quand le moment sera venu.

– On verra. Et Jack, il rêve toujours de pouponner ?

Je coupai un morceau de gaufre avec ma fourchette, ajoutai un peu de chantilly et un morceau de fraise.

– Oui. Tu devrais le voir quand il parle de vous deux. Mais tu le connais… Je suis sûre que le mois prochain, il sera passé à autre chose.

– Et c'est ce que tu veux ? Qu'il passe à autre chose ?

– Franchement, oui.

– Tu crois que tu pourrais changer d'avis, dans un an ou deux peut-être ?

– Possible, répondis-je avec un haussement d'épaules. Mais je ne m'y vois pas vraiment. J'aime notre vie telle qu'elle est. De toute façon, pour l'instant, on a bien assez de soucis sans ajouter un autre être humain à l'équation. On doit trouver un toit, pour commencer.

– D'accord. Commençons par votre appartement. Vous pourriez négocier un report du déménagement avec vos acheteurs ? Pour vous donner le temps de vous organiser ?

– Peut-être. Je m'en occuperai le week-end prochain. Je n'arrive pas à oublier ce cottage. Le jardin, l'espace, la cheminée. C'est tellement calme là-bas. Je le voulais vraiment. Et Jack aussi.

– Je suis sûre que vous en trouverez un autre.

– Ce ne sera pas pareil, rétorquai-je d'un ton boudeur.

Sunita haussa un sourcil.

– Désolée, m'excusai-je. Je suis puérile, c'est ça ?

– Écoute, je connais un bon remède, même s'il ne fait pas effet longtemps. Un chocolat chaud avec de la crème fouettée. Tu ne vas pas abandonner une femme enceinte ?

En rentrant dans la soirée, je trouvai Jack attablé dans la cuisine, travaillant sur un story-board.

– Comment ça s'est passé avec Sunita ? Vous avez trouvé tout ce qu'il lui fallait ?

– C'était sympa. Tu t'intéresses vraiment aux équipements pour bébé ?

– Oui, pourquoi ?

– On a pris un babyphone et quelques autres trucs.

Je repérai une pile de menus à emporter près du paillasson, et sortis celui d'un restaurant de curry tout proche.

– Ça te dit qu'on commande quelque chose à manger pour ce soir ?

– Bien sûr.

– Et toi, tu as passé une bonne journée ?

– J'ai travaillé comme une bête sur ce story-board, mais je n'arrive à rien. Je n'arrête pas de penser à la maison.

– Oui. On est deux.

– Qu'est-ce qu'on devrait faire, à ton avis ? J'ai le sentiment qu'on a déjà dit adieu à cet appart.

– Moi aussi. Si on reste ici, je vais devoir me mettre à chercher du travail tout de suite, essayer de trouver un nouveau poste à Londres dès septembre.

– Il y a d'autres possibilités. On peut encore déménager. Notre budget sera plus réduit, c'est tout.

– On pourrait continuer à chercher, approuvai-je après un temps de réflexion. Voir si on peut acheter quelque chose avec un emprunt basé sur ton salaire seul. Un endroit où on pourrait vivre cet été avec ce que tu gagnes.

– Faisons-ça. Je suis sûr qu'il y a de bonnes occasions quelque part.

Je n'en étais pas si certaine.

– On va s'en sortir, hein ?

– Évidemment qu'on va s'en sortir.

Le lendemain, au lycée, je cherchai Carly dans la salle des professeurs, en vain. Je vérifiai les messages sur mon téléphone et en trouvai un d'elle.

Aux toilettes, tout de suite.

Je m'engageai dans le couloir et poussai la porte des toilettes des professeurs. Je trouvai Carly adossée au mur du fond, en larmes.

– Carly, qu'est-ce qu'il y a ?

– C'est Alex, répondit-elle en redoublant de sanglots.

Elle s'essuya les yeux.

– Viens là, dis-je en la serrant dans mes bras.

Elle s'accrocha à moi comme un bébé koala, en pleurant sur mon épaule.

– Qu'est-ce qu'il y a ? Qu'est-ce qu'il a fait ?, demandai-je en m'écartant au bout d'un moment.

– Il n'a rien fait. Enfin si, mais je le comprends. Il a fini par parler de nous à Jules et il a piqué une crise.

– Je croyais qu'il voulait attendre les vacances ?

– Oui, moi aussi, mais apparemment, un des copains de Jules nous a vus ensemble, et il a flairé quelque chose. Il est furieux contre son père parce qu'il ne lui en a pas parlé, même si… enfin, tu sais… il ne s'est rien passé. Alex est dans tous ses états. Il veut qu'on arrête de se voir.

– Je suis désolée, Carly. J'ai vraiment cru que ça allait marcher entre vous.

– Eh bien, non. On aurait dû tout dire à Jules dès le départ. J'ai un cours avec lui cet après-midi. C'est un cauchemar. À présent, je n'ai plus qu'à prier pour que ça n'arrive pas aux oreilles de Garrett. Ce serait vraiment le bouquet.

– Il n'en saura rien, assurai-je. Personne ne lui en parlera, et surtout pas un élève. Tu le sais bien.

– Je croyais…, dit Carly d'une voix encore pleine de larmes, je croyais qu'on avait seulement besoin d'un peu de temps.

Quand le week-end arriva, j'étais ravie de quitter l'appartement. Jack prit le volant et nous partîmes pour Hazelton, le village de ma mère, à une demi-heure de Canterbury. La route longeait des champs verdoyants et des séchoirs à houblon. Des panneaux écrits à la main annonçaient la vente d'œufs frais.

Je vis ma mère à la fenêtre de sa petite maison de village, qui nous adressait des grands signes enthousiastes. Elle sortit, se précipita sur le trottoir et nous rejoignit d'un pas dansant, avec sa robe-chemisier bleue et ses ballerines.

– Je suis contente de vous voir, déclara-t-elle pendant que nous descendions de voiture.

Elle nous gratifia tous deux d'une bise avant de nous serrer dans ses bras. Elle sentait le salon de coiffure et le shampooing coûteux.

– Amelia. Ma fille. Tu as tellement grandi. Trente ans !

Elle se retourna vers Jack, comme pour partager avec lui sa surprise de me voir en âge de marcher. Il hocha la tête en souriant, comme si lui aussi s'étonnait que je ne rentre plus dans ma grenouillère.

– Tu as l'air en forme, remarqua-t-elle.

Je contemplai ma jupe H&M délavée et mes tongs. J'avais toujours besoin d'aller chez le coiffeur. Ce devait être l'amour maternel.

– Entrez, tous les deux. Je suis si contente que vous soyez venus.

Elle nous entraîna vers le salon-salle à manger.

– La maison a un peu changé depuis ta dernière visite, pas vrai ?, remarqua-t-elle.

Elle paraissait plus accueillante, avec des rideaux à fleurs, des coussins sur le canapé et un bol de pot-pourri sur la table basse.

– Asseyez-vous. Racontez-moi comment vous allez ?

Je m'assis sur le canapé avec Jack, tandis que ma mère s'installait en face de nous dans un fauteuil.

– On a été très occupé ces dernières semaines, commençai-je.

– Oui ?

– En fait, j'ai démissionné.

– Ah bon ?, s'étonna ma mère, sourcils froncés. Je croyais que tu adorais ton travail ?

– C'est vrai. Mais les choses ont changé au lycée.

Jack posa sur ma cuisse une main consolatrice.

– Et puis avec Jack, on espérait s'installer à la campagne, tout près d'ici, en fait, on avait trouvé un cottage qui nous plaisait énormément à Chilham.

– Chilham ? C'est un beau village. Pourquoi ne m'avoir rien dit ?

– On attendait que tout soit confirmé. Malheureusement, ça n'a pas marché.

J'essayais de chasser l'émotion de ma voix. Nous devions nous faire une raison.

– Oh, quel dommage !, dit ma mère en joignant les mains sur ses genoux. Ce n'est pas de chance.

– Je suis certain qu'on va trouver autre chose, affirma Jack. Mais on va devoir être plus modestes dans nos choix. Notre budget s'est réduit.

– Si vous cherchez dans la région, et tu sais que ça me ferait très plaisir de vous avoir dans les parages, je peux me renseigner pour vous, proposa ma mère.

– Merci.

– Et comment s'est passé ton anniversaire ?, reprit-elle, sentant peut-être que je préférais changer de sujet. Vous l'avez fêté ?

– Oui, c'était génial. Jack m'a organisé une petite soirée au pub de notre quartier. Tous nos amis étaient là.

– Formidable !, s'extasia ma mère. Des nouvelles de ton père ?

– Oui, il m'a envoyé des boucles d'oreilles.

– C'est gentil. Bon, je crois qu'il est temps de mettre la bouilloire en route.

Elle se leva, puis s'arrêta :

– Quand tu dis que vous voudriez acheter dans la région, est-ce que vous seriez prêts à vous installer à Hazelton même ?

Jack et moi échangeâmes un regard. Habiter à côté de chez ma mère ne faisait pas partie du plan. Mais avions-nous encore un plan ?

– À quoi est-ce que tu penses ?

Elle se rassit, tout excitée.

– Il y a un cottage merveilleux tout près d'ici – il y aura des travaux à faire, mais je crois que vous pourriez l'acheter à bon compte. La propriétaire est très âgée et son fils souhaite qu'elle s'installe plus près de chez lui.

– Je ne crois pas que le GPS va le trouver, constatai-je en appuyant sur plusieurs boutons tandis que le système nous enjoignait encore et encore de faire demi-tour dès que possible. Vingt minutes de voiture et trois erreurs d'itinéraire après notre départ de chez ma mère, nous tentions, avant de rentrer à Londres, d'aller jeter un coup d'œil au cottage dont elle avait parlé.

– Maman parlait d'une piste. C'est peut-être là ?, suggérai-je en désignant une haie bordant un chemin de terre.

– Tu es sûre ? Je ne vois rien par là. Je n'ai pas envie de me retrouver dans la cour d'une ferme comme la dernière fois.

– J'en suis presque sûre. Regarde.

Je pointai du doigt les contours d'une bâtisse, à peine visible entre les arbres.

– OK. Essayons.

Jack engagea la voiture dans le large chemin boueux et un cottage correspondant à la description de ma mère apparut. Il était isolé, sans aucune autre habitation à des kilomètres à la ronde, et possédait un toit de chaume. Dans le jardin de devant poussait un pommier. Les murs étaient recouverts d'une glycine, dont les dernières fleurs mauves ressortaient sur la pierre grise. Si on plissait les yeux, il n'était pas si différent de celui dont nous étions tombés amoureux.

– « Brambledown Cottage », déchiffrai-je sur la plaque du portillon. On y est.

– Ça m'a l'air bien, dit Jack. Il ressemble beaucoup à l'autre. Un peu plus décrépit, peut-être, mais il fait la même taille, et la porte d'entrée est du même style. Il n'y a pas de vis-à-vis, c'est plutôt un avantage.

Je ne m'attendais pas à une merveille – ma mère et moi n'avons pas les mêmes goûts –, mais c'était peut-être une solution pour nous. Je jetai un coup d'œil à une fenêtre du rez-de-chaussée et aperçus une silhouette féminine. Elle se tourna vers nous. Elle était pâle et très âgée, les cheveux relevés en chignon lâche. Elle paraissait regarder la voiture, mais sans la voir – ses yeux semblaient vides.

– On descend jeter un coup d'œil ?, proposa Jack.

– Il vaut mieux pas, répondis-je en désignant du menton la vieille dame qui continuait de nous observer sans bouger. Apparemment, la propriétaire habite encore ici. Je ne veux pas la terroriser en furetant autour de la maison. Il n'y a même pas encore de panneau « À vendre ». Contactons l'agence immobilière et organisons une visite dans les règles.

– D'accord.

Jack redémarra.

– On reviendra. Ça vaut vraiment le coup, non ?

– Oui, approuvai-je en bouclant ma ceinture. Être si près de chez ma mère… Ce n'est pas ce qu'on avait prévu, mais cet endroit a l'air de correspondre exactement à ce qu'on cherche.

Niché dans son environnement serein, le cottage avait ramené quelque chose dans ma vie – et peut-être aussi dans celle de Jack. De l'espoir.

Le samedi suivant, Jack me réveilla en me secouant doucement. J'enfouis mon visage dans l'oreiller en grognant. Ma tête m'élançait et j'avais du mal à respirer par le nez.

Ma peau me démangeait, brûlante et glacée tout à la fois. J'avais le visage et la poitrine couverts de sueur.

– Ça va ?, s'inquiéta Jack en déposant un verre d'eau à mon intention sur la table de chevet.

– Non, gémis-je en repoussant une mèche de cheveux collée de transpiration. Je suis malade.

Tous les ans, au mois de juin, mon euphorie à l'idée des semaines de liberté qui s'annonçaient était douchée par un accès de grippe estivale. Toute une année de stress me rattrapait et me plongeait dans un brouillard empli de mouchoirs. Naïvement, j'avais espéré que cette année serait différente, puisque sous peu j'allais quitter St Catherine pour de bon.

– Mon Lemsip, croassai-je avant de retomber dans une somnolence brumeuse.

Jack revint quelques minutes plus tard avec le médicament dilué dans une tasse d'eau chaude.

– Et voilà.

Je pris la tasse avec reconnaissance et réussis à m'asseoir dans le lit.

– On annule la visite ?, suggéra Jack en consultant sa montre. Ça me semble injuste d'y aller sans toi.

– Non, ce n'est pas la peine qu'on la rate tous les deux. (Je pris un mouchoir en papier dans la boîte à côté de moi.) Cette maison pourrait être idéale pour nous. Si tu allais y jeter un coup d'œil ? Tu pourrais prendre des photos et tout me raconter en rentrant.

– Tu es sûre ?

– Oui. Je ne pourrais jamais supporter le trajet, et encore moins me traîner dans la maison. Si elle te plaît, on y retournera ensemble quand j'irai mieux.

– D'accord. Je rentrerai vers dix-huit heures. Tu as de quoi t'occuper jusque-là ?

– Oui, ne t'inquiète pas. J'appellerai peut-être Carly, au cas où elle aurait envie de passer.

– Soigne-toi bien. Si ça empire, appelle-moi et je rentre tout de suite.

Il m'embrassa le sommet du crâne et me toucha doucement le bras. Sa main était rafraîchissante sur ma peau brûlante.

– Ça ira, le rassurai-je. Je suis habituée à la grippe de St Catherine, à force.

Quand j'entendis la porte se refermer, je me blottis sous la couette et envoyai un texto à Carly :

Salut, je suis malade. Ça te dit de t'affaler sur mon canapé pour regarder des DVD avec une boîte d'After Eight ? Tu serais la meilleure des amies si tu venais me tenir compagnie. Bises.

La réponse de Carly ne tarda pas :

Tu as de la chance que je sois toute seule. C'est la meilleure proposition qu'on m'ait faite depuis des siècles. J'arrive dans un quart d'heure. Bises.

Je laisserais peu de gens me voir dans mon pyjama et ma robe de chambre élimée, les cheveux en bataille, mais Carly est de ceux-là. Assises sur le canapé, nous attaquions le deuxième épisode de *New Girl*. La boîte de chocolats était bien entamée.

– C'est très égoïste de ma part de t'avoir fait venir. Tu vas sûrement tomber malade aussi.

– Ne t'inquiète pas, rétorqua-t-elle en se fourrant un After Eight dans la bouche. De toute façon, je ne perds rien pour attendre. Moi aussi, je l'attrape tous les ans. Et puis qui sait combien de fois on pourra encore faire ça ? Je profite de ta compagnie tant que je le peux.

– C'est gentil, même si on risque de ne pas déménager de sitôt. Au fait, tu as eu des nouvelles d'Alex ? Jules rentre à l'université en septembre, non ? Ça devrait vous permettre de refaire un essai ?

– Non. Jules m'ignore en classe, et Alex ne répond pas à mes textos. Je me sens idiote d'avoir cru à cette histoire. Je devrais peut-être me remettre à sortir et chercher quelqu'un d'autre.

– Ne renonce pas, Carly. Tu disais qu'il en valait la peine.

– C'est vrai. Et je suis dingue de lui. Mais c'est un problème de famille. Depuis le divorce, il fait tout pour donner à Jules un sentiment de sécurité et pour renforcer leurs liens. Je ne veux pas tout gâcher.

Je me mouchai.

– Jules se fera peut-être à cette idée. Avec le temps.

– Je ne sais pas. Il semble vraiment contre pour l'instant. Tu as de la chance, avec Jack. Tout est si simple. Tu l'aimes, il t'aime, vous voulez les mêmes choses. Aucun de vous n'a eu d'enfant avec quelqu'un d'autre. Votre mariage est un rêve.

– Merci.

Mon regard glissa instinctivement vers notre photo de mariage : Jack et moi devant une voiture ancienne près du pont suspendu de Clifton, à Bristol, la ville où il avait grandi.

– Ce n'est pas toujours de tout repos, crois-moi. Mais je ne peux pas me plaindre. Jack est génial.

– À l'époque, je me disais que tu t'engageais trop tôt. Mais c'est peut-être moi qui étais en retard. Au début, ça ne me gênait pas d'attendre Alex, mais maintenant, j'ai la trouille : si ça ne marche pas entre nous, est-ce que c'est fini pour moi ? Est-ce que j'aurai encore le temps de trouver quelqu'un d'autre ?

– Tu délires. Premièrement, ça va probablement marcher et deuxièmement, tu as encore largement le temps.

– Désolée, s'excusa Carly. Ce sont les hormones. Et savoir ma vie sentimentale entre les mains d'un ado n'arrange rien.

Dans la soirée, Jack ouvrit la porte de la chambre, qui grinça et me réveilla d'un sommeil médicamenteux. Carly m'avait servi une dose de cheval avant de filer, et je devais avoir mon compte. Je ne me rappelais même pas son départ, mais de toute évidence elle avait éteint la lumière et la télévision avant de sortir, puisque l'appartement était plongé dans le silence et l'obscurité.

– Salut, Amelia, murmura-t-il en s'asseyant près de moi.

– Tu es rentré.

Mes yeux larmoyants reconnaissaient mon mari près de moi, mais son visage paraissait étrangement flou, et la lumière de l'entrée derrière lui me faisait mal aux yeux.

– Oui. Je t'ai rapporté un œuf en chocolat à la crème. Ils ne sont pas faciles à dégotter en cette saison, mais je connais leurs vertus guérisseuses.

Je me rassérénai aussitôt et m'assis dans le lit. Je défis l'enveloppe de ma surprise.

– Tu es un ange !

En mordant dans la coquille de chocolat, je rassemblai mes souvenirs et me rappelai d'où venait Jack.

– Le cottage ! Comment est-il ? Aussi beau que l'autre ? Et le jardin ?

– Le jardin est immense. Comment disait ta mère, la maison a besoin de travaux, mais elle a un cachet fou – encore plus d'éléments d'origine que l'autre. Et apparemment, on pourrait l'avoir pour pas cher. Le prix de départ est de soixante mille livres de moins que pour Arcadia Cottage, et l'agent, Shannon, m'a laissé entendre qu'ils accepteraient sans doute une offre inférieure. Si c'est vrai, il nous restera de l'argent pour les travaux.

– Ça paraît bien, commentai-je en faisant de mon mieux pour rester concentrée. C'est comment, à l'intérieur ?

– La disposition est pratiquement la même que dans l'autre, mais on a besoin de plus d'imagination, parce que la propriétaire y vit depuis plus de cinquante ans, et que pour l'instant, il est plein de ses affaires. La cuisine est un peu vieillotte, mais on pourrait la refaire. Malgré l'argent qu'on a perdu pour payer l'expertise et les frais de notaire sur l'autre, je crois qu'on aura assez pour les travaux. Il a surtout besoin d'un bon coup de balai.

– Je peux voir les photos ?

Jack sortit son iPhone et me montra quelques clichés sombres de l'intérieur. La salle de bains paraissait démodée, mais possédait de belles poutres en chêne, et la chambre était spacieuse. On apercevait par la fenêtre une jolie vue sur les champs environnants.

– Ça paraît bien, commentai-je. Dans quelques jours, je serai sans doute assez en forme pour y aller.

– On devra faire assez vite, dit Jack en se tournant pour me faire face. La maison était ouverte aux visites aujourd'hui, et j'ai vu trois autres couples se présenter.

– D'accord. J'irai la voir dès que je serai remise.

Le week-end suivant, je pris seule la route d'Hazelton car Jack devait travailler. Au lieu de m'arrêter chez ma mère, je m'engageai dans la grand-rue, avec son église, ses petits magasins et son square animé, puis poursuivis ma route jusqu'à Brambledown Cottage.

En arrivant, je vis une jeune femme d'environ vingt-cinq ans, aux cheveux méchés rassemblés en chignon, qui m'attendait au portillon. Je me garai et descendis.

– Bonjour, vous devez être Shannon. Je suis Amelia.

Je lui serrai la main.

– Merci d'être venue, Amelia. Jack m'a expliqué que vous teniez à visiter la maison vous aussi. Nous comprenons très bien, naturellement. Deux autres couples ont manifesté de l'intérêt mais j'ai convaincu le vendeur d'attendre que vous ayez pu voir le cottage avant de prendre une décision.

– Merci, j'apprécie.

Shannon s'approcha de la porte d'entrée et frappa un coup ferme sur le bois.

J'inspectai le jardin de devant. Le pommier était entouré d'herbes folles, et au bord du chemin gisaient deux pots de fleurs cassés et renversés qui laissaient échapper leur terre. L'endroit aurait besoin d'un peu de ménage, mais il avait du potentiel – et vu le prix modique demandé, Jack et moi nous attendions à devoir faire des travaux.

Personne ne répondit, alors Shannon frappa encore, plus fort.

– Elle est âgée, expliqua-t-elle.

Cinq minutes plus tard, nous étions toujours devant la porte.

– Je suis vraiment désolée. Je vais appeler son fils et voir ce qui se passe. Il a dit qu'on pouvait visiter aujourd'hui.

Elle s'éloigna de la porte, téléphone à l'oreille.

Je vis quelque chose bouger dans le séjour et fis un pas en avant. La vieille dame que j'avais déjà aperçue se tenait immobile, en silence, enveloppée de ce qui semblait être une robe de chambre en soie. Elle leva la tête et nos regards se croisèrent. Elle porta la main à sa poitrine comme si je lui avais fait peur.

Je lançai un regard à Shannon mais elle était absorbée par sa conversation.

La porte s'ouvrit, et la vieille dame me dévisagea d'un air accusateur. Elle était grande et svelte, ses cheveux blancs étaient épinglés à la va-vite et son regard paraissait égaré.

– Bonjour, dit-elle tandis que ses yeux s'adoucissaient. Tu es venue. Entre.

Je pénétrai dans le vestibule, remarquai l'escalier en bois d'origine et entrevis la cuisine.

– Sarah, dit-elle.

– Non, je m'appelle Amelia, corrigeai-je en lui tendant la main.

Elle secoua la tête, déroutée.

– Je suis venue avec Shannon, de l'agence immobilière, expliquai-je avec un geste vers la jeune femme à l'extérieur.

Shannon mit fin à sa communication et se dirigea vers nous.

– Mme McGuire, salua-t-elle sur le pas de la porte. Je suis venue avec cette dame pour lui faire visiter votre maison, si vous êtes toujours d'accord. Votre fils dit que…

– Visiter ma maison ?, s'insurgea la vieille dame. Pas question. Qu'est-ce que vous mijotez ? Vous voulez me voler ? Une vieille femme sans défense ? Je ne le permettrai pas.

– Non, Mme McGuire, fit Shannon en souriant et en secouant la tête.

– Vous vous moquez de moi ?

Je reculai en silence jusqu'à la porte et me postai près de Shannon, au-dehors.

– Non, bien sûr que non. Je voulais simplement montrer le cottage à Amelia, parce qu'elle envisage de l'acheter. Vous savez, comme on a fait avec ces gens, la semaine dernière ?

– L'acheter ?, lança sèchement la vieille dame. C'est ridicule. Il n'est pas à vendre. Je ne veux pas d'étrangers chez moi.

En secouant la tête, elle referma la porte si violemment que je reculai d'un pas.

– Oh, mon Dieu ! Je suis désolée, s'excusa Shannon. Elle était tout à fait bien la dernière fois, mais sa famille m'a prévenue que sa santé était fragile.

– Elle semblait avoir peur de nous.

– Je crois qu'elle ne sait plus où elle en est, c'est tout. (Elle désigna son téléphone.) Son fils David m'a dit qu'il était dans le Sussex aujourd'hui, sans quoi il serait venu nous faire visiter lui-même.

– On n'y peut rien, soupirai-je, déçue. Mais j'ai fait tout ce chemin… Il n'y a rien qu'on pourrait voir ? Le jardin, par exemple ?

– Oui. Je pense qu'il vaut mieux ne pas essayer d'y entrer, mais la barrière est tombée sur le côté, et on aura une bonne vue.

Elle me précéda le long d'un sentier étroit vers l'arrière de la maison. Le parfum entêtant du chèvrefeuille s'insinua dans mes narines. La barrière de bois, chargée d'un hydrangea grimpant à fleurs blanches, s'était affaissée à un endroit, de sorte que nous aurions pu entrer sans difficulté si nous l'avions voulu. Je regardai vers l'intérieur.

Le jardin était à l'abandon, envahi d'herbes folles. Il semblait s'étendre sur des kilomètres, et n'était bordé que par des champs. Un chêne se dressait tout au fond. Çà et là éclataient des taches de couleurs – les roses trémières et les coquelicots prospéraient dans ce terrain non entretenu. Deux grands tournesols se dressaient près de la barrière d'en face. À ma gauche, dans un rayon de soleil, une grande touffe de lavande flanquait un rosier – je me demandai si, dans le passé, le jardin avait eu un autre aspect.

En respirant les doux parfums, en entendant les chants d'oiseaux, je me disais que le bureau du bookmaker et la voie ferrée qu'on voyait depuis notre appartement d'Addison Road paraissaient bien loin.

– Évidemment, il faudra s'en occuper un peu, commenta Shannon en désignant les mauvaises herbes.

Par endroits, elles montaient à hauteur de taille. Seule la terrasse dallée qui bordait la maison était plus ou moins contrôlée.

– Mais c'est beau, non ?, dis-je en respirant l'air de la campagne.

Oui, le jardin avait besoin d'être domestiqué, mais il avait un potentiel qu'on ne trouverait jamais dans un appartement urbain – je pourrais m'y découvrir une fibre jardinière. Je cueillis un coquelicot à mes pieds et le gardai en main.

– Je crois qu'il pourrait être ravissant.

Plutôt que de rentrer directement, j'appelai ma mère.

– Quelle bonne surprise !, s'exclama-t-elle. Je suis au bureau de poste. Si tu venais au village, on pourrait se promener et aller manger une glace dans le square ?

– Très bien. J'arrive. Je te retrouve dans la grand-rue.

Je repris la voiture et un quart d'heure plus tard, me garai dans Hazelton. La grand-rue, animée par cette belle journée, offrait une panoplie de boutiques et cafés modernes, un mini-marché, ainsi qu'une bijouterie et un magasin d'antiquités qui semblaient être là depuis des siècles. Je regardai dans la vitrine de l'antiquaire et repérai une cheminée ainsi que de très jolis lampadaires à l'intérieur. Je me promis d'en parler à Jack. Si nous décidions d'acheter la maison, on pourrait trouver là de bonnes affaires pour la meubler.

Je traversai la rue et aperçus immédiatement ma mère, sur le trottoir, vêtue d'une ample robe turquoise et chaussée de ballerines. Elle m'étreignit rapidement avant de m'entraîner vers le square.

– Alors, comment tu as trouvé la maison ?

– Malheureusement, la visite a tourné court. La vieille dame qui habite là n'a pas voulu me laisser entrer.

– Oh non, quel dommage ! Alors, tu n'as rien pu voir ?

– Je n'ai pu jeter qu'un rapide coup d'œil, et j'ai regardé par les fenêtres – ça n'est pas grand-chose. Mais on a fait le tour pour voir le jardin, et il est incroyable. Vraiment immense. Tu disais que tu y étais déjà allée ?

– Non, je n'ai vu que l'extérieur, comme toi. Mais les gens d'ici disent que c'est un diamant brut. Elle n'est guère entretenue depuis quelque temps, et si tu as rencontré la propriétaire, tu comprends pourquoi. Mais un jeune couple comme toi et Jack, je suis sûre que vous en feriez une merveille. Elle prendra beaucoup de valeur.

En arrivant devant le kiosque à musique, nous nous assîmes sur les marches.

– Ce serait de la folie de faire une offre sans l'avoir vraiment vue, non ?, m'inquiétai-je.

– Je ne sais pas. Parfois, dans la vie, il faut se lancer dans l'inconnu. Et tu disais que votre budget était limité. Ce n'est pas tous les jours qu'un cottage comme celui-ci est mis en vente.

– L'agent a dit que d'autres personnes étaient intéressées, en effet. Je ne crois pas qu'elle pourra les faire attendre très longtemps, et je risque de ne pas pouvoir revenir tout de suite.

– Qu'est-ce que tu as ressenti, en regardant la maison ?, demanda ma mère.

– Je ne sais pas. Je crois qu'elle m'a plu. Enfin, j'étais un peu déstabilisée par la situation, ma présence paraissait vraiment bouleverser cette vieille dame. Mais l'extérieur est ravissant, et j'aime l'idée d'un jardin où l'on pourrait vraiment faire quelque chose.

– Discute avec Jack ce soir. Je suis sûre que la bonne réponse te viendra.

– Je l'espère. C'est une grande décision.

– C'est vrai. J'ai éprouvé la même chose quand j'ai acheté ma maison. Mais je n'ai jamais regardé en arrière. Hazelton est un village fantastique. Vraiment très accueillant.

– C'est vrai qu'il paraît agréable, remarquai-je en contemplant la pelouse qui séparait les deux côtés de la grand-rue. De jeunes mamans y poussaient des landaus et des écoliers y jouaient. Un stand de glaces se dressait à notre gauche.

– Un cornet de glace ?, proposa ma mère.

– Volontiers. Ça, c'est le genre de décision facile à prendre.

Quand je rentrai à Hackney en début de soirée, Jack m'avait laissé un mot disant qu'il était dans un café au bord du canal, avec Sunita et Nico. J'enfilai un gilet et partis les rejoindre.

– C'est ça que tu appelles du travail ?, plaisantai-je en voyant la bière fraîche dans sa main.

Il se leva pour me serrer contre lui.

– J'ai travaillé toute la journée, je te le jure, se défendit-il en riant. Ils m'ont obligé à sortir.

– C'est vrai, confirma Nico. Tu sais combien c'est difficile de convaincre ton mari pour ces trucs-là.

Je secouai la tête, leur fis la bise et m'assis avec eux. Le soleil qui se couchait derrière les vestiges du parc olympique faisait miroiter le canal.

– Alors, ton verdict ?, demanda Jack. Comment as-tu trouvé la maison ?

– Je suis assez perplexe. Je n'ai pas pu la visiter – c'est une longue histoire. Mais d'après ce que j'ai pu en apercevoir, elle a beaucoup de charme, et maman a entendu dire qu'elle avait un grand potentiel et qu'à ce prix-là, c'était une affaire.

– Tu n'as pas pu visiter ?, s'étonna Sunita.

– Je n'ai pu jeter qu'un coup d'œil à l'intérieur avant que la propriétaire me fasse comprendre que je n'étais pas la bienvenue. Mais j'ai vu le jardin, il est magnifique. Il s'étend à perte de vue.

– Je suis jalouse. J'adore notre mètre carré bétonné, mais je donnerais n'importe quoi pour un bout de pelouse. Surtout avec celui-là, ajouta-t-elle en posant la main sur son ventre.

– J'ai… je ne sais pas. Je crois que je la sens bien, cette maison.

– Qu'est-ce que vous avez prévu avec les acheteurs de votre appart ?, intervint Nico.

– Ils voulaient emménager à la mi-août, expliqua Jack, mais on a réussi à les convaincre de nous accorder trois semaines de plus. Si notre offre est acceptée, on pourrait tout régler en deux mois. Qu'est-ce que tu en penses, Amelia ?

À la vérité, je ne savais plus très bien ce que je voulais. Alors que depuis des années, tout se passait à peu près comme je l'avais prévu, les événements semblaient désormais m'échapper. Pourtant, je nous voyais déjà à Hazelton, Jack et moi, dans cette maison. Ce que j'avais vu du village m'avait beaucoup plu.

– Tu sais quoi ? Je pense qu'on devrait se lancer, déclarai-je avec un sourire. On peut tout juste se le permettre, on augmentera sa valeur, et ce sera une aventure.

Sunita me lança un sourire d'encouragement.

– Appelons l'agence lundi. Et maintenant, j'ai bien besoin d'un verre.

– C'était pas mal, m'dame, déclara Shanice. Je me suis presque pas ennuyée.

Elle sortait avec moi du Globe Theater. Le reste du groupe marchait devant. Le mois de juillet s'achevait, ainsi que le trimestre scolaire et mon séjour à St Catherine.

– Moi aussi, j'ai bien aimé, même si j'ai pas tout pigé, intervint Paul en haussant les épaules. Et c'était chiant de devoir rester debout tout le temps.

– À l'époque de Shakespeare aussi, les gens restaient debout, dis-je. Sauf les riches, bien sûr.

– Moi, j'aurais été riche !, déclara-t-il avec un sourire carnassier.

Le groupe arriva sur la pelouse qui bordait la Tate Modern Gallery.

– On se met là, m'dame ?, cria Shanice.

– Oui. Asseyez-vous. Tout le monde a apporté quelque chose à manger ?

Mes élèves s'installèrent en groupes éparpillés, et sortirent leurs pique-niques de leurs sacs à dos. Quelques-uns se rassemblèrent autour de Shanice pour observer ce qu'elle faisait.

– Ne regardez pas, m'dame, m'enjoignit-elle avec un sourire.

Un peu plus tard, elle apportait un gâteau au glaçage blanc orné d'une inscription en lettres rouges et bleues. Les autres élèves se regroupèrent autour de moi.

Les larmes me montèrent aux yeux quand je lus le message :

Bonne chance. Vous allez nous manquer. 3e E

Le lendemain au lycée, l'atmosphère de fin d'année était impossible à ignorer. Les élèves parlaient plus fort, ils ne tenaient pas en place, mais le plus grand changement se remarquait en salle des professeurs. Tous les enseignants qui avaient serré les dents et froncé les sourcils toute l'année affichaient désormais de grands sourires. Leurs joues reprenaient des couleurs et leur front se déridait.

Moi aussi, je commençais à me sentir plus légère. En partie à l'idée de quitter le lycée, mais aussi parce que notre déménagement dans le Kent commençait à paraître vraisemblable. Notre offre pour Brambledown Cottage avait été acceptée, l'expertise était faite et le notaire peaufinait les derniers détails du contrat. Avec un peu de chance, tout serait réglé en août et nous aurions les clefs début septembre. Oui, nous prenions un risque, puisque je n'avais pas pu visiter vraiment la maison, mais nous pensions avoir fait le bon choix.

Je cherchai la professeure principale de Trey, Mme McKenna, et lui remis le dossier que j'avais rassemblé :

– Je sais que nous ignorons s'il va revenir à la rentrée, mais si c'est le cas, je ne veux pas qu'il ait du retard. Alors voici les derniers sujets que nous avons étudiés, plus certains cours qu'il a pu manquer et une liste de sites internet qui l'aideront à se remettre à niveau.

Il y avait aussi une lettre, où je lui disais que, quoi qu'il arrive, j'espérais qu'il reprendrait ses cours.

– Merci, dit-elle en prenant le paquet. Je vais l'envoyer à son assistante sociale. Nous espérons tous le revoir bientôt, alors j'espère qu'elle parviendra à se mettre en contact avec lui.

J'allai vider mon casier. J'empilai carnets et fournitures dans un sac et mis de côté quelques livres à rendre à la bibliothèque. Carly se matérialisa près de moi et me tendit le café qu'elle venait de me préparer.

– Ça fait drôle de le voir vide, observa-t-elle.

– Merci. Oui. J'ai du mal à croire que c'est sans doute le dernier café qu'on prend ensemble en salle des professeurs.

– Sept années à enseigner. Et à apprendre. Et à s'arracher les cheveux !, résuma-t-elle en riant.

– Ça va me manquer, soupirai-je en lui serrant le bras. Tu vas me manquer.

– Ne m'en parle pas ! Tu pars vivre de grandes aventures à la campagne et moi, je reste coincée ici toute seule !

Son visage s'assombrit. Elle fit la moue. Heureusement, sa période de dépression semblait s'achever. Elle avait décidé de ne pas attendre Alex, et avait eu un ou deux rendez-vous par Internet. Cela n'avait rien donné, mais elle s'était promis de persévérer, d'aller de l'avant, et de ne pas perdre de temps.

– Tout ira bien, la rassurai-je. Tu te trouveras bientôt quelqu'un d'autre à fournir en café. Et j'ai le sentiment que je pourrais encore te voir de temps en temps.

– Tu parles ! Essaie de m'empêcher de débarquer chez toi !

– Ça n'a pas été de tout repos, constatai-je avant de la serrer très fort dans mes bras.

Cet après-midi-là, je sortis sur le parking chargée de tout ce que j'avais accumulé dans mon casier et dans ma classe au fil des ans. Cela ne faisait que deux cartons, moins que je l'imaginais. Les élèves s'agglutinaient devant le portail, sous le soleil, enfin libres de profiter de l'été pour faire ce que bon leur semblait ; pourtant aucun ne semblait pressé de quitter l'établissement. Tout comme moi, ils éprouvaient des sentiments mitigés à l'idée de laisser derrière eux leur lycée.

– On l'emporte ou on le met dans le carton à donner ?, demanda Jack en montrant un sweat à capuche gris portant l'inscription « Manchester University ».

– N'essaie pas de t'en débarrasser !, menaçai-je en souriant et en lui prenant le vêtement. (Je sentis le tissu doux contre mon visage en l'enfilant par-dessus mon pyjama.) Regarde, il me va encore parfaitement.

– En fait, il est mignon sur toi, admit-il en m'attirant contre lui pour m'embrasser. Mais on ne progresse pas beaucoup dans notre opération tri.

Je parcourus du regard le séjour où nous emballions nos affaires en vue du déménagement à Hazelton. Après quelques péripéties avec notre notaire qui avait eu beaucoup de mal à obtenir la signature de la vendeuse, nous étions enfin prêts à changer de maison. Deux semaines plus tard, un autre couple s'installerait dans l'appartement d'Addison Road, et nous partirions pour Hazelton. Ma mère ne se tenait plus de joie à l'idée que nous habiterions si près de chez elle.

Mais tenter de réduire nos affaires et nous assurer de n'emporter que ce qui nous servirait vraiment se révélait ardu.

– Même pas une seule théière ?, taquina Jack en en sortant une de ma collection.

Je devais bien reconnaître que ce n'était pas la plus jolie – c'était un souvenir de Scarborough, ornée d'un dessin criard sur le côté. Mais c'était une de mes premières, et elle me rappelait un séjour là-bas avec mes grands-parents. Pas question de m'en débarrasser.

– On la garde. N'y pense même pas. Toutes les théières viennent avec nous. Nous avons de la place. C'est ta collection de comics qu'il faut réduire, à mon avis.

– Des comics ?, s'indigna-t-il en soulevant une première édition de *Sin City* sur la haute pile que nous avions sortie d'un placard. Je suis sûr que tu dis ça juste pour me faire râler. Ce sont des romans graphiques, Amelia, me corrigea-t-il avec un sourire. Et il n'est pas question que je m'en sépare.

D'un bond, Dexter sortit du carton vide où il se cachait et resta un moment en équilibre sur le bord. Puis, quand le carton bascula, le rabat lui offrit une rampe pour descendre jusqu'au sol. Il s'approcha de nous et se frotta contre les jambes de Jack.

– Ne t'inquiète pas, Dexter, lui dit-il en se baissant pour le prendre dans ses bras. Je suis presque sûr qu'on décidera de t'emmener avec nous.

– C'est bien vrai ? On s'en va ?, demandai-je avec un immense sourire.

– Oui, c'est bien vrai.

DEUXIÈME PARTIE

AUTOMNE

Chapitre 6

Brambledown Cottage

Bienvenue à Hazelton
Trois mille habitants
Jumelé avec Chinon, France
Premier prix au concours
des villages fleuris en 1999

Mercredi 4 septembre

– Rappelle-moi, à quelle heure arrivent les déménageurs ?, demandai-je à Jack en guettant à la fenêtre.

Les feuilles des platanes qui bordaient la rue avaient pris des teintes mordorées. Quelques-unes tombaient doucement sur le trottoir. Il bruinait.

– Midi. Ils ne devraient pas tarder, répondit Jack en me rejoignant. En fait, regarde. (Il désigna du doigt un gros camion qui se garait devant le bureau du bookmaker.) C'est sûrement eux.

– Bon. Alors on y est, constatai-je en inspirant à fond.

– Prêts à commencer notre nouvelle vie, ajouta Jack en serrant ma main. Pas de regrets ?

– Aucun. Je trépigne d'impatience.

J'ouvris la porte aux deux déménageurs. Nous fîmes tous la navette dans les escaliers pour descendre les cartons. Ensuite, je remontai avec Jack effectuer une ultime vérification. Chacun fit le tour des pièces où nous avions passé les deux premières années de notre mariage, et nous nous retrouvâmes dans l'entrée, avec tous deux la même expression de tristesse.

– C'est sans doute la dernière fois qu'on franchit cette porte, observa Jack.

Je me remémorai notre première journée ici…

– Bienvenue dans notre château !, avait dit Jack en ouvrant la porte de l'immeuble et en m'entraînant dans l'escalier.

L'appartement était vide, mais je l'adorais. Euphorique, je me précipitai de pièce en pièce en prenant note de l'emplacement de chacune. Ce fut vite fait – à peu près trois minutes plus tard, j'étais de retour dans les bras de Jack.

– Notre maison à nous, dis-je en l'embrassant. On y est, Jack.

Il sourit, une lueur dans ses yeux bruns.

– Prochaine étape, les meubles, déclara-t-il en riant.

– On a un lit, qu'est-ce qu'il nous faut de plus ?

Comme les autres meubles de notre ancien appartement de location, notre lit, un futon bon marché, serait livré plus tard par les déménageurs. Il ferait l'affaire pour le moment.

Dexter me passa entre les jambes, me ramenant au présent.

– Ne t'inquiète pas, Dex, on ne t'oublie pas, lui assuraije en le prenant dans mes bras.

Jack me passa la cage de transport que nous utilisions pour l'emmener chez le vétérinaire, et à nous deux, nous réussîmes à le convaincre d'y entrer.

– On se fera de nouveaux souvenirs, me promit Jack, lisant dans mes pensées. Des souvenirs encore plus beaux.

Je l'embrassai et souris. J'étais prête, maintenant, à abandonner notre vie londonienne.

– Viens, mon amour. Il est temps d'y aller, signala Jack en m'ébouriffant les cheveux.

Nous suivîmes en voiture le camion qui fit halte au garde-meubles que nous louions pour récupérer les meubles anciens que mes grands-parents m'avaient légués. Nous chargeâmes la console, la vitrine et les armoires dans le camion. Je me réjouissais d'avoir enfin un endroit où les installer.

À l'approche du cottage, les rues animées de Londres ne me paraissaient plus qu'un lointain souvenir. Je regardais par la vitre, en m'imaginant l'intérieur de la maison, et notre adaptation au village. En arrivant à Hazelton, je me rongeais les ongles à l'idée de commencer notre nouvelle vie.

Shannon nous attendait devant la porte et nous remit les clefs.

– Salut, dit-elle avec un sourire visiblement forcé. Voilà les clefs. Bienvenue dans votre nouvelle maison !

– Merci, dit Jack.

– Tout va bien ?, m'enquis-je.

– Je suis désolée, il reste beaucoup de choses à l'intérieur, annonça-t-elle. Mais je suis sûre que vous pourrez vous arranger. La plupart des meubles de Mme McGuire sont encore dans la maison, alors nous n'avons pu en faire nettoyer qu'une partie par des professionnels. Sa famille a essayé de lui faire entendre raison, mais elle n'a pas été vraiment coopérative pour le déménagement.

– Quoi ? Vous ne pouvez rien faire ?, m'insurgeai-je. On doit aménager aujourd'hui !

– C'est un vrai cauchemar, admit Shannon en tirant sur ses cheveux méchés d'un air absent. Croyez-moi, j'ai tout essayé. Mais la propriétaire refuse d'écouter qui que ce soit.

Je me retournai vers nos déménageurs, qui déchargeaient déjà des cartons.

– On a besoin que la maison soit vidée, murmurai-je. Ce n'est pas ce qui se fait d'habitude ?

– Je suis désolée, dit seulement Shannon.

– Quand viendront-ils débarrasser ?

– Ils m'ont promis que tout aurait disparu avant la fin de la semaine. La maison est à vous maintenant, vous pouvez vous y installer, mais comme j'ai dit, vous risquez de devoir faire avec.

– On se débrouillera, assurai-je à Jack. Au moins, on peut s'installer.

– Vous n'avez pas encore vu l'intérieur, n'est-ce pas ?, me dit Shannon. Elle n'a pas voulu vous laisser visiter. Enfin, avec un peu de patience, je suis sûre que vous serez heureuse d'habiter ici.

Sur ses mots, elle monta dans sa voiture.

– De la patience ?, m'inquiétai-je en arrivant devant la porte. Jack, qu'est-ce qu'elle a voulu dire ?

– On a dit qu'on était prêt à faire des travaux, Amelia, pas vrai ?

Dans l'entrée, la crasse sur les vitres filtrait le soleil. À notre droite se trouvait un escalier à la rampe en bois sombre. Quelques barreaux manquaient, d'autres étaient brisés.

Les déménageurs entassaient la plupart de nos affaires dans le garage – seuls quelques cartons indispensables et notre lit entreraient avec nous ce jour-là.

La poussière, la crasse. Je passai le doigt sur une moulure. C'était superficiel. Quelques jours, et la maison serait propre et, pouvions-nous espérer, vidée par les anciens propriétaires et sinon, par nos propres mains. Les carrelages et les lambris anciens de l'entrée nous parlaient du passé.

– Allons voir le séjour, proposa Jack en m'entraînant vers une pièce à gauche, la cage du chat à la main. On pourra mettre Dexter là pendant qu'on commence. Comme je disais, la propriétaire habitait ici depuis les années 1960. Ces derniers temps, elle ne pouvait plus monter l'escalier, alors elle dormait dans le séjour. L'aménagement est un peu bizarre mais ce sera facile à corriger.

Je jetai un coup d'œil à la porte en retenant mon souffle, espérant découvrir une pièce aussi confortable et accueillante que celle dont nous étions tombés amoureux à Arcadia Cottage. Mais malgré les poutres sombres et les fenêtres d'origine, mon espoir s'évanouit. Le lit en plein milieu et les tringles chargées de vêtements tout autour donnaient à la pièce un aspect sordide.

– Écoute, je sais ce que tu penses, dit Jack en m'enlaçant. Mais franchement, cette maison a un énorme potentiel. Tu as vu les fenêtres ?

Il désignait les ouvertures à l'avant de la maison, avec leurs croisillons de métal, mais j'avais du mal à les distinguer, au milieu des meubles de quelqu'un d'autre.

– Elles paraissent d'origine, remarquai-je en entrant dans la pièce pour les voir de plus près. Une fois nettoyées, elles seront belles… encore que… (Je tapotai le bois des montants, et un morceau tomba.) On va devoir changer les cadres, tu ne crois pas ?

– Peut-être. Viens voir là, la cheminée, s'exclama Jack en traversant la pièce. Les carreaux sont ravissants. (Les faïences bleu et rouge semblaient en effet très belles sous leur couche de suie.) Et apparemment, elle marche.

Il tira le cendrier sous le foyer, laissant échapper un nuage de poussière noire.

– Très joli.

J'avais l'impression de m'agripper à des fétus de paille. Quelques jolis carreaux dans une pièce qu'il faudrait pratiquement éventrer avant de la rendre habitable. Je fis une prière silencieuse pour que les autres pièces soient plus encourageantes.

– Qu'est-ce que tu en dis, Dex ?, s'enquit Jack en ouvrant la cage. (Le chat se tapit tout au fond et refusa de sortir.) Il va s'habituer. Viens voir la cuisine, tu vas l'adorer, m'assura-t-il.

Quel que soit son état, elle ne pouvait être pire que notre cagibi exigu d'Addison Road, raisonnai-je. Mais un coup d'œil me détrompa. Les placards dataient des années 1970, le lino se décollait, toutes les surfaces planes disparaissaient sous les vieilles assiettes et le bric-à-brac. Seule la cuisinière ancienne en fonte rouge sombre, dans un renfoncement, apportait une touche campagnarde authentique dans ce qui avait l'air d'un vide-grenier.

– Enfin, il faudra sans doute changer les placards, dit Jack.

– Tu crois ? Ils sont hideux.

Mon regard passait des chouettes en porcelaine aux cartons débordant de casseroles et d'ustensiles, aux tableaux qui se serraient sur les murs.

Le sol était recouvert de carrés de linoléum vert foncé qui remontaient sur les bords, au pied des placards vert clair un peu gauchis. Le revêtement des portes commençait à se boursoufler et s'écailler. Le grand réfrigérateur, qui avait dû être blanc, avait viré au jaune nicotine.

– Pas de doute, elle a besoin d'un coup de jeune, remarqua Jack en ouvrant un placard pour regarder à l'intérieur avant de reculer, comme repoussé par une mauvaise odeur.

Les plans de travail incrustés de graisse étaient jonchés de livres de cuisine et de feuilles de recettes. J'en saisis une pour l'étudier de plus près.

L'extraordinaire crumble
aux pommes et aux mûres d'Ellie

Ingrédients :
• Cinq pommes de notre arbre
• Des mûres du jardin

Je la reposai et la glissai sous un mug orné d'une chouette, à côté d'un autre qui portait l'inscription « La meilleure maman du monde ». J'avais du mal à regarder au-delà de tout ce fatras. Coincée au milieu de ce fourbi, je devenais claustrophobe.

Nous poursuivîmes la visite du rez-de-chaussée. Dans le cabinet de toilette, on avait installé une minuscule cabine de douche pourvue d'un siège. Une tuyauterie antédiluvienne courait sur les murs.

– On dirait que rien n'a été fait depuis une éternité, observai-je. On va devoir faire venir un plombier pour remplacer une bonne partie de ces tuyaux.

Je me remémorai le rapport de l'expert : il avait noté que de nombreux éléments devraient être rénovés, mais je ne m'attendais pas à une telle décrépitude.

– Viens voir la cave, dit Jack en m'entraînant dans l'escalier. Ce sera génial pour stocker des affaires, poursuivit-il, apparemment insensible à l'odeur d'humidité qui me prenait à la gorge.

– On pourrait aller voir le jardin ?, demandai-je en m'arrêtant au milieu des marches.

Sortir un moment m'aiderait à prendre du recul. Nous traversâmes la cuisine jusqu'à la porte de derrière – au moins, cet espace-là était dégagé.

Jack trouva la clef sur notre nouveau trousseau et ouvrit la porte qui donnait sur le jardin.

– Allons prendre un peu l'air.

– Bonne idée.

J'étais impatiente de quitter l'atmosphère confinée et oppressante. Il m'était arrivé de taquiner ma mère sur sa manie d'accumuler les souvenirs, mais je n'avais encore jamais vu l'antre d'un « entasseur » compulsif. J'avais de plus en plus l'impression que nous avions réussi à en acquérir un.

Mais dehors, je pus oublier le chaos de la maison. L'été s'en était allé, et avec lui les verts les plus vifs et l'éclat des coquelicots, si bien que le jardin avait beaucoup changé. Le chêne avait viré au doré et à l'ocre clair. Les feuilles mortes s'étaient accumulées sur les dalles de la terrasse, mais la lumière qui tombait sur les herbes hautes ne manquait pas de beauté.

– Il est magnifique, non ?

– Oui, dit Jack. Il est si grand.

– Oh, mon Dieu. Dexter va trouver des tas de bêtes à tuer !, m'exclamai-je avec un sourire jaune.

Notre chat était un expert en massacre de rongeurs et d'oiseaux, et même en ville il parvenait à rapporter à la maison quelques proies affreusement décapitées quasiment chaque semaine.

– Il va devenir un vrai chat de la campagne, déclara Jack. Mais pour qu'il se repère, on pourrait essayer le truc du beurre sur les pattes ? Pour s'assurer qu'il ne va pas filer vers la nationale pour rentrer à l'appartement.

– Tu crois ? Pour l'instant, il ne veut même pas sortir de sa cage !

– Il s'habituera. Montons à l'étage. On aura tout le temps d'explorer le jardin.

Je n'avais pas envie de retourner à l'intérieur. Je voulais marcher dans les herbes folles et les sentir contre mes mains. Je voulais me perdre dans la végétation. Oublier un temps la tension du déménagement.

– Allez, viens, insista Jack.

Je le suivis et il referma la porte de la cuisine derrière nous. Les marches conduisant à l'étage étaient usées et branlantes. Par endroits, le bois s'était creusé.

– Il faudra remplacer quelques marches, remarqua Jack. On aura peut-être même intérêt à changer tout l'escalier. Mais ça ira. Il suffit de trouver quelqu'un qui fait de la restauration vraiment authentique.

– On a compté tout ça dans les quinze mille livres qu'on a mises de côté ?

La masse d'argent que je croyais économiser en achetant une maison moins chère parut fondre devant mes yeux – une nouvelle cuisine équipée, les rénovations du cabinet de toilette, la restauration des cadres de fenêtres…

– Oui, plus les cinq mille que nous doit ton père.

– Je suis sûre qu'il nous les rendra bientôt, assurai-je avec un léger sentiment de culpabilité.

J'avais convaincu Jack que tout irait bien, qu'on pouvait prendre l'argent sur notre compte joint et que mon père nous rembourserait avant l'été.

– D'accord.

Jack me prit la main et m'entraîna dans le couloir du premier étage. J'actionnai un interrupteur sur le mur, mais il ne se passa rien. Les portes fermées bloquaient la lumière du jour et il était difficile de s'orienter. Je trouvai un autre interrupteur, et cette fois le couloir s'éclaira d'une faible lumière dorée. Des photos en noir et blanc, encadrées, ornaient les murs, au-dessus d'étagères en bois qui débordaient de flacons de verre remplis de fils à broder de toutes les couleurs imaginables.

– Tu te rappelles ? Je t'avais dit qu'elle avait été couturière, commenta Jack. Apparemment, elle ramassait la laine de mouton prise dans la clôture du jardin, pour la teindre et la filer.

– C'est super, et j'apprécierais sûrement plus si la situation était différente. Mais pour l'instant, je regrette qu'elle n'ait pas emporté son fatras avec elle. On dirait qu'elle habite encore ici. Ça me fait froid dans le dos.

– Ça ne durera pas, Amelia. Je suis certain qu'ils vont régler le problème très vite.

Mais à la vérité, ce n'était pas à la propriétaire que j'en voulais. C'était à moi et peut-être, un tout petit peu, à Jack.

– Et la chambre principale, annonça-t-il en ouvrant la porte juste en face de nous. Ta da !

Sur les photos floues que Jack avait prises avec son iPhone, la chambre paraissait acceptable. Comme presque toute la maison, elle possédait des poutres teintes en noir. Elle était mansardée d'un côté. Deux fenêtres assez basses, recouvertes de rideaux en velours bleu foncé qui descendaient jusqu'au sol, l'éclairaient. Sous les sacs et cartons qui jonchaient le sol, on apercevait une moquette bleu marine élimée. La peinture saumon paraissait tachée de nicotine par endroits. Malgré les rideaux épais, les deux fenêtres faisaient de cette pièce l'une des plus lumineuses de la maison. Mais je ne voulais pas y dormir cette nuit. Ni aucune autre nuit.

– Viens voir, on a une vue géniale sur le jardin.

Je le rejoignis à la fenêtre et tentai de me reprendre. Jack et moi formions une équipe, on devait rester soudé. C'était un des plus grands pas que nous ayons jamais accomplis. Il écarta les rideaux. Je contemplai le jardin négligé en dessous et remarquai qu'au fond coulait un large ruisseau qui étincelait au soleil. Juste au-delà s'étendait un champ où paissaient des moutons.

– On verra ça le matin au réveil, se réjouit-il. Pas de voisins bruyants, pas de trains, pas de bagarres en pleine nuit dans la rue pour nous réveiller.

Je souris et serrai sa main.

– C'est une belle vue, non ?

– Imbattable.

La salle de bains se trouvait en face. Je revis la baignoire à pieds de lion, le lavabo et la robinetterie vintage d'Arcadia Cottage et me demandai si la pièce aurait le même aspect. Mais quand j'entrai, la déception fut amère. La baignoire, le lavabo et les toilettes, jaune primevère, de style années 1960, étaient bizarrement serrés dans un coin, sur un lino bleu. De grandes gravures florales étaient collées aux murs et un rideau bleu en lambeaux pendait devant la petite fenêtre. Habillés de bois, les tuyaux n'en attiraient que plus l'attention.

– Un peu vieillot, remarquai-je.

– Oui, elle a besoin d'un coup de jeune, approuva Jack comme si ce n'était que l'affaire d'un après-midi de travail facile.

Je regrettais la baignoire sur pieds. Je rêvais d'une salle de bains qui serait une évasion, plutôt que cet endroit déprimant.

– Il y a une autre chambre au bout du couloir, m'informa Jack en ouvrant la porte en face.

Il ne put l'ouvrir en grand, parce que la pièce était encombrée de machines à coudre, d'un mannequin et d'autres accessoires de couture.

– Un bureau, ou ce qu'on voudra, en fait.

Je passai la tête à l'intérieur pour mieux voir.

– La petite fenêtre est jolie, et la pièce est grande. Elle sera parfaite comme bureau, renchéris-je.

Il y avait une autre chambre, presque aussi grande que la principale, qui servirait de chambre d'amis. Enfin, une fois que nous aurions enlevé les toiles d'araignées et donné un coup de peinture.

Une échelle permettait d'accéder au grenier. La trappe était ouverte.

– Tu es monté là-haut ?

– Non. Ça te tente ?, taquina-t-il.

– Plus tard peut-être. Je crois que j'ai eu ma dose d'aventures pour aujourd'hui. On boit un verre pour fêter ça ?

– D'accord.

Nous redescendîmes.

– Qu'est-ce que tu en dis ?, s'enquit-il.

– Il y a des choses qui me plaisent, répondis-je en me forçant à sourire.

Je ne pouvais en vouloir à Jack. J'aurais pu insister pour visiter la maison si je l'avais vraiment voulu. J'avais décidé de me fier à mon instinct, et voilà où il nous avait menés.

Dans la cuisine, j'ouvris la bouteille de champagne que j'avais gardée dans mon sac et servis deux mugs, les seuls récipients que je pus trouver.

– À notre nouveau départ, dis-je en levant ma tasse.

Jack choqua son mug contre le mien.

– Tu es heureuse d'être là, non ?, demanda-t-il.

– Bien sûr !, mentis-je.

Nous n'étions là que depuis quelques heures, et déjà je regrettais notre appartement et sa moquette élimée, douce sous les pieds. Je commençais à comprendre que Carly et Sunita ne pourraient pas débarquer à l'improviste. Nous avions choisi ce changement. Je l'avais choisi. Mais je commençais à me demander si nous n'avions pas commis une énorme erreur.

– Mais… C'est différent, non ? Et il y a beaucoup à faire.

– On y arrivera, affirma Jack.

– On ?

– Oui, on, toi et moi.

– Enfin Jack, sois réaliste. Avec tout le travail que tu as pour ton projet ? Sans même parler de ce qui se passera si vous le réalisez. Rappelle-toi les heures que tu as passées sur *Pupz*, soirées et week-ends compris. Tu n'auras pas une minute à toi.

– Je trouverai le temps de t'aider. Je me débrouillerai.

Je me mordis la lèvre, en hésitant à ajouter quelque chose.

– Tu aurais dû me dire qu'il y avait tant à faire. Ça n'a rien à voir avec l'autre maison.

– Je t'ai dit qu'il y aurait des travaux. Tu as accepté qu'on fasse une offre sans que tu aies vu l'intérieur. Je ne t'ai pas forcé la main.

– Je n'avais pas toute ma tête.

– Tu regrettes ? C'est ça que tu veux dire ?

– Non, protestai-je en refoulant mes larmes. Je ne m'attendais pas à ça, voilà tout.

Chapitre 7

Le jardin

Terrasse dallée, pavillon d'été en bois avec banquette tapissée de tissu vichy sous la fenêtre, balançoire suspendue à la branche d'un chêne. Chaises longues, jonquilles, jacinthes, coquelicots, jeux de soleil sur les feuilles vertes.

Jeudi 5 septembre

Ce premier matin, je fus réveillée par le bruit de la pluie qui frappait doucement à la fenêtre tandis que Jack tâtonnait dans le noir.

– Ça va ?, demandai-je, mal réveillée et désorientée.

Le lit m'était familier, mais il était tourné dans le mauvais sens, et coincé sur une île dans un océan de bric-à-brac.

– Je cherche mon costume.

La soirée précédente me revint en mémoire. Mes paroles. La fatigue n'était pas une excuse. J'avais été injuste.

– On a une réunion aujourd'hui avec quelques-uns des investisseurs. Il me faut mon costume.

– Les vêtements sont là, indiquai-je en désignant un carton près de la porte.

– Non, j'ai déjà regardé. Ce sont tes affaires.

J'enfilai ma robe de chambre et joignis mes efforts à ceux de Jack. Je finis par dénicher son costume anthracite. Trouver quelque chose dans le chaos de la maison me fit l'effet d'une petite victoire. La veille, nous étions allés au village acheter des provisions et quelques produits de première nécessité, et n'avions guère avancé dans le ménage ou le rangement.

– Merci, Amelia. Tu devrais te recoucher.

Je posai la main sur son bras.

– Excuse-moi. Pour hier soir.

Il m'attira contre lui et m'embrassa sur le front.

– Ça va. Je comprends ce que tu ressens, je crois. Ça va s'arranger, je te le promets.

Après son départ, je descendis dans la cuisine préparer mon petit déjeuner. Mes chaussons en peluche me protégeaient les pieds des échardes du plancher et de la poussière qui recouvrait encore la plus grande partie de la maison.

Dans la cuisine, je sortis la bouilloire et les mugs du carton des objets indispensables et mis l'eau à chauffer. En regardant par la fenêtre, je vis deux mésanges bleues se poser sur le rebord. Je pensai à Dexter.

Le chat était sorti de son panier. Perché sur le plan de travail, il fixait les oiseaux d'un air menaçant.

– Pauvres petits, m'apitoyai-je tout haut. Vous ne savez pas ce qui vous attend.

Une bonne nuit de sommeil m'avait rendu le sens des proportions. Mais je ne me sentais toujours pas chez moi dans cet endroit. La cuisine était dans un état épouvantable, encombrée du désordre d'une autre personne.

Je bus mon thé, feuilletai quelques magazines de décoration et le livre que m'avait offert Carly, à la recherche d'inspiration. J'y trouvai quelques bonnes idées pour concevoir une cuisine lumineuse et fonctionnelle. Je pris mon carnet de croquis.

Assise à la table de la cuisine, je notai les idées et les combinaisons de couleurs qui me plaisaient : du rouge vif et beaucoup de bois. Je découpai plusieurs photos dans l'un des magazines et les collai pour former une image. Le plus urgent, me dis-je en mélangeant du lait et une cuillerée de sucre dans ma deuxième tasse de thé, était de se débarrasser des placards.

Je repris mon carnet de croquis. Les idées se bousculaient. Une cuisine campagnarde traditionnelle, avec des tissus à fleurs et des plans de travail en bois. Oui, remplacer les placards coûterait cher – ce serait un des postes les plus onéreux de la maison, selon toute vraisemblance –, mais de nouveaux éléments bien choisis transformeraient la pièce. Je ne savais trop que faire du linoléum.

Un coup frappé à la porte d'entrée me fit sursauter. Je serrai ma robe de chambre autour de moi et vérifiai rapidement mon apparence dans la glace de l'entrée. J'avais les cheveux en bataille. Pendant que j'essayais précipitamment de les aplatir, on frappa encore.

J'ouvris la lourde porte en bois. Sur le perron se tenait un homme de mon âge aux cheveux châtains, aux yeux gris-vert, au menton hérissé de barbe naissante. Il était vêtu d'un jean délavé et d'un tee-shirt bleu clair aux manches retroussées.

– Salut !, dit-il avec un sourire chaleureux qui fit apparaître une fossette sur l'une de ses joues.

Je resserrai ma robe de chambre autour de moi, gênée.

– Salut, répondis-je.

– Vous devez être Amelia.

Sa voix était douce et chantante, avec une pointe d'accent de la région.

Était-il trop tard pour prétendre être quelqu'un d'autre, puis réapparaître un peu plus présentable ?

– Oui, c'est moi. Je peux vous aider ?

– En fait, j'espère que c'est moi qui peux vous aider. Pour commencer, je m'appelle Callum. Je suis le petit-fils d'Eleanor… Mme McGuire.

Il tendit la main et je la serrai, soulagée. Il avait de la poigne et la paume un peu calleuse.

– Ah, bonjour ! Entrez.

– Vous êtes sûre ? Je ne veux pas vous déranger, objecta-t-il en regardant ma robe de chambre.

– Ça va, je vous assure. Laissez-moi une minute, je reviens.

Il resta dans l'entrée tandis que je me précipitais à l'étage pour m'habiller. J'attrapai les premiers vêtements que je trouvai – un jean, un soutien-gorge et mon sweat à capuche de l'université. Je m'attachai les cheveux en queue-de-cheval.

– Allons dans la cuisine, invitai-je en redescendant l'escalier branlant. Je peux vous offrir une tasse de thé ?

– Ça va, merci, refusa Callum d'une voix très douce. Écoutez, je suis vraiment désolé pour ce qui s'est passé. Nous voulions vraiment que la maison soit prête à votre arrivée. Mais mamie… elle ne l'entendait pas de cette oreille, expliqua-t-il en secouant la tête avec un léger sourire. Cette semaine, tout d'un coup, elle a décidé de tout garder, alors que le bungalow où elle s'est installée fait à peine la moitié de cette maison. C'est un cauchemar.

– Aïe !

Le chaos dans la maison s'expliquait.

– Enfin bref, ce n'est pas votre problème, mais mon père est terriblement désolé, et nous tenions à nous expliquer. Vous avez bien assez à faire sans vous coltiner les affaires de ma grand-mère.

– Ce n'est pas l'idéal, en effet.

– Vous avez dû avoir envie de faire demi-tour, votre mari et vous.

Je remarquai que les coins de ses yeux se plissaient légèrement quand il souriait.

– Mais bon, j'ai trouvé un garde-meubles tout près d'ici, et mamie nous autorise à y transférer ses affaires, en attendant. D'après papa, ils s'étaient mis d'accord il y a des mois, mais avec son Alzheimer, ce qu'elle dit n'est pas toujours gravé dans le marbre.

– Bon, dis-je en regrettant mon jugement hâtif de la veille. Je comprends que la situation est un peu compliquée.

– Mamie se débrouille. Tout juste. Mais son état ne s'améliore pas, et c'est pour ça, entre autres, qu'on tient à l'avoir plus près de chez nous. Qu'est-ce que je voulais dire ? C'est moi qui divague !

Je croisai son regard et secouai la tête.

– Ne vous inquiétez pas. Continuez.

– Mon cousin Spencer et moi, on va revenir dans une heure ou deux avec un camion pour tout débarrasser. Si ça vous convient.

– Ce serait parfait. Génial, même.

Je sentis un poids glisser de mes épaules. Avec un peu de chance, Jack trouverait en rentrant une jolie maison propre et nous pourrions commencer à défaire nos cartons. J'en aurais sauté de joie.

– OK, génial. Merci d'être aussi patiente. Je ne pense pas que tous les Londoniens soient comme vous.

– C'est si évident que ça ?

– Un peu. Vous avez un léger accent. Pourquoi vous installez-vous ici ?

– Nous avions envie de changement. En fait, ça va vous paraître stupide, mais je m'étais promis d'habiter à la campagne avant mes trente ans. Je n'ai pas tout à fait réussi... mais maintenant, c'est fait.

– Je vous admire, commenta Callum. La plupart des gens restent cantonnés dans leur zone de confort. Et visiblement, vous n'avez pas peur de relever des défis. Je ne crois pas que mamie ait fait la moindre réparation depuis quarante ans.

– C'est vrai.

Bizarrement, je n'avais pas envie d'avouer à Callum que je ne me sentais pas de taille.

– Bonne chance. Cette maison a une histoire, et sous la surface, elle est magnifique. Elle n'a pas toujours eu cet aspect, je vous assure.

– Vous veniez souvent ?

– Tout le temps. Papa nous amenait avec ma sœur voir mamie et papy tous les dimanches soir pour dîner. On a toujours habité près d'ici.

– Avec tous ces souvenirs, ce n'est pas étonnant que votre grand-mère n'ait pas envie de partir.

– C'est vrai. Elle n'est pas prête à dire adieu à ses souvenirs. Et la vérité, c'est que nous ne sommes pas prêts à lui dire adieu.

Il désigna la cuisine d'un mouvement du menton.

– Qu'allez-vous faire de ces horreurs ?, s'enquit-il d'un ton plus joyeux en pointant les placards du doigt. Enfin, sauf si vous les aimez.

Il haussa les sourcils, comme s'il se refusait à croire la chose possible.

– Hmm... Il y a le style rétro, et puis il y a... ces placards. Ils vont disparaître, c'est une certitude. (Je lui montrai mon carnet de croquis, et mes idées pour les nouveaux meubles que je comptais installer.) Voilà ce que je pensais faire...

– Sympa, approuva-t-il. La cuisine a toujours été le cœur de cette maison. C'est ici qu'on venait quand on était petit. On regardait mamie Ellie faire des gâteaux. Elle était douée pour la pâtisserie. Elle l'est toujours, même si depuis qu'elle a des absences, ses gâteaux sont mangeables une fois sur deux.

– Moi aussi, j'adore la pâtisserie. Je suis ravie d'apprendre que je vais perpétuer une tradition de Brambledown Cottage.

– Oui, c'en est bien une, confirma-t-il en s'avançant pour regarder par la fenêtre de la cuisine. Waouh, c'est la jungle, dehors. Mais c'est un beau jardin. Vous verrez quand vous aurez passé la tondeuse. Ma sœur Alice et moi, on y jouait pendant des heures. Il y a un ruisseau tout au fond. Vous avez dû le voir, non ?

Callum se retourna vers moi et nos yeux se croisèrent. Je me sentis soudain intimidée.

– En fait, non. Seulement par la fenêtre. On a eu beaucoup à faire en arrivant, hier.

– Alors on doit y aller, déclara Callum, les yeux illuminés.

– Tout de suite ?, objectai-je en regardant mes chaussettes.

– Rien de tel que l'instant présent. C'est votre maison maintenant. Vous n'avez pas envie de la connaître ?

– Si, sans doute. Et votre cousin ?

Callum jeta un vague coup d'œil sur sa montre.

– Oh, ça va, on a le temps. Allez, prenez des bottes en caoutchouc, l'herbe doit être mouillée après la pluie de cette nuit, mais comme je disais, c'est votre maison maintenant. Vous devez au moins explorer le terrain.

– Les bottes en caoutchouc, répétai-je avec un sourire. Bizarrement, c'est une des rares choses que je retrouverai facilement.

Je les avais fourrées dans le placard de l'entrée dès notre arrivée. J'allai les repêcher dans un carton de vêtements d'extérieur dont nous nous étions à peine servis pendant nos années à Londres.

Je les enfilai sur mes chaussettes et Callum tourna la poignée de la porte.

– Attendez, dis-je. Je vais chercher la clef.

Il fit jouer le loquet et la porte s'ouvrit facilement.

– Les trucs de la maison, expliqua-t-il en souriant. Des années de pratique.

– On va devoir augmenter le niveau de sécurité.

– C'est vrai. Hazelton est un haut lieu de la criminalité, plaisanta-t-il. Bon, vous êtes prête ?

Je hochai la tête.

Sur ses talons, je traversai la partie dallée, puis m'engageai dans les hautes herbes. D'épaisses tiges mouillées s'accrochèrent à mes bottes et mouillèrent le bas de mon jean, mais peu m'importait. Dehors, je me sentais libre.

La plupart des fleurs sauvages s'étaient fanées, la clôture à droite de la maison était festonnée de ronces chargées de mûres. La touffe de lavande était toujours là, ses fleurs mauves ressortaient sur les teintes vertes et dorées qui l'entouraient.

– Ces mûres sont délicieuses, déclara Callum.

Il alla en cueillir quelques-unes.

– Tenez, goûtez.

Je pris un fruit mûr dans sa main teintée de jus et le mangeai. La mûre était sucrée, avec une légère pointe d'acidité. J'en pris une autre.

– Elles sont parfaites.

– Vous avez du…

Callum tendit la main et chassa une tache de jus de mon menton.

Je me sentis rougir et m'essuyai de la main.

– Suivez-moi, invita-t-il en écartant les herbes devant nous.

– On pourrait se perdre là-dedans.

– C'est vrai. Alice et moi, on se cachait quand notre mère nous appelait pour le goûter, et parfois, elle renonçait à nous chercher.

– Vous deviez être de vraies terreurs.

– Elle disait que grâce à nos bêtises, elle restait jeune.

– Elle habite toujours à Hazelton ?

– Par l'esprit. Elle est morte il y a dix ans.

– Oh ! Je suis désolée.

– C'est la vie, commenta Callum avec un haussement d'épaules. Et la sienne a été bien remplie. En fait, je suis content de revenir ici. Ça me rappelle des souvenirs. Vous voyez ce chêne ?, poursuivit-il en désignant un arbre à ma gauche, aux épaisses branches tordues qui se détachaient sur le ciel d'un bleu pur.

– Oui. Il a l'air parfait pour l'escalade.

– C'est vrai. Maman y grimpait avec nous. Quand vous aurez des enfants, ils adoreront jouer ici.

Je repérai un volant de badminton dans l'herbe et le ramassai. Les intempéries l'avaient fait virer au gris, mais il restait presque intact.

– Il était à vous ?, demandai-je.

– Sans doute, dit Callum en le prenant. Encore que ça fait longtemps qu'Alice et moi n'avons pas joué au badminton ici. Vous ne pouvez pas imaginer ce jardin à l'époque. Une grande pelouse bien nette, des plates-bandes impeccables… Comme je disais, mamie n'a rien fait ici depuis des années, ni accepté qu'on y touche.

– Elle refusait qu'on l'aide ?

– Elle n'est pas du genre à se laisser aider, déclara-t-il en haussant les épaules. Vous l'avez sûrement compris. Enfin, regardez, on y est presque.

En tirant sur mes manches pour me protéger les mains, j'écartai quelques ronces qui nous barraient la route à hauteur de poitrine. J'entendis un bruit doux et apaisant, le clapotis de l'eau sur des rochers.

– Vous voyez ?, interrogea Callum en désignant un point juste devant nous.

Là, au fond du jardin, où les fougères prospéraient, coulait un ruisseau d'un mètre de large, bordé sur les côtés de rochers et de cailloux.

– L'eau monte bien plus haut après de fortes pluies.

Je me baissai pour l'admirer. Le soleil se reflétait sur ses ondulations.

– Ce doit être agréable d'y tremper les pieds quand il fait chaud.

– Oh oui. Avec l'ombre des arbres qui poussent de ce côté, il y fait toujours frais. Maman adorait ce coin. Elle pouvait nous surveiller d'un œil tout en bouquinant.

– Le bonheur.

Cet été, nous n'avions pas eu le temps de prendre des vacances, ni même d'assister comme d'habitude à un festival de musique. Passer un après-midi ensoleillé à lire tranquillement au bord d'un ruisseau me semblait idyllique.

– Merci de m'avoir amenée ici. C'est un endroit spécial, je crois. J'espère qu'on pourra rendre au jardin son aspect d'antan. Encore que je ne sais pas quand on pourra s'y mettre, avec tout ce qu'on a à faire à l'intérieur.

– Je serais ravi de commencer, si vous voulez engager quelqu'un. Spencer et moi, on cherche tous les deux un peu de travail en plein air. Ou sinon, on pourra vous donner quelques conseils si vous préférez le faire vous-même.

– Vous êtes jardinier ?

– Je suis homme à faire ce qui se présente. En tout cas, depuis quelques années.

– Il se trouve que c'est exactement ce qu'il nous faut. Quand pourriez-vous commencer ?

– Quand vous voulez. La semaine prochaine ?

– Ça me paraît parfait. Il faut juste que j'en parle d'abord à Jack, mon mari, pour qu'on calcule notre budget, qui est limité, malheureusement.

– Bien sûr. Avant tout, il faudra couper l'herbe, domestiquer un peu tout ça, et ensuite vous déciderez de ce que vous voulez pour votre nouveau jardin. Vous avez des idées ?

– Pas vraiment. Mais je crois que j'aimerais lui conserver un peu de son côté sauvage. Je ne veux pas de plates-bandes bien nettes. J'ai adoré les tournesols et les coquelicots quand je suis venue en juillet.

– On pourrait tracer un sentier, avec des dalles, proposa Callum, et créer un jardin de fleurs sauvages à gauche, et puis peut-être un treillis pour le chèvrefeuille, plus près de la maison.

– Génial. J'ai hâte de commencer. Mais ça va vous faire un drôle d'effet, non, de transformer ce jardin, d'enlever certaines des anciennes installations ?

– Vous plaisantez ? Je suis impatient de voir ce qu'il va devenir. On n'arrêtait pas de harceler mamie pour qu'elle nous laisse changer les placards de la cuisine et déblayer un peu la maison. En fait, je participerais volontiers. Avec une masse.

Callum et son cousin Spencer – une version plus jeune de lui en tee-shirt et jean baggy – passèrent la matinée à charrier cartons et sacs dans un camion, en bavardant à voix haute et en riant ensemble. Je passai devant eux pour gagner la cuisine. J'avais ramassé un plein panier de mûres et quelques pommes devant la maison. Dans la poche de mon tablier, j'avais fourré des brins de lavande. Je les attacherais avec une ficelle et les suspendrais au-dessus de la cuisinière.

Sous un mug devant la fenêtre, je retrouvai la recette de crumble laissée par Eleanor et cherchai la liste des ingrédients. Nous les avions tous, dans un petit carton de provisions que nous avions rapportées de l'appartement. Je ne pouvais pas faire grand-chose dans la maison avant que Callum et Spencer ne l'aient vidée, et la pâtisserie m'apaisait toujours. Je rinçai les fruits sous le robinet, dans l'évier en inox. Mon regard tomba sur un carnet à spirale. Sur la première page, je trouvai une liste de courses à l'encre noire, dans une écriture ronde :

« Légumes, farine, beurre. »

Saisie de curiosité, je me séchai les mains et tournai la page. Là, l'écriture était plus grande :

« Je ne voulais pas, j'étais obligée. »

Je refermai le carnet et le remis où je l'avais trouvé. Je n'avais pas à fouiller dans ce qui ne m'appartenait pas.

– Salut, dit Jack en posant sa sacoche dans l'entrée. Comment ça s'est passé aujourd'hui ?

– Bien. Vraiment très bien.

– Ah bon ? Tu as changé d'avis, alors.

– Viens, tu vas comprendre.

Je lui pris la main en ignorant son expression perplexe et l'entraînai jusqu'au séjour.

– Waouh !, s'exclama-t-il.

L'ossature du cottage, la toile vierge sur laquelle nous allions travailler, était désormais visible. La pièce était dégagée et emplie de la chaude lumière du soir. Plus de vieux lit branlant, de piles de vêtements, de bric-à-brac. Callum et Spencer avaient tout débarrassé en quelques heures avec leur camion de location. Ensuite ils étaient revenus récurer la pièce du sol au plafond. Oui, le plancher s'enfonçait par endroits, et les cadres de fenêtres étaient pourris. Mais il semblait possible d'en faire un séjour, dans l'avenir.

– Quelle différence !, s'extasia Jack. C'est toi qui as fait ça ?

– Oh non ! C'est le petit-fils de la propriétaire, Callum, et son cousin. Ils ont emporté toutes les affaires de Mme McGuire pour les mettre dans un garde-meubles. Callum était vraiment désolé.

– OK.

– Elle perd la mémoire. C'est pour ça qu'elle ne voulait pas s'en séparer.

– Je vois. La pauvre. Enfin, heureusement qu'ils ont pu tout emporter aujourd'hui.

– Ils ont été géniaux. Viens voir en haut.

D'un geste emphatique, j'ouvris la porte de notre chambre. Le bouton de cuivre me resta dans la main.

– Oups !, dis-je en le posant par terre. Ne te laisse pas démoraliser.

Tout le fatras qui l'encombrait avait disparu. La pièce était vide et propre. Il ne restait que nos cartons.

Je passai le bras autour de ses hanches.

– C'est notre maison maintenant, Jack, elle est tout à nous !

Après une discussion animée concernant la décoration de la chambre, je sortis le crumble du four et nous servis à tous deux une bonne portion. J'ajoutai un peu de glace à la vanille dans chaque bol et en passai un à Jack.

– C'est délicieux, dit Jack après avoir goûté.

– Tout vient d'ici. J'ai trouvé la recette dans la cuisine avant qu'ils n'emportent tout. Ce devait être celle de la grand-mère de Callum.

– Eh bien, j'approuve à cent pour cent.

– J'ai demandé à Callum et son cousin de venir nous aider pour démarrer le jardin. Je sais qu'on n'a pas prévu beaucoup d'argent pour ça, mais leur tarif est raisonnable et je pense qu'ils pourraient bien avancer en une quinzaine de jours. Tu es d'accord ?

– Évidemment. Encore qu'à mon avis, on devra vraiment faire attention à nos dépenses. Je suppose que tu n'as pas de nouvelles de ton père ?

– Non, mais je n'ai pas vérifié mon compte en banque récemment. Il aurait pu faire un virement. Enfin, parlons d'autre chose. Comment s'est passé ton premier trajet ce matin ?

– Je suis sûr que ça s'arrangera.

– Aïe !

– Ça ne s'est pas très bien passé. Le train a eu du retard, puis il a été dérouté, alors je suis arrivé à London Bridge quarante minutes plus tard que prévu.

– Ce n'est vraiment pas de chance.

– Je voudrais bien que ce ne soit qu'une question de chance. Il y avait un panneau à l'entrée de la gare pour signaler des travaux d'amélioration. Tu sais, la liaison rapide dont on espérait qu'elle ajouterait de la valeur à la maison ?

– Oui.

– On aurait dû réfléchir plus à l'impact des travaux à court terme. Apparemment, la plupart des trains seront retardés ou déroutés pendant le chantier, et ça va durer plusieurs mois.

Il paraissait fatigué, et le stress se lisait un peu autour de ses yeux.

– Ce n'est qu'un incident isolé, le rassurai-je.

– Exactement, renchérit-il avec un sourire forcé. C'est ce que je me suis dit. Bref, il va falloir trouver une solution pour que tu puisses circuler, toi aussi.

– C'est drôle que tu en parles. J'ai dit à Callum qu'on envisageait de prendre une deuxième voiture, mais qu'on n'en avait pas vraiment les moyens. Il a dit qu'il avait une vieille poubelle qu'on pourrait utiliser – temporairement, bien sûr. Il devait la vendre, mais il ne pouvait pas s'y résoudre, je crois. On n'aura qu'à s'occuper de l'assurance.

– Ça paraît une bonne solution.

– Génial. Je vais lui dire oui, donc.

Chapitre 8

La cuisine

Sur le *mood board* : meubles en bois de style traditionnel, fleurs sauvages séchées dans des flacons en verre anciens sur le rebord de la fenêtre, électroménager rétro, réfrigérateur Smeg (rouge). Carreaux vichy ? Tissus à fleurs romantiques. Vaisselier style brocante chic (blanc), théières, casseroles en cuivre. Divers modèles du catalogue Moben. Note : cuisine idéale, table et chaises en bois avec galettes cousues main. Cuisinière ancienne en fonte.

Mardi 10 septembre

Depuis la fenêtre de la salle de bains, j'aperçus Spencer qui garait la camionnette et Callum qui s'arrêtait derrière lui dans une vieille Morris Minor bringuebalante. C'était donc la voiture dont il m'avait parlé. La perspective de pouvoir circuler librement me ravissait. Je me rinçai la bouche, posai ma brosse à dents près du lavabo jaune et descendis.

Je vis une enveloppe sur le paillasson, adressée à Jack et moi. On aurait dit l'écriture de Suni. À l'intérieur, je trouvai une carte portant une citation d'un de nos livres favoris, *Le Château de Cassandra*, dont l'héroïne habite dans une demeure en ruine. « J'écris cette lettre assise dans l'évier de la cuisine... »

J'ouvris la carte et lus son message :

J'espère que tu as trouvé un endroit plus confortable pour t'asseoir dans ta nouvelle maison.
Bonne installation !

Baisers de Suni et Nico.

Je souris et cherchai un endroit où exposer la carte. En l'absence de meubles, j'optai pour le rebord de la fenêtre près de l'escalier. Elle devait accoucher d'un jour à l'autre. J'espérai qu'elle allait bien.

J'ouvris la porte.

– Salut !, fit joyeusement Spencer près de sa camionnette. (Callum, qui déchargeait du matériel de jardinage, me fit un grand signe.) Votre carrosse est avancé !, poursuivit Spencer avec un éclat de rire en désignant la voiture. On peut aller directement derrière commencer ? Je peux les retirer pour traverser la maison, proposa-t-il encore avec un regard d'excuse vers ses bottes crottées.

– Non, ça va. Vous pouvez passer par l'extérieur – la clôture s'est affaissée. De toute façon, ça n'a guère d'importance. La maison va devenir bien plus sale ces prochaines semaines, quand les travaux commenceront.

– Salut !, dit Callum en s'approchant, râteau à la main. Voilà les clefs. La voiture est à vous.

– Merci. C'est vraiment très gentil, et elle va me sauver la vie. Je ne sais pas comment on comptait s'en sortir avec une seule voiture pour nous deux.

– Pas de souci. Je suis content de la savoir entre de bonnes mains. Bon, on va dans le jardin discuter de ce que vous voulez ?

– D'accord, fis-je en ouvrant la voie.

Nous enjambâmes la clôture affaissée.

– Bon. J'ai réfléchi et j'aime vraiment l'idée d'un parterre de fleurs sauvages. On garde les fougères au fond, près du ruisseau, et la glycine sur la maison.

– Qu'est-ce que vous aimez d'autre, comme fleurs ? Des couleurs en particulier ?, demanda Callum.

– Euh, je n'y connais pas grand-chose. Mais j'aime les jacinthes et les jonquilles.

– Génial. C'est un bon point de départ. Bon. Si on allait chercher des bulbes ? Les jacinthes, je peux en prendre dans mon propre jardin, et acheter des jonquilles et des narcisses – on pourrait les mettre là, pour qu'on les voie de la fenêtre de la cuisine. Vous allez devoir attendre, évidemment, mais ça fait partie des plaisirs du jardin. Il faut de la patience. On pourrait ajouter quelques plantes à floraison tardive, comme des anémones du Japon et des clématites, pour que vous ayez quelque chose à contempler dès maintenant.

– Ça me paraît parfait.

– Vous avez envie d'autre chose ? Rêvez en grand, on verra ce qu'on peut faire.

– Je sais ce que je voudrais vraiment, mais on ne pourra jamais se le payer.

– Dites toujours.

– Un pavillon d'été ici.

Je revis celui d'Arcadia Cottage, avec ses confortables banquettes sous les fenêtres et ses bibliothèques.

– Et pour l'instant, ça n'entre pas dans votre budget ?

– Non, pas du tout.

– Les rêves, c'est important, commenta Callum. On peut réserver cette zone, entourée d'une pelouse, et à l'avenir, qui sait ?

– Oui, c'est une bonne idée.

– Bon. Aujourd'hui, on va nettoyer le terrain, et demain ou après-demain, j'irai à la jardinerie pour qu'on puisse commencer.

– Vous allez avoir une grosse journée, remarquai-je. Vous aurez besoin de thé et de quelques biscuits.

Je rentrai mettre la bouilloire en marche. En attendant quc l'eau chauffe, je regardais par la fenêtre Callum et Spencer qui discutaient pour décider par où commencer.

Je disposai quelques biscuits sur une assiette et l'emportai dehors avec les mugs.

– Merci, dit Spencer en se jetant sur les biscuits.

– S'il vous faut quelque chose, appelez-moi.

– Qu'est-ce que vous allez faire aujourd'hui ?, s'enquit Callum en écartant une mèche de cheveux châtains de ses yeux.

Il me suivit à l'intérieur.

– La cuisine. Je vais choisir de nouveaux éléments, et faire installer des étagères en bois.

– Alors comme ça, ces antiques merveilles vont disparaître ?, plaisanta-t-il en désignant les placards verts.

– Bon débarras !

– Il était temps. Vous savez, Amelia, je crois que si vous enleviez le lino, vous pourriez trouver mieux en dessous. Je peux ?

Il se pencha pour regarder sous un coin qui se décollait.

– Allez-y. Quoi qu'on fasse, on va enlever ça, dis-je en poussant du pied le carré de lino. Il le souleva entièrement et sous la couche de colle poisseuse apparut quelque chose qui ressemblait à de la pierre.

– C'est le dallage en pierre d'origine, annonça-t-il.

– C'est vrai ?

Je me penchai à ses côtés pour mieux voir.

– Il faudra un bon récurage, mais je pense que tout le sol est comme ça.

Je sentis des picotements de plaisir me parcourir à cette perspective.

– Ce serait époustouflant : les dalles de pierre, peut-être un tapis sous la table pour les réchauffer…

Soudain, je voyais la cuisine d'un autre œil.

– Je ne comprends pas pourquoi mamie les a fait recouvrir, dit Callum en secouant la tête. Ce devait être la mode.

– Comment va-t-elle ? Elle s'adapte bien à sa nouvelle maison ?

– Ça peut aller, répondit-il en se redressant. Elle s'y fait, en tout cas, même si elle est de très mauvaise humeur depuis qu'on l'a déplacée. Le principal, c'est que là, on peut tous passer la voir et garder un œil sur elle. Ça nous tranquillise, surtout mon père.

– J'imagine.

– Je devrais aller me mettre au travail, déclara-t-il en rassemblant ses outils. Je ne vais pas laisser tout le plaisir à Spencer.

Tandis que Callum et Spencer s'attelaient à la tâche, j'envoyai un texto à Sunita :

Merci pour ta jolie carte. Comment vas-tu ? Le grand jour se rapproche ! Bises.

Sa réponse arriva quelques instants plus tard :

Je suis contente qu'elle t'ait plu. Je vais bien. Je me sens énorme, mais toute prête à faire la connaissance du bébé. Par contre, je crois que Nico commence à paniquer. Il est resté dehors à boire jusqu'à trois heures du matin hier. J'essaie de rester sereine. Bises.

Je me rappelai l'euphorie de Nico chaque fois qu'il parlait de l'enfant à venir. Ce n'était sans doute qu'un incident de parcours, une façon pour lui de se faire à cette idée. Je répondis :

Nico sera parfait, Suni. Essaie de ne pas t'inquiéter. Tu es une femme forte et courageuse. Tiens-moi au courant et appelle-moi si tu as envie de discuter. Bises.

Pendant la matinée, j'écumais les sites internet à la recherche de la cuisine idéale. Mon pouls s'accélérait à l'idée des transformations que j'allais apporter à la maison. Mon modèle préféré avait des éléments en bois de style traditionnel, avec en option un bar à brunch et de magnifiques plans de travail crème. J'envoyai le lien à Jack avec un mot :

Que penses-tu de ceux-là ?

Un peu plus tard, alors que je préparais le déjeuner, un bip m'avertit de sa réponse. Je me précipitai :

Salut, A. Cette cuisine est magnifique et je ne voudrais pas doucher ton enthousiasme… mais tu as vu le prix ? Est-ce qu'on peut vraiment se le permettre ? Baisers.

Je reposai mon assiette avec un pincement de déception. Ne voyait-il pas que cela valait la peine de dépenser un peu plus ? Je lui répondis :

Seulement cette fois, Jack ? Je crois que ça vaut le coup d'y mettre le prix. C'est une pièce très importante pour nous deux. Imagine comme ce serait agréable de cuisiner dans ce décor ! Tu ne crois pas que ça vaut la peine de choisir quelque chose de spécial ? Baisers.

Sa réponse m'arriva très vite :

Je ne suis pas vraiment contre, mais je crois qu'on doit se montrer réaliste. Baisers.

Si seulement on pouvait récupérer l'argent de mon père, nous n'aurions plus à nous inquiéter. Je repris mon portable pour consulter mon compte en ligne. Je parcourus les dépôts récents – en plus du dernier salaire de St Catherine, j'avais reçu un virement de mon père.

Je souris. OK, c'était un ou deux mois plus tard que prévu, mais il nous avait remboursés. J'allais informer Jack quand je remarquai le montant : quatre cents livres. Ce n'était qu'une infime partie de ce qu'il nous devait.

Il m'avait forcément envoyé un mot pour me dire quand arriverait le reste, mais ma boîte e-mail ne contenait aucun message de sa part.

Je pris mon téléphone, inspirai à fond et composai son numéro.

– Bonjour, répondit-il d'une voix guillerette.

– Salut, papa, c'est moi.

– Salut, Amelia. Je suis content de t'entendre. Je disais justement à Caitlin que ça faisait un bail que je n'avais pas de nouvelles de ma fille aînée. Tu viens nous rendre visite ?

– Pas pour l'instant, on est assez occupé en ce moment, entre la maison et le reste.

– Ton nouveau cottage, hein ? Félicitations. Mais quand même, un petit voyage en Irlande, un week-end, pas plus. Ta sœur serait contente de te voir. Je sais bien que j'avais dit que je viendrais, mais j'ai trop de travail, alors je ne trouve pas le temps. Tu vas venir ?

– Peut-être.

– Pour Noël ?

– Écoute, papa, on n'a pas encore vraiment pensé à Noël. Si je t'appelle, c'est pour… Merci pour le virement.

– De rien. Ce n'est qu'un début. Entre les coupes de cheveux de ta belle-mère et Mirabel qui veut toujours ceci ou cela, je n'ai pas pu mettre grand-chose de côté ces derniers mois. Mais tu sais bien que tu peux me faire confiance.

– C'est juste que… Enfin, ça va, mais on en a vraiment besoin, insistai-je en inspirant à fond. Pour les travaux.

– Bien sûr, bien sûr. Tu l'auras bientôt. Mais tu n'as pas besoin de tant que ça, en réalité. Caitlin et moi, on a retapé cette maison pour quelques centaines de livres, et elle est très bien, non ? Tu te rappelles ?

– Oui.

Je me souvenais de leur quatre-pièces dans la banlieue de Dublin. Le papier peint bas de gamme et la moquette qui se décollait. Le rideau de douche en plastique qui avait connu des jours meilleurs.

– Oui, bien sûr, je sais bien, mais…

– Ne t'inquiète pas, Amelia. Tu te fais toujours du souci. Tout va s'arranger.

– OK, papa.

– Penses-y, pour Noël. Nous aimerions beaucoup que Jack et toi veniez le passer avec nous.

– On y pensera, promis. Au revoir.

Je coupai la communication, sans trop savoir pourquoi je n'avais pas réussi à dire ce que j'avais préparé.

Je repris mes recherches sur les sites de cuisinistes, et examinai quelques modèles moins chers. Ce n'était pas la même chose, mais l'un d'eux semblait identique, à un prix raisonnable, même s'il écornerait quand même bien nos finances. J'envoyai le lien à Jack en ravalant ma déception.

Il répondit :

Celui-ci me paraît très bien. Baisers.

*

– Salut !, cria Jack depuis l'entrée.

– Salut, je suis là, répondis-je.

Il entra dans la cuisine et m'embrassa.

– Ça va, mon amour ? Tu es un peu pâle.

– Ça va. J'ai commandé la cuisine, ils viendront l'installer à la fin de la semaine.

– OK. Super.

– Et avec quelques étagères, plus ce vaisselier que j'ai trouvé sur eBay, je crois que ce sera très joli.

– L'endroit idéal pour exposer ta collection de théières ?, plaisanta-t-il, habitué qu'il était à mon obsession pour les ustensiles de cuisine vintage.

– Exactement.

– Donc, je suppose que ça veut dire qu'on n'a toujours pas reçu l'argent de ton père ?

– Ça va venir. Il a un peu de retard, c'est tout. Mais il a déjà fait un premier versement, c'est très positif.

– C'est toujours ça, commenta Jack, l'air franchement sceptique. De combien ?

– Ce n'est qu'une petite partie, mais on a toujours su qu'on aurait un budget limité pour les travaux.

– Combien ?, insista-t-il.

– Quatre cents livres.

– Quatre cents !, répéta-t-il en haussant les sourcils. Autant dire presque rien. Il t'a donné des explications ?

– Ce n'est pas facile pour lui en ce moment, justifiai-je en sentant mon instinct de protection s'éveiller. Apparemment, Mirabel leur en fait voir de toutes les couleurs.

– Quand est-ce que ça a été facile pour lui ? Amelia, je sais que ça ne va pas te plaire, mais je crois que tu es trop gentille avec lui.

Le vendredi matin, les installateurs arrivèrent, un homme et une femme d'une quarantaine d'années dans un gros camion blanc qu'ils avaient garé derrière la camionnette de Callum.

Je leur montrai le chemin.

– Bon, dit la femme en parcourant la pièce du regard avant de disposer ses outils. On ne devrait pas en avoir pour longtemps.

– Servez-vous en thé et en café. Je suis dans la pièce en face, s'il vous faut quelque chose.

– Ça ira, merci, dit l'homme. Allez, Janice, on va commencer par tout rentrer.

Je retournai dans le cabinet de toilette. Ce matin-là, j'avais enfin trouvé ce qui bouchait l'écoulement du lavabo. Un médaillon en argent était coincé dans le siphon. À l'intérieur, bizarrement très peu endommagé par l'eau qui avait terni le métal, se trouvait le portrait d'un homme. Le bijou appartenait probablement à Eleanor. J'allais le nettoyer et le mettre de côté pour le rendre à Callum.

Je remplis le réservoir de la décolleuse à vapeur et m'attaquai au papier peint. La veille, j'avais demandé à la mairie une benne qui était arrivée ce matin-là, et j'étais allée dans un magasin de bricolage à Canterbury où j'avais choisi un très beau papier – de petites feuilles vertes sur fond blanc – et quelques accessoires. Nous ne pourrions peut-être pas nous permettre de changer le lavabo et le W-C vert pâle tout de suite, mais nous pourrions quand même donner un coup de jeune à la pièce. J'avais acheté un joli placard en bois et une étagère à trois niveaux qui irait près de la fenêtre. Pour le rideau, j'avais choisi un tissu blanc brodé, délicat et assez fin pour laisser passer beaucoup de lumière. Une fois la douche enlevée, la pièce paraîtrait plus spacieuse.

J'allumai la radio et me mis au travail en écoutant des tubes des années 1980.

Les installateurs sortirent les anciens placards.

Un cri s'éleva dans la cuisine.

– Oh merde !

Je me précipitai et croisai Dexter, dos arqué, qui miaulait. Un violent jet d'eau s'échappait d'un tuyau éventré, détrempant le sol et les éléments posés par terre. Les anciens placards étaient partis, à part un, et les murs étaient nus.

– Qu'est-ce qui se passe ?, m'affolai-je.

– J'ai dû donner un coup de marteau mal placé, s'excusa Janice.

Elle appuyait sa main enveloppée d'un torchon sur le tuyau, mais cela ne semblait pas avoir le moindre effet sur le flot.

– Là, venez tenir ça un moment, s'il vous plaît, me dit-elle. On va chercher des outils dans le camion.

J'attrapai un nouveau torchon et pris sa place. J'enfonçai le tissu dans le tuyau percé. Ils sortirent de la pièce, sans hâte apparente. Mon jean et mon haut furent bientôt complètement trempés.

Callum ouvrit la porte de derrière.

– Je suppose qu'il y a une fuite, tenta-t-il avec un large sourire.

– Quelle perspicacité !, rétorquai-je en m'efforçant de lui rendre son sourire.

Il vint examiner la fuite, puis d'un geste rapide, se pencha sous l'évier pour couper l'eau. La pression contre ma main se relâcha aussitôt, et le jet violent ne fut plus qu'un filet.

– Ce n'est que temporaire, mais au moins, vous ne serez pas obligée de vous déplacer à la nage.

– Oh, mon Dieu !, s'exclama Jack le soir, en contemplant le sol de la cuisine recouvert de serpillières et de torchons. Qu'est-ce qui s'est passé ici ?

– La journée n'a pas été très bonne. On n'a pas d'eau. Ni de cuisine.

– Pas d'eau ? Comment ça se fait ?

– En installant les nouveaux éléments, ils ont donné un coup de marteau sur un tuyau. Callum a arrêté l'inondation en coupant l'eau, mais c'est toujours un marécage, comme tu vois.

Je m'étais imaginé qu'en un jour ou deux, nous aurions notre nouvelle cuisine. Et nous nous retrouvions coincés sans eau courante, sans chasse d'eau, sans même un robinet pour nous laver.

– Plombier d'urgence ?, suggéra Jack.

– Je m'en occuperai demain. Aujourd'hui, je n'ai plus de courage.

– Qu'est-ce qu'on fait ?

– On va dîner dehors ?

– Où ça, dehors ?

– Je ne sais pas si on a tellement de choix. Sauf si tu connais un service à domicile qui livrerait ici ? Allez, on doit faire la connaissance de nos voisins. Il y a un petit pub, le *Three Kings*, à cinq minutes en voiture. On pourrait l'essayer, boire une bière, et ils doivent faire un plat du jour, genre chili con carne.

– D'accord, le chili m'a convaincu. Je conduis.

Nous montâmes dans la voiture pour le court trajet jusqu'au pub. Je m'attendais sans doute à une version campagnarde du *Florence*, un établissement confortable, chaleureux, accueillant, où nous nous sentirions immédiatement chez nous. Mais dès le seuil, nous fûmes accueillis par une douzaine de visages qui se tournèrent vers nous avec une expression peu engageante.

Jack serra ma main, sentant apparemment mon malaise. Ensemble, nous nous dirigeâmes vers le bar.

– Un soda au gingembre, demandai-je à la barmaid, une femme au regard sévère qui approchait la cinquantaine. Et une pinte de blonde pour toi, Jack ?

Il hocha la tête.

La barmaid servit les boissons. La salle entière restait silencieuse.

– Vous êtes nouveaux dans le coin ?, s'enquit-elle en nous passant nos verres.

– On vient d'aménager à Brambledown Cottage, tout près d'ici, répondit Jack d'une voix plus basse que d'ordinaire.

– Ah oui, la maison de Mme McGuire. Mon mari m'a dit qu'il avait vu une benne devant.

– Oui, on fait quelques travaux, dis-je en prenant nos verres et en payant.

– Je m'en doute. C'est ce qu'ils font tous. Avant, on les avait pour une bouchée de pain, les maisons d'ici, poursuivit-elle. Mais maintenant, avec tous ces Londoniens qui s'installent, la région change.

– Oui, en effet, répondis-je, mal à l'aise.

– Vous autres, vous faites monter les prix et nos gosses n'ont plus les moyens d'acheter, continua-t-elle avec une expression amère.

– Allons nous asseoir, proposai-je à Jack d'un ton pincé.

Je pris un menu et désignai du menton une table près de la fenêtre, un peu à l'écart des autres clients.

Nous nous dépêchâmes de nous installer et je tentai d'ignorer les regards qui nous suivaient.

– Dis donc, on n'est pas près de gagner un concours de popularité dans le coin, murmurai-je en posant mon verre.

– Ils doivent être curieux, c'est tout.

– Moui. Admettons. Maman disait que les gens étaient vraiment amicaux par ici.

Je lançai un coup d'œil aux hommes âgés agglutinés autour du bar, qui fixaient leur bière d'un air morose. Je me demandai ce qu'elle entendait par là.

– Je suis sûr que si tu leur faisais un peu ton numéro de charme…, poursuivit Jack.

Je haussai un sourcil.

– Il y a sûrement d'autres pubs qui seront plus dans notre style, dit-il encore. Et on n'est là que depuis une semaine.

– Je sais. On va s'adapter.

– Bien sûr. Et tu trouveras du travail avant d'avoir eu le temps de dire ouf.

– J'espère. Je croise les doigts pour qu'un poste se libère à Woodlands Secondary. La proviseure semblait le penser quand on s'est vu.

– Tu pourrais peut-être faire des remplacements en attendant ?

– Oui, je l'appellerai. L'enseignement commence à me manquer. Les élèves. Et les moments avec Carly. Même les copies à corriger, tu te rends compte ?

– J'imagine. Tu es un excellent professeur et tu n'abandonnes pas l'enseignement, tu fais simplement un break.

– Oui, et on s'habituera à vivre ici, je sais. Les pièces finiront par être rénovées, et on se fiche de ne pas avoir de cinéma dans le coin.

Des images de mon ancienne vie défilèrent devant mes yeux.

– Ou de quiz au pub, ou de cafés où je peux retrouver mes amies…

Un bip annonça l'arrivée d'un message sur mon téléphone.

Je le sortis de mon sac pour consulter l'écran.

– C'est de Suni. Mon Dieu, c'est le grand jour !

Je m'empressai de lire le message.

La petite Bella Graham est née aujourd'hui à quatorze heures pile le jour prévu. Elle est aussi ponctuelle que Sunita ! Elle pèse 3,2 kg. La maman et le bébé sont en pleine forme.

Bises. Nico.

Les larmes me montèrent aux yeux.

– Ça va ?, demanda Jack d'une voix douce.

Je hochai la tête et, incapable de parler sans fondre en larmes, lui passai le téléphone.

Je nageai dans le bonheur, et en même temps mon cœur se serrait de tristesse.

Le lendemain, j'appelai Sunita à la première heure.

– On vient d'arriver à la maison, annonça-t-elle d'une voix fatiguée.

– Désolée, tu dois être crevée. Mais je n'ai pas pu résister. Félicitations, Suni. À vous deux. Jack et moi, on est si content pour vous.

– Merci. Ça a pris une éternité, et je ne te dirais pas ce qu'on éprouve. Mais on est tellement heureux qu'elle soit là. Amelia, elle est magnifique !

– J'ai hâte de la voir.

– Viens à Londres le week-end prochain, Carly passera samedi.

– Génial, répondis-je sans la moindre hésitation. Rien ne me ferait plus plaisir. À samedi prochain.

Ragaillardie par la voix de mon amie, je me sentis pleine d'énergie, prête à m'occuper de la cuisine. J'appelai un plombier d'urgence. On était samedi, mais il nous était impossible de passer tout le week-end sans eau. Le plombier eut un léger haut-le-corps en constatant les dommages, mais heureusement il réussit à réparer la fuite en quelques heures. Nous lui demandâmes une estimation pour la réfection des tuyauteries de la salle de bains et du cabinet de toilette, qui, nous nous en étions rendu compte, était réellement indispensable.

Jack referma la porte derrière le plombier et se tourna vers moi :

– Bon, un problème réglé.

– Dieu merci ! Tout va mieux quand on peut remplir la bouilloire. Tu veux du thé ?

– Volontiers. Il y a quelque chose qu'on peut faire avant que les installateurs ne reviennent lundi ?

– Oui. (Je lui parlai du dallage, tirai un carré de lino pour lui montrer ce qui se cachait dessous.) Ça te dit de te salir les mains ?

– Au boulot !

Il tomba des cordes tout l'après-midi. La pluie battait les fenêtres, mais je mis la radio pour en couvrir le bruit. À grand renfort de thé chaud et de biscuits à l'avoine, en riant, nous arrachâmes le lino de la cuisine. Nous eûmes bientôt une demi-douzaine de sacs-poubelle remplis de débris, prêts pour la benne. Le sol était poisseux de colle noire, mais nous savions désormais qu'il était entièrement recouvert de belles pierres d'un gris chaud.

– Je sors tout ça, annonça Jack en saisissant un des sacs. Ensuite, on pourra commencer à frotter.

Je remplis des seaux d'eau chaude et de détergent, puis trouvai quelques brosses, tandis que Jack emportait les sacs à la benne.

– Mon pauvre, tu es trempé jusqu'aux os, remarquai-je quand il eut enfin terminé.

Il secoua doucement ses cheveux collés par la pluie pour m'arroser. J'éclatai de rirc. Il m'entoura de ses bras et m'embrassa dans notre cuisine dévastée.

Nous passâmes tout l'après-midi à frotter jusqu'à ce que la totalité du sol de pierre soit révélée. Il s'accordait à merveille à la vieille cuisinière que Mme McGuire nous avait laissée, et conférait à la pièce un authentique aspect campagnard.

Le dimanche, Jack et moi nous levâmes ensemble et, après un petit déjeuner de thé et de toasts au lit, nous briquâmes la vieille cuisinière, la fenêtre et la porte de derrière jusqu'à ce que tout étincelle. Puis nous finîmes d'arracher le papier peint. Les murs étaient prêts pour leur première couche de peinture.

– Ça sera bien, quand ce sera fini, dit Jack.

– J'espère. Pourvu que les installateurs ne fassent pas d'autres dégâts demain.

⋆

– Livraison pour Mme Grey, annonça l'homme devant la porte le vendredi suivant.

Je hochai la tête.

– C'est un vaisselier, c'est ça ?

– Oui, ancien. Où dois-je le mettre ?

– Là, dans la cuisine. Sa place est enfin prête.

Il retourna vers sa camionnette et je revis en pensée la semaine écoulée. Les installateurs étaient revenus le lundi, débordant d'excuses pour les dégâts qu'ils avaient causés. Ils avaient travaillé d'arrache-pied pour installer les meubles et le nouvel évier. Tandis que Jack était au travail et que Callum et son cousin coupaient les hautes herbes et ratissaient, j'avais nettoyé les nouveaux éléments et peint les murs en bleu clair.

Le réfrigérateur, un Smeg rouge que je convoitais depuis que je l'avais vu dans une émission de pâtisserie, était arrivé le mercredi et avait trouvé sa place près de la porte du cellier. J'avais déniché sur Internet un tapis à motif floral qui, sous notre modeste table, réchauffait très joliment la pièce et le dallage de pierre.

Le soir, pendant que Jack lisait ou s'occupait de ses e-mails, je m'affairais avec ma machine à coudre. J'avais confectionné des galettes dans des teintes pastel assorties pour chaque chaise en bois, et de petits rideaux de coton pour la fenêtre de la cuisine.

Le vaisselier de style brocante chic que j'avais décroché sur eBay pour un peu moins de cent livres constituait la touche finale que j'attendais.

– Par là, indiquai-je au livreur qui revenait avec le meuble. Dans le renfoncement, à côté de la cuisinière.

Il posa le vaisselier et ensemble, nous le fîmes reculer contre le mur. Il était encore plus beau que sur les photos du site, avec son placard à deux portes en bas, ses trois étagères au-dessus, et sa peinture blanche patinée par endroits.

Je remerciai le livreur et lui donnai un pourboire, puis sortis le carton que je me languissais d'ouvrir depuis notre arrivée. Une par une, je déballai mes théières, enlevai le plastique à bulles et les rangeai sur les étagères du vaisselier. Ce faisant, j'aperçus quelque chose, coincé dans une fente du dallage, contre le mur.

Je me penchai et tirai. Le papier marron vint facilement et j'eus bientôt une enveloppe dans la main, dont le bas était brûlé. M'asseyant à la table de la cuisine, je lissai le papier froissé pour déchiffrer ce qui était écrit à l'extérieur. Le feu avait fait disparaître l'adresse, mais le nom demeurait lisible : Alfie Monroe.

J'ouvris l'enveloppe et aperçus une mèche de cheveux bruns, attachée par un ruban bleu. Un mot y était joint :

Alfie, J'ai dû partir quelque temps,
mais j'espère que tu ne m'oublieras pas.
À toi pour toujours,

Ellie.

Chapitre 9

Cresswell Road, Londres

Formulaire d'inscription à la crèche Little Raccoons, à Dalston, au nom de Bella Graham, née le 13 septembre 2013.

Samedi 21 septembre

Le train de dix heures quinze pour London Bridge, un samedi matin. Alors que la plupart se dirigeaient dans la direction opposée pour un week-end de paix et de détente, je brûlais d'impatience de retourner en ville.

J'aperçus *The Shard*, la tour en forme d'éclat de verre : j'étais de retour dans cette ville où j'avais vécu. Pendant mes quinze jours loin de Londres, je m'étais surprise à regretter ses rues familières mais surtout, mes amies.

Le train entra en gare. Je rassemblai mes affaires et descendis dans le froid automnal. Je serrai mon manteau autour de moi, achetai un café à emporter au kiosque pour me réchauffer, puis me rendis en bus à Dalston Junction. Sunita habitait tout près, un appartement en rez-de-jardin dans une rangée d'immeubles mitoyens de l'époque victorienne, une oasis de calme dans l'agitation de l'est londonien. Elle m'ouvrit et ses yeux s'illuminèrent à ma vue.

– Amelia !

Elle s'apprêtait à me serrer dans ses bras avec sa chaleur coutumière, puis se rappela l'enfant dans son porte-bébé que j'étais sur le point d'écraser, et m'embrassa sur la joue.

– J'oublie tout le temps, me dit-elle en souriant.

– Ce doit être Bella.

Je regardais dans les plis du tissu. Malgré son visage un peu écrasé contre sa mère, elle était vraiment adorable.

– Elle est magnifique !

– Merci, se rengorgea Sunita en pivotant pour que je la voie mieux. Je dois dire qu'on est vachement fier. Et crois-moi, il faut l'être pour que vingt heures de travail te paraissent en valoir la peine. Entre, entre, viens te réchauffer.

Carly sortit du séjour et m'étreignit.

– Te voilà !

– Oui, seulement pour la journée, annonçai-je, regrettant de ne pouvoir rester davantage. Je tenais à faire la connaissance de Bella. Où est Nico ? Il devait prendre des congés, non ?

– Si, je l'ai envoyé faire des courses, surtout un gâteau pour nous. Je crois qu'il était content de sortir un moment de la maison.

– Comment est-ce qu'il se fait à la paternité, pour l'instant ?, m'enquis-je.

– Plutôt bien. Mieux que je ne pensais. Il a l'air d'adorer ça. Il est crevé, comme moi. C'est une période vraiment intense. On le savait, mais on ne pensait pas que ce serait à ce point.

– Et nous qui pensions que c'était juste une bonne excuse pour prendre des vacances, plaisanta Carly.

Sunita leva les yeux au ciel en riant.

– Pas vraiment. Je n'ai jamais été aussi occupée que ces derniers jours, de toute ma vie.

– Et toi ?, demandai-je à Carly. Comment va ta vie amoureuse ? Du nouveau ? En bien, en mal, en affreux ?

Carly leva le pouce, et un sourire apparut sur son visage.

– Tu as rencontré quelqu'un ? Qui ça ? Comment il est ?

– Pas exactement, fit-elle d'un ton timide.

– Comment ça ? Vas-y, crache le morceau !

– Je vois Alex ce soir, ce sera notre première sortie en tant que couple.

– Quoi ?, piaillai-je en la serrant dans mes bras, vite rejointe par Sunita. Qu'est-ce qui s'est passé ? Je croyais que c'était fichu ?

– Je ne sais pas exactement. Jules a changé d'avis. Selon Alex, il en a parlé à sa mère et elle l'a convaincu.

– C'est génial.

– Je sais, acquiesça Carly, rayonnante. J'ai encore du mal à y croire.

– Bon. Avec tout ce qu'on a à se raconter, qui veut du thé ?, demandai-je.

– J'en meurs d'envie, répondit Sunita. C'est ce qui arrive quand on est réveillé toutes les heures. Nico essaie de m'aider, mais il ne peut pas faire grand-chose sans ça.

Elle désignait ses seins.

– Mais ils sont énormes !, me récriai-je avant de pouvoir m'en empêcher.

Je ne les avais pas remarqués plus tôt, mais désormais je ne voyais plus qu'eux. Ils étaient pleins et ronds, bien différents des œufs au plat dont s'était plainte Sunita durant toutes nos études universitaires.

– Oui, hein ? J'aimerais bien les conserver, mais j'ai l'impression que ce ne sera pas possible. Mais je ne les laisserai pas disparaître sans me battre.

Je fis du thé dans la cuisine lumineuse de Sunita, puis elle nous invita à venir nous asseoir dans le séjour.

– Comment ça se passe, là-bas ?, me demanda-t-elle.

– Bien. D'un côté. Pour l'essentiel, c'est le chaos. Mais la cuisine est terminée et elle est superbe. Une vraie cuisine campagnarde. Tenez, regardez…

Je sortis mon iPhone et leur montrai des photos de la cuisine achevée.

– C'est toi qui as fait les galettes sur les chaises ?, s'enquit Sunita. Elles sont ravissantes. On les croirait sorties tout droit d'un magazine.

– J'adore l'effet général. Il a fallu faire des compromis sur les meubles, mais ils font bien maintenant qu'ils sont installés. On n'a pas eu d'eau courante pendant un moment, c'était intéressant.

– Et le reste de la maison ?, demanda Carly.

– Ne m'en parle pas. Cadres de fenêtres pourris, moquettes mangées par les mites… Tout bien considéré, on devrait avoir fini vers le milieu du siècle prochain. Mais j'ai engagé quelqu'un pour nous aider au jardin.

– Oooh, il est sexy, le jardinier ?, demanda Sunita. J'ai toujours eu envie d'en essayer un.

– Il est sympa. Plutôt agréable à regarder, je dirais. C'est le petit-fils de la propriétaire, alors l'idée, c'est que le jardin ressemble à ce qu'il était avant de revenir à l'état sauvage.

– Comment ça va, financièrement ? Vous avez mis assez de côté ?, interrogea Carly.

– Ça va être juste. Mais je pense qu'on pourra faire pas mal de choses nous-mêmes.

– Je ne voudrais pas jouer les oiseaux de mauvais augure, mais c'est ce que je me disais quand on a essayé, avec Ethan.

Carly et son ex, Ethan, avaient acheté une maison ancienne à Dalston quelques années plus tôt en prévoyant de remodeler tout l'intérieur. Mais après avoir abattu deux murs, ils s'étaient rendu compte qu'ils n'avaient pas de quoi finir les travaux. Après des mois de disputes, ils s'étaient séparés.

– Je crois que ça ira, répondis-je en essayant de rester optimiste. On ne touche pas à la structure.

C'était vrai, nous n'allions abattre aucun mur, mais chaque pièce nécessitait des travaux. Mon moral baissa un peu.

– Jack est content ?, demanda Sunita en changeant de position pour pouvoir allaiter Bella.

– Je crois. Les trajets ne sont pas faciles. Ce n'est pas exactement ce qu'on espérait, finis-je par dire après un silence.

– Dans quel sens ?, s'étonna Carly. Tu as échappé à ce lycée de malheur !

– Oui, acquiesçai-je en buvant un peu de thé. Mais, crois-moi si tu veux, il me manque par certains côtés.

– C'était tellement courageux de sauter le pas.

– Courageux ou stupide. Acheter cette maison sans l'avoir vraiment visitée, c'était de la folie, je m'en rends compte maintenant.

– Jack l'a vue le jour où tu étais malade, non ?, lança Carly. Quand je t'avais mise au lit, tu bredouillais quelque chose où il était question de jeux télé et d'éléphants. Complètement dans les vapes.

– Oui, ce jour-là. Et quand j'y suis allée, je n'ai pas pu entrer. Mais d'après Jack et ma mère, ça avait l'air d'une affaire, il n'y avait pas à hésiter.

– Et ce n'est pas ça ?, demanda Sunita.

– C'est une ruine.

– Jack ne s'est probablement pas rendu compte qu'il y avait tant à faire, dit Carly.

– Je sais. C'est un véritable défi. Et on va y arriver. Mais pour l'instant, je me sens un peu dépassée.

Sunita écoutait, tout en surveillant Bella pendant qu'elle tétait.

– Et si on venait vous aider un week-end, Alex et moi ?

– Alex et toi ?, demandai-je avec un sourire.

La chose semblait si facile et familière.

– Je sais, je vais beaucoup trop vite, et j'ai l'air d'une folle. Mais si ça marche entre nous… On pourrait faire un peu de peinture, du bricolage… tout ce que tu veux.

– Ça serait génial. Mais tu es sûre que ça ne t'ennuie pas de renoncer à un week-end ? Je sais comment ça se passe quand les cours reprennent.

– Bien sûr que non. J'adorerais venir voir où tu habites. Après tout, je ne peux plus te sauter dessus pour discuter dans la salle des profs. En parlant du lycée, tu ne veux vraiment pas revenir ? Garrett s'arrache les cheveux en essayant de te trouver un remplaçant.

– Je ne crois pas. Encore que je ne sais pas très bien ce que je vais faire. Des remplacements, pour quelque temps, je suppose, quand la maison sera finie. Et puis un établissement de la région, Woodlands Secondary, cherchera peut-être un nouveau professeur après les vacances de printemps. Il paraissait agréable, très différent de St Catherine.

– Différent comment ? Calme ? Organisé ? Il ne ressemble pas à un zoo ?

– C'est à peu près ça.

– Ça me fait penser… j'ai quelque chose pour toi, reprit Carly. On a eu une journée de formation lundi, et ensuite je suis passée vérifier ma boîte à lettres. Et il y avait ça avec ton nom dessus.

Elle prit dans son sac une enveloppe de format A4 et me la tendit. Mon nom y était inscrit en majuscules à l'encre bleue, et elle était lourde.

– Un admirateur secret ?, s'enquit Sunita en refermant son soutien-gorge d'allaitement et en réinstallant son bébé aux joues roses dans ses bras.

– Ça m'étonnerait, dis-je.

– Ouvre-la, me pressa Carly.

J'ouvris l'enveloppe et en sortis plusieurs feuilles de papier quadrillé. Je n'eus pas besoin de lire un seul mot pour savoir qui me l'adressait. Mon téléphone et mon portefeuille tombèrent sur mes genoux.

Chère madame,

Shanice m'a dit que vous ne revenez pas à la rentrée. On est tous dégoûté. Et moi peut-être encore plus parce que je sais que c'est ma faute – au moins un peu. J'aurais pas dû piquer vos affaires. J'ai eu tort. Je regrette. J'ai eu des problèmes au printemps dernier. Je déteste toujours le lycée – il n'y a que vos cours qui me plaisaient – mais je vais peut-être revenir à St Catherine, pour que Jane, mon assistante sociale, me lâche un peu. Je sais que j'ai jamais fait mes devoirs quand vous étiez ma prof mais j'ai fini une dissert pendant l'été. La voilà.

J'espère que vous recevrez bien ma lettre. Shanice l'a passée à sa prof principale pour qu'elle la transmette.

TREY

Je passai aux autres feuilles.

« Si j'étais Premier Ministre. De Trey Donoghue

Si j'étais PM, je garderais mon terrier, Rocco. Il serait le chef des chiens au n° 10[1], et il aurait un collier à clous. Les cours dureraient moins longtemps, peut-être deux, trois heures par jour, et on apprendrait des trucs utiles. J'aimerais bien apprendre plus de trucs, comme la mécanique. Tout ce qui concerne les voitures et les moteurs, ça me plaît, et je suis doué pour réparer des tas de choses. C'est ce qu'on me dit, en tout cas.

Si je dirigeais la Grande-Bretagne, je parlerais à la police, pour qu'elle se concentre sur les vrais criminels au lieu d'arrêter les gens et les fouiller juste parce qu'ils traînent avec leurs potes, ou marchent dans la rue, ou parce qu'ils ont une casquette. Ça me gonfle. Si j'étais chef, je devrais me mettre aux études pour de bon et arrêter mes conneries. Et voilà. C'est tout. FIN »

Après avoir lu la dissertation de Trey, je la passai à Carly et Sunita.

– Il a rendu quelque chose, constatai-je, emplie de fierté.

– Waouh, tu as obtenu ça de Trey ? Incroyable. Je n'ai même pas pu lui décrocher un seul mot tout le temps que je l'ai eu comme élève.

---

1. 10, Downing Street, à Londres. C'est la résidence officielle du Premier Ministre (NdT).

– Je dirai à Lewis qu'il m'a rendu mes affaires, déclarai-je en rangeant mon téléphone et mon portefeuille dans mon sac à main. Il doit savoir que Trey s'est bien comporté.

– Ça va ?, s'inquiéta Sunita en remarquant les larmes qui me montaient aux yeux.

– Oui. Ça va très bien.

Bella se mit à pleurer, et la conversation cessa brusquement. Sunita se leva et se mit à arpenter la pièce pour tenter de la calmer.

Nico entra.

– Salut les filles ! Waouh, on dirait que j'ai bien choisi mon moment.

Il lança un coup d'œil à sa fille, puis lui effleura la joue. Elle s'apaisa un peu.

– Et pour les grands, j'ai apporté de quoi se régaler, annonça-t-il en sortant de son sac de courses une mousse au citron de chez *Marks & Spencer*.

– Merci, Nico. Je vais t'aider en cuisine. Au fait, je peux te poser une question ?

– Bien sûr.

– Au circuit de kart, vous prenez des apprentis parfois ?

Mon train quitta London Bridge au moment où un soleil orange se couchait sur la ville. J'écrivis une réponse à Trey, en le remerciant de m'avoir rendu mes affaires, et pour sa dissertation. Ma colère contre lui en découvrant le vol s'était évanouie.

J'ajoutai l'adresse e-mail de Nico, en lui proposant de le contacter s'il voulait se faire une expérience avec les karts. Ce n'étaient pas de vraies voitures, mais ça représentait un pas dans la bonne direction. Il essaierait peut-être.

Je revins à la maison juste après sept heures, et Jack m'accueillit d'un baiser.

– Comment va Sunita ? Et le bébé ?

– Suni a l'air en pleine forme. Et Bella est adorable, comme tous les bébés. Bizarrement, elle a été de bonne composition, elle a bien voulu nous laisser discuter.

– J'ai hâte de la voir. J'ai appelé Nico et je dois passer chez eux dans la semaine, après le travail. Il a l'air vraiment heureux.

– Oui. Juste avant la naissance, Suni avait peur qu'il ne se dégonfle, mais on dirait qu'il s'est repris très vite quand Bella est arrivée.

– Ce doit être un sentiment incroyable, de devenir parent pour la première fois.

Je haussai les épaules.

– J'imagine. Si c'est ce que tu veux.

– Alors, c'était sympa de les revoir ?

– Encore plus que ça, dis-je en pensant à la lettre dans mon sac. Comment ça s'est passé ici ? Tu as pu attaquer le séjour ?

Cette idée me donnait des ailes. Quand le séjour serait prêt, nous disposerions d'un endroit confortable pour se détendre et recevoir des invités, même si les autres pièces n'étaient pas terminées.

– Si on veut. J'ai un peu avancé.

– Ah bon ?

J'ouvris la porte. La moquette marron crasseuse était roulée à l'avant de la pièce, mais en dehors de ce détail, rien n'avait changé. Les carreaux de la cheminée étaient toujours cassés, et les murs restaient d'un gris terne.

– J'ai commencé, mais j'ai été retardé.

– Ah bon ? Qu'est-ce qui s'est passé ? (J'entrai dans la pièce et examinai le plancher.) Le parquet à l'air en bon état ici. Je crois qu'on pourrait en faire quelque chose. Qu'est-ce que tu en dis ?

– Le plus urgent, c'est le cadre des fenêtres. J'ai contacté un menuisier du coin, mais il dit que ce sera long, et que comme la maison est classée, on va devoir obtenir une autorisation pour les remplacer. Pareil pour l'escalier et la rampe. C'est faisable, mais ça prendra du temps.

– Combien, à son avis ?

– Environ huit semaines.

– Quelle poisse. Il a dit autre chose ?

– Il n'en est pas sûr, mais on pourrait avoir des vers dans les poutres.

– C'est une blague ! L'expertise aurait dû le signaler ?

– Je ne sais pas pourquoi ils n'ont rien noté. Mais je crois qu'on devrait faire venir quelqu'un pour avoir un deuxième avis.

– D'accord. Donc, je suppose qu'on n'est pas près de se pelotonner au coin de cette cheminée.

– On doit faire quelques travaux avant.

– Aucune chance que tu puisses prendre une journée pour m'aider la semaine prochaine ?

– Je suis vraiment désolé, Amelia. Je serai en déplacement. Tu ne te rappelles pas ? Je vais à Berlin quelques jours.

– Ah, oui, répondis-je d'un ton que je tentais de rendre nonchalant.

C'était vrai, il me l'avait dit plusieurs semaines auparavant. Mais avec le déménagement, l'information m'était sortie de la tête. Je me rendis compte que je ne voulais pas que Jack s'en aille. Pas maintenant. Nulle part. Je ne voulais pas rester seule dans la maison.

– Combien de temps, tu disais ?

– Quatre jours.

– Bon.

– Oui, on va rencontrer des gens qui ont monté un petit studio d'animation, pour voir s'ils pourraient travailler avec nous sur *Lovekatz*, si on obtient le financement. J'ai vu quelques-uns de leurs films, ils sont incroyables. Maintenant que les effectifs à Londres ont été réduits de manière drastique, on aura besoin de plus de monde pour mener le projet à bien, et j'ai l'impression qu'ils seraient parfaits.

– Toute l'équipe part avec toi ?

– Oui. Hiro, Jason, Ben et Sadie. Je sais bien que ça tombe mal. Je voudrais être là pour t'aider, mais je serai revenu très vite. Et s'il se passe quelque chose, tu n'auras qu'à m'appeler et on en discutera.

– OK, commençai-je.

J'inspirai à fond et tentai de me reprendre.

– Qu'est-ce qu'il y a ? Tu sais que je ne peux pas y échapper, Amelia. J'ai aidé à organiser cette rencontre, et c'est une très belle opportunité pour nous.

– Tu disais qu'on travaillerait sur la maison tous les deux. Je pensais que ça nous donnerait l'occasion de faire quelque chose ensemble, toi et moi. Mais ce n'est pas du tout l'impression que j'ai.

– Ça va changer très vite, je te le promets. Mais maintenant que tu n'as plus de boulot, c'est assez normal. Il faut bien que l'un de nous gagne de l'argent.

– Je sais bien. Mais tu étais d'accord pour me soutenir quand j'ai donné ma démission, et maintenant, on dirait que tu fais machine arrière. Tu crois que retaper cette maison n'est qu'un hobby pour moi ?

– Non, fit-il en secouant la tête. (L'agacement le gagnait, tout comme moi.) Mais la maison peut attendre.

– Et je suppose que moi aussi.

Chapitre 10

2, Honeysuckle Lane

Vue aérienne sur Google : des cottages, une église, un bureau de poste, une école et un kiosque à journaux.

Mercredi 25 septembre

– Amelia !, s'exclama ma mère en m'ouvrant la porte avec un sourire.

– Bonjour. Tu as toujours de la place pour moi ?

– Bien sûr. Je t'ai préparé la chambre d'amis. Viens, laisse-moi prendre ton sac.

J'étais contente d'échapper au brouillard humide. Je lui tendis le petit sac de sport où j'avais mis ce qu'il me fallait pour une nuit – vêtements, maquillage, mon iPad, un magazine de décoration et mon carnet de croquis, afin de pouvoir continuer à travailler sur des idées pour la maison. Quand le plombier m'avait annoncé qu'il devait couper l'eau pour travailler, j'avais décidé de fuir le chantier et me réfugier chez ma mère.

– Tu ne te sens pas bien ?, m'inquiétai-je.

Il était rare de la trouver encore en robe de chambre à dix heures du matin. Elle avait l'habitude de se lever et s'habiller très tôt.

– J'ai eu un peu de mal à démarrer aujourd'hui.

– Ce n'est pas moi qui vais te jeter la pierre. J'ai passé pratiquement toute la semaine en bleu de travail.

– Comment se passent les travaux ?

– Pas trop mal. En fait, ce n'est pas complètement vrai. C'est pour ça que je suis là. On a peut-être des vers dans les poutres, et on doit obtenir des autorisations, mais on avance peu à peu. La cuisine a bonne allure.

– Oh, magnifique. Je brûle d'impatience de la voir.

– Oui, je serais ravie que tu viennes. Mais quand on aura un peu plus avancé, d'accord ?

– Bien sûr. Je comprends. Appelle-moi quand tu seras prête. Ça va s'arranger, ma chérie. J'en suis sûre. Il y a souvent des complications avec les bâtiments classés, d'après ce que j'ai entendu dire.

– On va y arriver. Mais merci de m'accueillir. J'ai vraiment besoin d'une pause.

– Tu sais que tu es toujours la bienvenue. Je me disais… si tu n'es pas trop occupée, ça t'amusera peut-être de m'aider. Je fais des gâteaux pour une vente de charité ce soir, et je ne refuserais pas un coup de main. Tu pourrais m'accompagner, faire la connaissance de quelques personnes du village.

Je repensai à mon expérience avec Jack au *Three Kings*.

– Je ne sais pas. Je n'ai pas trouvé Hazelton si accueillant jusqu'ici.

– Oh, ma chérie !, s'apitoya ma mère. Tu n'as pas dû rencontrer les bonnes personnes, c'est tout.

– Ils n'ont pas l'air de beaucoup aimer les Londoniens. Tu ne t'en es pas aperçue ?

– Pas du tout, dit ma mère en balayant mes doutes d'un revers de main. Tout ira bien, Amelia. Les débuts sont toujours difficiles.

– Si tu le dis. En tout cas, pour en revenir à ces gâteaux, qu'est-ce que tu as prévu de faire ?

– Un gâteau aux noisettes et aux carottes, et un Victoria sponge classique.

– Super. Mettons-nous au travail.

Après avoir enfilé un tablier, nous rassemblâmes les ingrédients pour les deux pâtisseries dans sa cuisine : des plans de travail en bois clair, un four tout neuf et des ustensiles assortis à pois.

– Tu as fait beaucoup de travaux dans cette pièce ?, m'enquis-je.

– Non, elle était déjà comme ça quand je me suis installée. J'ai sûrement eu de la chance. Je crois que pour moi, le temps des grosses rénovations est révolu.

– Avec papa, vous en avez fait à l'époque, non ?

– Quand j'étais enceinte de toi, on a repeint toute la maison. Ton père avait envie d'abattre une cloison, mais je l'ai convaincu d'attendre avant de se lancer dans quelque chose d'aussi radical. Je ne supportais pas l'idée de vivre dans un endroit rempli de poussière de plâtre tant que tu étais toute petite. Enfin bref, tu es venue et on n'a jamais rien fait.

– Désolée.

– Tu en valais la peine.

Maman disposait le matériel sur le plan de travail tandis que je la regardais faire, perchée sur un tabouret. L'espace d'un instant, la scène me parut familière. Mais il n'en avait pas toujours été ainsi. Je l'observai tandis qu'elle pesait les ingrédients, en me remémorant la lettre que m'avait envoyée mon père, une semaine après son départ. Les mots restaient gravés dans ma mémoire.

Ma chère Amelia.

Je suis désolé d'avoir dû partir sans pouvoir te dire au revoir dans les règles. Tu sais que je t'aime, et que ce n'était pas ma décision.

Quand tu es née, toute mon existence en a été changée. Je t'ai tenue dans mes mains et j'ai su que la vie ne serait plus jamais la même. Et c'était vrai. Elle est devenue bien plus belle. Ta mère et moi, on était si heureux alors. Mais les gens changent, et nous nous sommes éloignés. Nous t'aimons tous les deux, chacun à sa façon.

Je savais que ta mère avait envie de travailler depuis quelque temps, mais je n'ai jamais compris qu'elle choisisse un métier qui nous séparerait sans cesse. Je voulais qu'on reste ensemble, mais je me suis aperçu que, quoi que je fasse, ce serait impossible tant que ta mère passe le plus clair de son temps dans un avion. Pour moi, ce n'est pas ça, former une famille. Parfois, je me demande même si elle ne cherche pas à rencontrer quelqu'un d'autre. Nous ne lui suffisons peut-être pas.

Je reviendrai te voir dès que je pourrai. J'espère que la maison de poupées te plaît.

Je t'embrasse.

Papa.

– Bon, où en étions-nous ?, dit ma mère en s'attachant les cheveux avec un élastique. Tu veux bien éplucher les carottes ?

– Bien sûr, dis-je en me levant pour aller ouvrir le réfrigérateur.

En début de soirée, quand les gâteaux furent prêts, nous traversâmes le village à pied. Ma mère m'emmena à la salle des fêtes, où des femmes s'affairaient derrière les stands et bavardaient autour des gâteaux. Mon estomac se noua, comme si j'allais passer un entretien très important plutôt que rencontrer quelques habitants du coin. Hazelton était mon village maintenant, mais je ne me sentais pas à ma place. Comment pouvais-je être à l'aise devant trente adolescents, et me sentir en cet instant si timide et vulnérable ?

– Rosie !

Une femme de l'âge de ma mère, enveloppée dans un châle en alpaga violet, se frayait un chemin vers nous.

– Comment vas-tu ?

Elle étreignit ma mère puis se tourna vers moi.

– Vous devez être Amelia. Je m'appelle Rachel.

Je lui serrai la main en souriant.

– C'est bien ça. Ravie de vous rencontrer.

– Vous vous ressemblez, vous savez. Ce sont vos yeux. J'ai toujours rêvé d'avoir les yeux bleus. Enfin bref, votre mère m'a beaucoup parlé de vous. Vous faites sa fierté.

Je lançai un regard à ma mère, en me demandant si Rachel disait vrai. Elle sortait nos gâteaux de son sac et les disposait sur la table centrale.

– J'ai entendu dire que vous vous installiez ici. Brambledown Cottage, c'est ça ?, demanda Rachel avec chaleur.

– Oui. Mon mari Jack et moi faisons des travaux.

– Oh, je vous souhaite bonne chance. J'adore les rénovations.

– On avance lentement, mais on finira par y arriver. Je me suis dit que j'allais faire une pause chez ma mère. Je cherche encore quelqu'un qui pourrait restaurer certains des éléments d'origine, comme les cadres de fenêtres. On en a plusieurs de pourris.

– Ah, j'ai la personne qu'il vous faut. Vous devez faire la connaissance de ma fille Sally. Elle vient d'acheter une maison, et elle aussi, elle a eu quelques surprises. Elle est là-bas…

Rachel m'entraîna vers une petite cuisine où Sally discutait avec des amies.

– Sally, je te présente Amelia, la fille de Rosie. Elle vient d'aménager ici.

Vêtue d'un jean skinny noir et d'un chemisier rouge, avec ses cheveux blond foncé qui lui arrivaient aux épaules, Sally détonnait un peu parmi les robes à fleurs dont la salle était pleine. Nous devions avoir à peu près le même âge.

– Ravie de vous rencontrer, dis-je.

– Vous vous habituez à la vie villageoise ?, demanda-t-elle gentiment.

– Plus ou moins. Je n'ai pas vraiment eu le temps de partir en exploration. Mais le village a l'air sympa.

– Vous avez repris la maison d'Eleanor McGuire, c'est bien ça ? C'est un endroit magnifique.

– Incroyable. Rien à des kilomètres à la ronde. Je dois encore me pincer le matin.

Sally éclata de rire.

– Oui, c'est beau et calme dans le coin. Et j'apprécie les grasses matinées depuis que je n'aide plus mes parents à la ferme. Je parle de grasses matinées… je me lève encore à sept heures, mais c'est du luxe quand on a eu l'habitude de sortir le fumier à cinq ou six heures du matin.

– Rachel a une ferme ?

– Oui, avec mon père, Fred. Elle ne vous l'a pas dit ? C'est toute leur vie. Ils ont des vaches et des poules, rien d'extraordinaire, mais leur grande fierté, ce sont leurs trois chevaux, et une dizaine d'alpagas, la passion de maman.

– Waouh, ça doit représenter beaucoup de boulot.

– Oui, mais ils adorent ça. Maman fait filer la laine des alpagas. Elle est d'une douceur incroyable. C'était dur de les quitter, en sachant qu'une paire de bras supplémentaires n'était pas de trop, mais j'ai envie de faire des choses qui n'impliquent pas d'enfoncer la main dans le cul d'une vache.

– Qu'est-ce qui pourrait être plus palpitant ?, plaisantai-je.

Je ne pouvais m'empêcher d'apprécier Sally, avec ses manières décontractées, sans prétention.

– Je tiens une pâtisserie-salon de thé dans la grand-rue. On a ouvert l'année dernière avec mon mari, Dan. Notre spécialité, ce sont les gâteaux de mariage. On a fait le nôtre l'an passé, ajouta-t-elle, rayonnante. Je suppose que vous n'envisagez pas de sauter le pas ?

– C'est déjà fait, malheureusement, dis-je en montrant mon alliance.

– Vous devriez quand même passer, la prochaine fois que vous venez en ville. On est à côté du bureau de poste.

– D'accord. Je viendrai.

Deux heures plus tard, au moment de partir, j'avais discuté avec la plupart des personnes présentes. J'avais sympathisé avec Sally et obtenu le numéro de téléphone de l'artisan qu'elle connaissait en prime. Et pour couronner le tout, nos gâteaux avaient fait un malheur, et il ne restait qu'une part de chaque.

– Et voilà, me dit ma mère avec un léger coup de coude. Je t'avais dit que tu t'entendrais avec tout le monde. Et tu as aussi fait la connaissance de Sally et ses amies. Tu vois, il n'y a pas que de vieilles biques dans le coin.

– Je n'ai jamais cru ça, protestai-je.

– Allez. Rentrons à la maison. Regarder tous ces gâteaux m'a donné une faim de loup. Je crois qu'on a toutes les deux besoin d'un vrai repas.

Après le dîner, je m'installai avec ma mère dans le séjour, devant une tasse de thé.

– Ils vont bientôt projeter *Diamants sur canapé* à la salle des fêtes. Ils installent un écran le premier vendredi de chaque mois. On pourrait peut-être y aller ensemble ? Si ça te tente ?

– Oui, bien sûr.

J'avais apprécié de passer un peu de temps avec elle. Nous pourrions peut-être le faire plus souvent.

Le soleil du soir fit briller quelque chose sur la table basse.

Je tendis la main. Il s'agissait d'une grosse montre d'homme en argent.

– Qu'est-ce que c'est ?

– Une montre, répondit ma mère, l'air un peu inquiet.

– Elle n'est pas un peu grosse pour toi ?, demandai-je en la posant contre mon poignet.

Ma mère me regarda un moment sans rien dire. Puis elle reprit la parole.

– Elle appartient à un ami.

– Maman… mais tu rougis !

Son cou et son visage s'empourpraient légèrement.

– Bien sûr que non !

– Mais si !, m'écriai-je, comprenant soudain. Tu vois quelqu'un ?

– Peut-être. Oui.

– C'est vrai ? Un amoureux ?

Elle fit oui de la tête.

Mon Dieu, me dis-je, assommée. Je n'avais rien vu venir. Ma mère avait plus de soixante ans.

– Tu as l'air surprise, observa-t-elle.

– Un peu, oui, je suppose. Je croyais que tu t'étais installée ici pour te lancer dans de nouvelles activités et…

– Me préparer pour la maison de retraite ? Je suis venue ici pour prendre un nouveau départ, oui. Je ne savais pas exactement ce qui se passerait, mais c'est bien mieux que ce que j'avais imaginé.

– Bon, fis-je en tentant de digérer l'information.

– Amelia, je suis tombée amoureuse.

Le lendemain matin, après le petit déjeuner, je rentrai à la maison en essayant de donner un sens à ce que m'avait confié ma mère. Elle avait le droit de rencontrer quelqu'un – évidemment. Elle et mon père étaient séparés depuis des lustres, et désormais, il vivait avec Caitlin. Mais ma mère était restée seule si longtemps, je ne m'y attendais vraiment pas.

Callum travaillait dans le jardin.

– Ça va ?, l'appelai-je.

Il se redressa et émergea des hautes herbes.

– Salut. Spencer vient de partir à la jardinerie pour racheter des bulbes. Vous voulez venir m'aider ?

Il souriait. Je savais bien qu'il n'avait pas besoin de l'aide d'une citadine incapable de faire la différence entre un buddleia et un bégonia, mais j'appréciais sa proposition. Jack et moi allions devoir entretenir ce jardin, et il nous fallait apprendre à nous en occuper.

– Venez.

J'enfilai mes bottes en caoutchouc et le rejoignis. Le soleil matinal me chauffait la nuque et une odeur d'herbe coupée flottait dans l'air, me rappelant les déjeuners sur la pelouse du lycée, pendant mon adolescence.

Callum m'entraîna vers une partie du jardin où les liserons enroulaient leurs tiges grêles autour des autres plantes.

– Aidez-moi à arracher ça. Il y a aussi des ronces, alors vous aurez besoin de gants, ajouta-t-il en m'en passant une paire.

Pendant que nous travaillions, il me mit au courant de ce que lui et Spencer avaient fait jusque-là, et ce qu'ils avaient prévu pour la semaine suivante.

– On ne devrait plus en avoir pour longtemps, conclut-il.

Je remarquai le jeu du soleil sur les poils dorés de ses bras bronzés, et ses muscles subtilement dessinés sous son tee-shirt bleu clair.

– Et quels sont vos plans, ensuite ?, m'enquis-je.

– Qui sait ? (De petites perles de sueur se formaient sur son front. Il les essuya.) Si je ne trouve pas d'autre travail, j'envisage de prendre mon vieux Camper et d'aller dans le sud de l'Espagne. J'ai des amis là-bas que je n'ai pas vus depuis longtemps.

– Mais pour le travail ?

Dès que les mots eurent passé mes lèvres, je mesurai combien ils étaient raides et conventionnels. Comment avais-je pu m'embourgeoiser si vite ?

– Je n'ai pas de gros besoins, répondit Callum en se penchant pour arracher les mauvaises herbes. Je ferai peut-être un peu de cueillette ou de travaux des champs en chemin. On rencontre toujours des gens intéressants dans ces cas-là.

– Ça a l'air marrant, commentai-je en me rappelant les vacances que Jack et moi passions autrefois dans le Sud de la France, en camping ou en auberge de jeunesse, des moments ensemble dans les champs de lavande et les vignobles, à l'époque où l'on parlait d'autre chose que de maisons à acheter.

– Et vous ?, demanda Callum.

– Oh, on va rester ici. Je n'ai pas de travail pour le moment et on se concentre sur la maison.

– Vous devriez savourer votre liberté, conseilla Callum. Parfois, avoir du temps, ça aide à discerner ce qui est important.

– Peut-être.

Je haussai les épaules.

– Je suppose que vous aurez bientôt des enfants, tous les deux. Vous serez installés pour de bon.

Ses paroles firent disparaître le sentiment de liberté que j'éprouvais à travailler dehors.

– Pas forcément.

– Je ne voulais pas être indiscret. Mais vous paraissez si…

– Bourgeoise, plaisantai-je. Coincée ? Ennuyeuse ?

– Écoutez, je n'insinuais pas…

– Désolée. C'est un sujet un peu sensible. Je ne suis pas prête pour ça. Je ne sais pas si je le serai un jour.

– Je croyais…

– Tout le monde croit ça.

– Peu importe ce que les gens pensent. Vous devez vivre comme vous l'entendez.

Ses yeux étaient rivés aux miens. Je me sentais vulnérable. Pourquoi était-il plus facile de parler avec Callum qu'avec mon mari ? Avec lui, je pouvais être moi-même. Il vivait au grand air, et il paraissait aussi libre que je me sentais piégée.

Un cri à l'entrée du jardin interrompit mes pensées.

– Je les ai !

Spencer apparut, agitant dans l'air un sac en plastique bleu. Il portait un tee-shirt blanc sans manches et un short kaki qui lui arrivait juste au-dessus des genoux. Je voyais les griffures de ronces sur ses mollets et ses bras. Alors que Callum avait viré au brun doré sous le soleil, la peau de Spencer avait légèrement rougi aux épaules et sur les joues.

J'ôtai les gants de jardinage sous le regard de Callum.

– Vous n'êtes pas obligée de partir, remarqua-t-il d'une voix douce.

– Si.

Je posai les gants à côté des outils et repartis vers la maison.

– Ça vous dirait, de manger un morceau ? C'est l'heure du déjeuner, proposai-je à Callum et Spencer.

– Vous lisez dans nos pensées !, répondit Callum.

– Je vous appelle quand c'est prêt, dans dix minutes.

Je préparai pour nous trois des sandwichs et un pichet de citronnade.

Ils entrèrent, boueux et ravis, et fondirent sur les assiettes de sandwichs au jambon et au fromage.

– On dirait que vous n'avez pas mangé depuis une semaine !, plaisantai-je en versant la citronnade.

– C'est l'impression que j'ai, dit Spencer. Ça creuse, le jardinage.

Je mordis dans mon sandwich, me félicitant une fois encore d'avoir trouvé de l'aide pour une partie de la maison, au moins. La sonnette me tira de mes pensées.

– Vous attendez quelqu'un ?, demanda Spencer en haussant les sourcils.

– Ici ? Je ne connais personne !

Je me dirigeai vers la porte en me demandant qui pouvait me rendre visite. En ouvrant, je trouvai ma mère sur le perron, avec sur le visage un sourire incertain.

– Maman !

À la lumière de ce que j'avais appris, je ne pus m'empêcher de remarquer qu'elle rayonnait de jeunesse et que sa robe – à fleurs jaune pâle – était plus à la mode que ses tenues habituelles.

– Je me suis dit que j'allais faire un saut, j'espère que ça ne t'ennuie pas. Je pourrais peut-être jeter un coup d'œil en vitesse à ta nouvelle cuisine ?

– Bien sûr. Entre.

– Et pour ce que je t'ai dit… Amelia, je ne veux pas que ça nous éloigne.

– Bien sûr que non. Je suis très heureuse pour toi, je t'assure. Tu n'as pas eu de mal à trouver ?, poursuivis-je pour changer de sujet.

– Non, j'ai un GPS maintenant, et j'étais déjà venue une fois.

– Un GPS ?, répétai-je en riant. Et moi qui te croyais allergique à la technologie !

– Plus maintenant, se rengorgea-t-elle. J'ai ma propre page Facebook, figure-toi. Tu n'as pas vu ma demande d'ajout à ta liste d'amis ?

– Je ne suis pas allée sur Facebook depuis un moment, mentis-je. Mais entre. On mangeait un morceau. Tu veux un sandwich ?

– Non, merci, ma chérie. Ça va. Je fais le régime cinq-deux et demain, c'est mon jour de relâche. J'ai un festin qui m'attend.

– Bon.

Maman testait un régime après l'autre depuis des années – depuis le divorce, sans doute. Elle ne semblait jamais perdre le moindre gramme, mais elle se plaisait à suivre le dernier système à la mode.

Je la précédai vers la cuisine.

– Callum, Spencer, voici ma mère, Rosie.

– Salut, dit Spencer en se levant pour lui serrer la main. Ravi de vous rencontrer.

Callum hésita un instant.

– Bonjour, Rosie, dit-il enfin, comme s'il la connaissait déjà.

– Salut, Callum, dit ma mère en l'embrassant sur la joue.

– Vous vous connaissez ?, m'enquis-je en les regardant tour à tour.

– Oh, Hazelton est un tout petit village, ma chérie. Je pensais que tu t'en étais aperçue.

Ma mère inspecta la cuisine et son nouveau décor.

– Tu as fait un travail magnifique, Amelia. J'adore ce vaisselier.

– Merci.

Nous nous assîmes tous. Je lançai des coups d'œil à Callum et à ma mère, en me demandant ce que j'avais loupé.

– C'est une maison merveilleuse, non ? Elle a besoin de travaux, comme tu disais. Ça devait être épuisant pour ta grand-mère de l'entretenir toute seule, poursuivit-elle en regardant Callum.

– C'est vrai. Elle est bien mieux là où elle habite maintenant.

– Je t'ai apporté un cake aux fruits, m'annonça-t-elle en se penchant pour le prendre dans son sac. Je l'ai acheté à la vente de gâteaux. On en a vendu deux, pas vrai, Amelia ? Et j'ai craqué, j'en ai acheté un. C'est pour la bonne cause.

– Merci. (Je pris le cake et le posai de côté.) C'est très gentil. On le savourera.

– Tu ne veux pas le goûter tout de suite ? Je n'en veux pas, mais c'est parfait comme dessert.

– Bien sûr, dis-je en me levant pour aller chercher des assiettes.

– Comment avance le jardin ?, demanda ma mère. Amelia m'a dit que vous l'aidiez beaucoup.

– On a bien travaillé aujourd'hui, pas vrai Cal ?

– On a dégagé un passage jusqu'au ruisseau et on devrait encore beaucoup progresser avant le coucher du soleil.

– Vous travaillez toute la journée ?

– Autant en faire le plus possible tant qu'on a encore un peu de lumière le soir.

Ma mère ronronna presque d'admiration devant tant de conscience professionnelle.

– Qu'est-ce que tu as prévu cet après-midi ?, lui demandai-je en coupant des tranches de cake.

– J'ai mon cours de dessin. On a un modèle qui vient poser.

– Oooh !, s'exclama Spencer. Alors, vous êtes une de ces passionnées d'art, hein ? C'est un prétexte pour se rincer l'œil, à mon avis.

– Je préfère y voir une redécouverte de ma créativité, rétorqua ma mère en riant.

Je la vis croiser le regard de Callum.

Je distribuai le cake et nous le mangeâmes. Ma mère bavardait avec Callum et Spencer, tandis que je les observais, mal à l'aise sans savoir pourquoi.

– On devrait se remettre au travail, annonça Spencer. Merci pour le cake, Rosie.

Callum se leva à son tour.

– Bon, commençai-je. Maman, je te raccompagne.

– Ah, oui, bien sûr. Vous avez tous beaucoup à faire.

– Ça te dirait de revenir la semaine prochaine ? Je suis sûre que Jack sera désolé de t'avoir manquée. Il faudra revenir un jour où il sera là.

– Bien sûr, ma chérie, fit-elle en se levant. Au revoir, Spencer, Callum.

Je la raccompagnai jusqu'à la porte.

– Fais-moi savoir quand je pourrais repasser.

Elle m'embrassa, me serra contre elle, puis repartit vers sa voiture.

– C'est bon de rentrer à la maison, soupira Jack en revenant ce soir-là. Je t'ai pris une ou deux bricoles.

Il m'étreignit, puis sortit de son sac une bouteille de vin allemand et un paquet d'oursons à la guimauve.

– Merci. Je suis contente que tu sois là.

– Qu'est-ce qui se passe ?, demanda-t-il en tirant deux chaises pour qu'on s'installe à la table de la cuisine. Il y a eu une catastrophe dans la maison ?

– Non. En fait, on progresse. J'ai rempli le formulaire pour les réparations des fenêtres et de l'escalier, et Callum a examiné les poutres dans le séjour. À son avis, ce sont de vieux trous, et il n'y a pas de sciure indiquant que les vers sont dans le bois en ce moment.

– Il en est sûr ?

– Pas à cent pour cent, mais il en est presque certain. Quand on aura trouvé quelqu'un pour les fenêtres, on pourra demander son avis.

– Ouf ! Et avec Carly et Alex qui arrivent le week-end prochain, on pourra avancer dans la chambre. Mais tu as l'air tendu. Il y a autre chose ?

– Ce n'est rien. Je crois qu'un verre de vin me fera du bien.

J'ouvris la bouteille que Jack avait apportée.

– Ça ne m'a pas l'air d'être rien.

– Mais si. (Je servis deux verres.) Enfin, rien d'inquiétant. Mais quand même...

– C'est la maison ?

– Pas cette fois.

– Bon. Alors, qu'est-ce que c'est ?

– C'est ma mère. Elle a un... (Quel était le terme approprié ? Petit ami ? Partenaire ?) Un amant.

– Oooh !, fit Jack avant d'éclater de rire.

– Ce n'est pas drôle, Jack. C'est flippant. Elle rayonne, c'est vraiment bizarre.

– Allons, Amelia, c'est une bonne nouvelle, non ?

– Ce n'est pas le partenaire qui m'inquiète. C'est... je ne sais pas. Je trouve ça étrange. Un peu dégoûtant, je crois.

Jack but une gorgée de vin.

– Ça va sûrement te paraître dégoûtant, mais j'espère qu'on fera encore l'amour à soixante ans.

– Tu es obligé d'insister ?, soupirai-je en me couvrant les yeux.

– Tu es sûre qu'ils le font ?

– Tu ne m'aides pas du tout.

– En fait, je trouve ça sympa. Ta mère est une femme charmante. Elle mérite bien de s'amuser un peu après toutes ces années.

– Hmmm.

– Allons, Amelia. Je suis certain que dans quelques semaines, tu te seras faite à cette idée. Tu as dû éprouver la même chose quand ton père a rencontré Caitlin.

– Pas du tout. Je ne sais pas pourquoi.

– Ah.

– Elle est passée tout à l'heure. J'espère que ça ne deviendra pas une habitude. J'ai envie qu'elle voie la maison, naturellement, mais j'espérais que tout serait fini avant qu'elle ne vienne.

– C'est ta mère. C'est normal qu'elle ait envie de voir la maison alors qu'elle habite si près d'ici. À mon avis, elle doit essayer de faire passer la pilule.

Je bus une gorgée de vin et repensai à l'atmosphère qui avait flotté dans la cuisine pendant sa visite.

– J'aurais préféré qu'elle me laisse respirer. Quand j'étais chez elle, j'ai eu l'impression qu'on jouait à la fille et la mère parfaites, et ensuite, bam ! On est redevenu des étrangères. Et c'est comme si elle essayait de tout arranger de force.

– Mais on dirait qu'elle a envie de passer plus de temps avec toi. Et si on l'impliquait davantage dans les travaux ? Elle a un peu de temps libre maintenant, et elle suit toutes les émissions de déco, non ?

– Oui. Mais non. Pas question. Et heureusement, elle n'a pas manifesté la moindre intention de participer. Elle est déjà soulagée d'en avoir fini avec sa maison.

– Tu ne crois pas que tu pourrais t'habituer à l'idée qu'elle ait un petit ami ?

– Arrête. Je déclare cette conversation officiellement terminée. Écoute, on ne s'est pas vu de la semaine. Tu es allé dans une capitale européenne glamour – parlons de ton voyage plutôt que de la vie amoureuse de ma mère.

– Bon, d'accord.

– Comment as-tu trouvé les gens du studio ?

– Passionnants. C'était génial d'échanger des idées avec eux. Je crois que ce sera bénéfique de les avoir à bord. Ils sont tout à fait d'accord pour qu'on unisse nos forces, et on formera une équipe combinée très solide.

– Et quand sauras-tu si les investisseurs approuvent votre proposition corrigée ?

– Avant Noël, j'espère. Ça représenterait beaucoup pour moi de travailler de nouveau sur un projet qui compte à mes yeux, plutôt que de bricoler des publicités.

– Je sais. Je le souhaite de tout mon cœur.

Septembre s'achevait, avec des bourrasques qui emportaient les feuilles mortes et les collaient au sol. Callum et Spencer finissaient leur travail dans le jardin. L'air et la lumière avaient changé, annonçant pour de bon l'arrivée de l'automne. Le jardin de devant était jonché de marrons, mêlés aux feuilles jaunes et orange.

Je nettoyais la cuisine quand j'entendis un grattement à la porte donnant sur le jardin. Par la vitre, je reconnus Callum et lui ouvris.

– Vous êtes prête à admirer votre nouveau jardin ?, demanda-t-il.

Je m'empressai d'enfiler mes bottes. J'avais vu le travail effectué au cours des semaines écoulées, bien sûr. Le matin, dès mon réveil, je regardais par la fenêtre en m'habillant. Je les voyais désherber ou couper les ronces, revenir de la jardinerie et remplir la terre noire et terne de plantes vigoureuses et de fleurs éclatantes. Mais j'attendais avec impatience de me promener dans le jardin terminé.

– Essayez de m'en empêcher !

Je le suivis dehors, traversai la terrasse dallée vers la partie réservée au jardin sauvage. Une barrière faite de morceaux de bois et de branchages le séparait de l'allée constituée de pierres inégales.

– On n'a pas modifié grand-chose ici, parce que les fleurs sauvages prospèrent dans un sol assez pauvre, il ne faut surtout pas trop le travailler. On y a semé des graines et vous verrez le résultat au printemps, et les coquelicots en été. Vous les aimez, non ?

J'approuvai de la tête en me rappelant mon coup de foudre pour ce jardin la première fois que je l'avais vu. Callum avait saisi ce qui m'avait plu ce jour-là, l'impression que la nature reprenait ses droits, triomphait, et il l'avait domestiquée en douceur.

– C'est magnifique. Et j'adore la mangeoire à oiseaux en bois.

– Je suis content qu'elle vous plaise. C'est moi qui l'ai fabriquée. Venez. (Il avança sur l'allée et me conduisit vers les treillages où s'accrochaient le chèvrefeuille et le jasmin.) Ça sentira incroyablement bon en été, promit-il. Et pour maintenant, vous avez les anémones du Japon, ici, poursuivit-il en désignant un parterre débordant de fières fleurs blanches.

Je l'avais remarqué depuis la fenêtre de la chambre.

– Jack m'a dit que vous envisagiez un potager. Alors on a délimité ce coin, et on a déjà planté quelques légumes.

– Et la zone libre à côté, c'est pour le pavillon d'été ?

– Quand vous serez prêts.

Nous continuâmes jusqu'au ruisseau. L'air était plus frais que lors de notre dernier passage ensemble, et les fougères s'ornaient de gouttes. Les feuilles du chêne jonchaient le sol.

– Je n'ai pratiquement touché à rien, comme vous vouliez.

– C'est parfait. Ce ruisseau a quelque chose de spécial. Ce serait un sacrilège d'y toucher, et je ne crois pas qu'on pourrait l'améliorer, même si on essayait.

– C'est vrai, vous avez raison.

Callum parut se perdre dans ses pensées. Je me demandai s'il pensait à sa mère.

Je me retournai vers le jardin. En débroussaillant, Callum avait créé un espace que je contemplerais avec plaisir tous les matins. Il complétait la maison, déjà envahie par la nature avec son manteau de glycine.

– Merci, Callum. Je vous envie, vraiment. Vous avez le don de transformer les choses.

Je le regardai. Ses yeux gris-vert étaient fixés sur moi.

– C'est drôle, dit-il. Parce que je vois ça aussi en vous.

Chapitre 11

La chambre

Sur le *mood board* : des nuances de vert, sable, beige, paille et terre cuite, papier peint à motifs d'oiseaux, imprimé de feuillages délicat pour les rideaux et les coussins. Motif liberty. Poignées de porte anciennes en cuivre. Peintures laquées.

Samedi 5 octobre

Le matin, je fis griller des bagels, préparai du café et apportai le petit déjeuner au lit à Jack.

– Merci, dit-il en s'emparant de son plateau.

Il but une gorgée de café et m'enlaça. Je me redressai et m'écartai légèrement en prenant un bagel.

– Carly et Alex arriveront vers quinze heures, objectai-je. On ne peut pas traîner au lit toute la journée.

– Si on arrive à préparer les murs ce matin, on aura probablement le temps de passer une première couche de peinture aujourd'hui.

– Bien sûr, ça devrait aller.

Nous n'avions rien fait dans la chambre depuis que nous avions emménagé. La moquette miteuse était toujours là, les rideaux bleu foncé nous masquaient toujours la lumière, et les murs restaient gris, tristes et tachés.

– Il n'est que huit heures et demie, détends-toi. On peut profiter de notre petit déjeuner.

– Oui, naturellement, admis-je en essayant de me laisser aller.

– À quoi ressemble Alex ? Je peux poser la question, maintenant que c'est officiel, non ?

– Calme, gentil. Enfin, je ne l'ai jamais rencontré en dehors du lycée, mais j'ai discuté plusieurs fois avec lui pendant les soirées parents-professeurs, quand j'avais Jules dans ma classe. C'est un type sympa. Je pense qu'il fait du bien à Carly. Tu jugeras par toi-même quand ils arriveront.

– Et tu dis que son fils est d'accord pour qu'ils se voient ?

– Oui. Au début, il a piqué une crise, mais maintenant, il l'accepte. Il dit que, si son père devait sortir avec une de ses profs, Carly était le meilleur choix, sans hésitation. Elle prend ça comme un feu vert.

– J'ai hâte de faire sa connaissance. Je n'appréciais pas tellement Ethan.

– Moi non plus. Par moments, j'avais l'impression qu'elle ne pouvait pas être vraiment elle-même avec lui. J'espère que cette fois, ce sera différent.

Nous finîmes notre café. Je me dis que quelques mois plus tôt, nous l'aurions laissé refroidir pour nous embrasser et faire l'amour, en profitant du week-end. Mais pour l'instant, je ne pensais qu'aux travaux.

– J'ai vraiment hâte de voir Carly.

Après nous être douchés, Jack et moi transférâmes notre lit dans la chambre d'amis, pour Alex et Carly.

Nous nous contenterions du canapé-lit dans la pièce qui donnait sur le pommier – celle dont nous comptions faire un bureau.

– Je t'ai dit que j'avais repéré un magnifique lit ancien en fer forgé chez l'antiquaire du village la semaine dernière ?, demandai-je.

– C'est une affaire ou il va nous ruiner ?

– C'est une affaire, figure-toi. Je crois qu'il serait parfait quand la chambre sera finie.

– Ça me paraît bien. Tant qu'on n'a pas le matelas ancien pour aller avec.

– Ne t'inquiète pas, il est aux dimensions de notre matelas actuel.

– Alors prenons-le. Enfin, quand la chambre sera finie.

Nous retournâmes dans la pièce vidée.

– Bon, par quoi on commence ?

– Par ça, dis-je en allant dévisser le cache au bout de la tringle à rideaux. À la poubelle !

Je tirai l'étoffe poussiéreuse et la laissai tomber par terre. Je revissai le cache et passai à l'autre fenêtre.

– Mon Dieu, ça fait plaisir.

Des flots de lumière dorée se déversaient dans la chambre, dessinant des carrés de soleil sur le sol. Je rassemblai le tissu entre mes bras.

– Les vieilleries, à la benne !, lança Jack.

– Oh oui, renchéris-je avec un sourire de satisfaction. Qu'est-ce que tu penses des murs ? On les lessive et on les repeint ?

– Ça devrait suffire, fit-il en se penchant pour les examiner de plus près. À quatre, ça ne devrait pas prendre trop longtemps. Mais la peinture est craquelée par endroits, alors on devra d'abord poncer un peu. On peut s'en occuper avant qu'ils n'arrivent. Tu tiens toujours à avoir un mur différent ?

– Oui. Celui derrière le lit. J'ai trouvé un papier peint avec des motifs d'oiseaux sur Internet. Et non, pas la peine de me regarder comme ça, je n'ai pas pris l'imprimé liberty, ni les peintures laquées.

– Je n'ai rien dit, se défendit-il en levant les mains avec un éclat de rire. Mais ça paraît sympa. Je peux le voir ?

– Bien sûr.

J'allai dans la pièce au pommier, où j'entreposais la peinture et le papier que j'avais achetés, et revins avec quelques pots et un rouleau à lui montrer.

– Sympa, approuva-t-il en regardant le papier peint. Des hirondelles. J'adore.

– Génial. Je pensais à ce blanc cassé pour les autres murs, avec du vert forêt pour les menuiseries et les plinthes.

J'ouvris le pot de peinture et me penchai pour en peindre un échantillon sur le radiateur.

Il m'enlaça.

– J'adore. Bon, avant que Carly et Alex n'arrivent, arrachons cette moquette.

– Prêts pour l'opération peinture !, annonça Carly à la porte, en milieu d'après-midi. (Elle nous embrassa, puis entra, son bleu de travail à la main.) On a tout prévu. Tu te rappelles que tu nous as promis une beuverie pour notre peine, hein ?

– On a refait les stocks en prévision de votre visite, oui, dis-je en désignant la cuisine où nous avions entreposé le vin et la bière achetés pour l'occasion.

– Parfait.

Alex apparut à la porte avec leurs bagages et son border terrier, Pete. Le chien s'attarda un moment dans l'entrée, parut renifler une odeur de chat, et se mit à aboyer.

– Bonjour tout le monde, dit Alex en posant les sacs. Désolé pour Pete. Vous avez un chat, non ?

– Salut Alex. Oui, en effet.

J'hésitai un instant, puis l'embrassai sur la joue.

Il sourit.

– Content de te revoir, et pas en tant que parent d'élève. Tu dois être Jack, c'est ça ?

– Ravi de faire ta connaissance, dit Jack en s'avançant pour serrer la main d'Alex.

– Vous vous êtes vraiment installés au milieu de nulle part, remarqua Carly en regardant par la porte ouverte l'étendue des champs environnants.

– Plus ou moins. Mais le coin est bien desservi, heureusement, répondis-je.

– C'est une très belle région, ajouta Alex avec gentillesse.

– Bon, on est enfin là, dans cet endroit dont tu nous as tant parlé, constata Carly. On peut jeter un coup d'œil ?

– Bien sûr, répondit Jack. Pour commencer, votre chambre est en haut – désolé, ce n'est pas un palace, elle est encore assez encombrée, mais le lit est confortable.

– Ça ira très bien, dit Alex poliment.

– La prochaine fois, on aura une vraie chambre d'amis à vous offrir, promis-je.

– On n'est pas difficile, dit Carly. Ça nous rappellera nos années de fac.

Alex prit les sacs et les monta à l'étage.

– Ça, c'est la pièce où on va travailler aujourd'hui, annonçai-je en ouvrant la porte de la chambre principale.

Comme vous voyez, on s'est chargé de la partie destruction ce matin.

– On voulait la dégager autant que possible avant votre arrivée, ajouta Jack.

– Le parquet a l'air en bon état, remarqua Alex. Un coup de ponceuse et de cire, et je crois qu'il sera très beau.

– Ça fait plaisir à entendre, dis-je. J'avais envie de laisser le parquet nu ici, alors je suis contente de voir que c'est possible. On a préparé les murs, j'espère que vous êtes prêts à peindre et coller du papier ?

– On est prêt à tout !, déclara Carly. Mais d'abord, je crois qu'il nous faut une tasse de thé. Je suppose que tu n'as pas de théière, Amelia ?

– Je crois que je comprends ce qui vous a attirés à la campagne, remarqua Carly. Tout cet espace ! Trois chambres ! Et on pourrait jouer au foot dans la cuisine. Elle est bien mieux que celle de votre ancien appartement, où vous vous marchiez sur les pieds.

– C'est génial d'avoir de l'espace, approuva Jack. Je ne pensais pas devenir un amoureux de la campagne, mais je suis en train de me convertir.

Quand nous eûmes bu notre thé et fait visiter à Carly et Alex la cuisine et le jardin, nous montâmes tous dans la chambre pour commencer la peinture.

Carly et Alex prirent des pots et des pinceaux, tandis que Jack et moi étalions des journaux par terre. Je rassemblai les rouleaux de papier à motifs d'oiseaux et les emportai devant le mur. Après avoir étalé la colle, je montai sur l'escabeau de bois et, avec Jack, posai le premier lé.

– Je n'ai pas fait de bulles, au moins ?, demandai-je.

– Non, c'est parfait, me rassura Jack.

Nous avancions lentement, avec beaucoup de soin pour positionner chaque lé.

– Tu as prévu de coudre quelque chose pour cette pièce ?, interrogea Carly.

– Quelques rideaux, comme dans la cuisine, un peu plus clairs que la peinture vert forêt. On va y mettre un lit ancien, et j'ai trouvé une vieille cage à oiseaux blanche dans la même boutique, je crois qu'elle fera très bien suspendue dans le coin.

– Ce doit être agréable d'avoir le temps de faire tout ça, soupira Carly en se tournant vers moi, un rouleau à la main. Depuis que les cours ont repris, j'ai l'impression d'avoir à peine le temps de penser.

– C'est un grand changement, reconnus-je.

Nous travaillâmes en écoutant de la musique jusqu'à ce que le soir tombe.

– Je crois qu'il est temps d'arrêter, déclara Jack en posant son rouleau avec un sourire satisfait. (Je regardai au dehors et constatai, surprise, qu'il faisait nuit noire.) Je ne sais pas vous, mais moi, je meurs de soif. Ça vous dit de boire un verre ?

– Tout à fait !, approuva Carly.

– Allons nous nettoyer, dis-je. La salle de bains est en face. Pas de commentaire sur tout ce jaune, s'il vous plaît, c'est sur notre liste.

Alex et Carly se changèrent. Une heure plus tard, nous étions tous attablés dans la cuisine. J'avais mis un plat de lasagnes dans le four et ouvert une bouteille de vin rouge.

– Merci pour votre aide, dit Jack.

– Ce fut un plaisir, répondit Carly. En fait, c'est agréable de travailler de ses mains.

– C'est très gratifiant, ajouta Alex. D'une certaine façon, je regrette qu'on ne reste pas plus longtemps. Je veux voir ce parquet poncé et ciré.

– Si tu veux rester, tu es le bienvenu, plaisantai-je.

– Envoyez-nous une photo quand ce sera fini, demanda Alex.

– Jack, repris-je, je voulais te demander. Maintenant que Spencer et Callum ont fini le jardin, ça t'ennuierait s'ils venaient donner un coup de main à l'occasion, pour des petites réparations, du ponçage ? Ils cherchent du travail, et leur aide me serait bien utile. Je sais que tu es crevé quand tu rentres de Londres.

– Pas de problème. Je regrette de ne pas participer davantage – mais je ne peux pas me permettre de manquer un jour en ce moment, avec le nouveau projet.

– Tu as un nouveau dessin animé en préparation ?, demanda Carly. J'avais adoré *Pupz*. Il parlait à l'enfant qui est en moi.

– Tu as travaillé là-dessus ?, intervint Alex. C'était un des films préférés de Jules. Encore qu'il me tuerait sans doute s'il m'entendait le dire.

– Merci. J'ai eu du mal à imaginer un nouveau projet. Je suis resté sec pendant un moment. Mais cette fois, je crois qu'on a trouvé.

Je remplis à nouveau tous les verres. Quand la deuxième bouteille de vin fut vide, les lasagnes étaient prêtes. Je servis les assiettes et Jack m'aida à les apporter à table.

– Allez-y, dis-je. Et toi, Carly, quoi de neuf ? Comment ça se passe au lycée ?

– Bien. Les élèves paraissent en meilleure forme après les vacances. Le nouveau chef du département de lettres est arrivé, il a fait quelques changements.

– Ah bon ?

– Il a introduit un tas de nouveaux systèmes. Tout le monde n'apprécie pas. Plusieurs personnes se sont plaintes de lui.

– Je suis vraiment désolée de l'entendre. Ce qui, comme tu le sais, est un mensonge éhonté. Je ne devrais sans doute pas dire ça devant un parent d'élève.

– Ne t'inquiète pas !, me rassura Alex en éclatant de rire. Maintenant que Jules a quitté St Catherine, je suis devenu un ex-parent. Ou quelque chose dans le genre.

Je souris.

– Mais de toute façon, on ne devrait pas parler que de boulot. Quoi d'autre de neuf, Carly ?

– En fait, on a une nouvelle fracassante, commença Carly.

Mon imagination s'emballa. Une demande en mariage ? Un bébé ? Déjà ?

– On vient de réserver des billets d'avion, poursuivit-elle.

– On part en Australie pour les vacances, à Noël, compléta Alex avec un sourire plein de fierté.

– Waouh !, m'extasiai-je. Combien de temps ?

– Une quinzaine de jours. On a prévu de louer une voiture et visiter le pays. On a décidé d'échanger Londres contre une plage pour quelque temps.

Je leur enviais leur liberté. Contrairement à nous, ils ne semblaient pas gouvernés par le prix des choses.

– Avec tout ce qui s'est passé, et Jules qui accepte enfin notre relation, je me suis dit que ça nous ferait du bien de passer un peu de temps en tête à tête, expliqua Alex en entourant Carly de son bras. Elle s'est montrée assez patiente avec moi.

Carly resplendissait littéralement.

– J'ai hâte d'y être. J'ai déjà acheté un nouveau deux-pièces. Je vais vraiment oublier St Catherine un moment.

– C'est génial, dis-je. Tu le mérites bien.

Je les observai tour à tour. Leurs visages portaient la même expression d'exaltation joyeuse.

– Et vous, vous allez quelque part ?, s'enquit Alex.

– Je ne crois pas, répondis-je avec un coup d'œil à Jack. Pas cette année. On est un peu juste, question finances.

– Bien sûr, dit Alex. Ça coûte cher de déménager. Et j'imagine que vous voulez faire des économies, poursuivit-il en haussant les sourcils.

Puis il grimaça. À en juger par le regard désolé que Carly me lança, j'étais presque sûre qu'elle lui avait donné un coup de coude sous la table.

– Oui, on va bientôt envisager de fonder une famille, acquiesça Jack.

Je me tournai vers lui, stupéfaite, les yeux écarquillés.

– Quoi ?, demanda-t-il.

– Jack…, grinçai-je à voix basse.

– Allons, Amelia. C'est vrai, non ?

– Désolé, s'excusa Alex. Je ne voulais pas mettre les pieds dans le plat. Mais je pensais… enfin, Carly dit que vous êtes ensemble depuis un bail…

– Ce n'est rien, Alex. Ce n'est pas ta faute, le rassurai-je. Quelqu'un veut du vin ?

Quand nous montâmes nous coucher, il devait être aux alentours de deux heures du matin.

Je fermai la porte derrière moi et me tournai vers lui.

– Qu'est-ce qui t'a pris, tout à l'heure ?

– Je ne sais pas, répondit-il en haussant les épaules. C'est toi qui t'es conduite bizarrement. On est ensemble depuis des années. On est marié. On s'est installé dans un endroit parfait pour élever des enfants. Il ne faut pas beaucoup d'imagination pour se dire qu'on envisage peut-être d'en avoir, si ? Ce n'est pas pour ça qu'on a déménagé ?

– Non. C'est de la folie. Je ne sais pas où tu es allé chercher cette idée. Ni pourquoi tu as choisi d'en discuter devant nos amis.

– Je n'ai pas... D'accord, je ne pensais pas que c'était un sujet sensible. Je ne me suis pas rendu compte qu'avec tes problèmes...

– Mes problèmes ? Parce que je ne saute pas sur l'occasion de renoncer à notre vie pour la consacrer à un bébé, ça veut dire que j'ai des problèmes ?

– Ce n'est pas ce que je voulais dire, battit-il en retraite. Mais tu dois bien reconnaître qu'il y a des trucs avec ta mère que tu n'as jamais vraiment éclaircis...

– Et c'est maintenant, au milieu de la nuit, avec des amis à la maison, et alors qu'on a bu tous les deux, que tu décides que c'est le moment de soulever la question ? Pourquoi est-ce que tu n'as pas aussi mis ça sur le tapis pendant le dîner, tant que tu y étais ?

Il ne répondit pas. Il ôta ses chaussures et se déshabilla. J'enlevai mon haut et mon soutien-gorge, me glissai sous les couvertures et lui tournai le dos.

Le lendemain matin, des bribes de notre conversation me revinrent.

– J'ai préparé le petit déjeuner, annonça Jack depuis le seuil de la chambre. Les autres sont déjà en bas. Tu te joins à nous ?

– Humpf... Oui.

Je me frottai les yeux et enfilai ma robe de chambre.

Je descendis l'escalier deux ou trois marches derrière Jack. Je sentais une distance entre nous.

– Bonjour !, lançai-je en entrant dans la cuisine. J'espère que vous avez bien dormi ?

– Très bien, merci, répondit Carly avant de mordre dans son toast. Tu te sens mieux ce matin ?

– Beaucoup mieux, répondis-je comme si de rien n'était. J'ai un peu trop bu hier, c'est tout.

– Là, tu n'es pas la seule, fit Alex en appuyant la main sur son front avec une grimace de douleur feinte, avant de sourire.

– Si on allait se balader ce matin ?, proposai-je. Ça nous éclaircira les idées.

J'avais besoin de prendre l'air. Ma dispute avec Jack m'avait laissé un goût amer, et même le lendemain, je n'arrivais pas à décider si j'avais eu raison ou tort de dire ce que j'avais dit.

– Super, dit Carly. Ça me tente.

– On pourrait emmener Pete, faire une longue promenade, l'épuiser, puis s'arrêter prendre le thé et un gâteau au village. Il y a une pâtisserie que j'ai envie d'essayer.

– Je suis partant, dit Alex. Et franchement, j'ai de plus en plus peur que Pete s'en prenne à votre chat.

Il regarda, par la fenêtre, son chien qui courait en cercles autour d'un Dexter perplexe qui se nettoyait tranquillement les pattes avant.

– Oh, ne t'en fais pas pour Dexter, lança Jack. Il est parfaitement capable de se défendre.

– Bon, tout le monde est d'accord ?, demandai-je.

– Oui, dit Carly. On n'est pas franchement pressé de retrouver le *smog*.

– On veut en profiter tant qu'on est ici, renchérit Alex. Et je crois que Jules se sentira floué si on rentre trop tôt. Je le soupçonne d'avoir organisé une « petite fête » hier soir.

– Ah !, s'exclama Jack. Carly n'a sûrement pas envie d'enjamber ses anciens élèves en train de cuver pour rentrer chez toi.

– Ce serait flippant, commenta Carly. Vraiment très flippant.

Alex l'entoura de son bras et l'attira contre lui pour lui embrasser le sommet du crâne.

Je sentis un pincement d'envie. Jack et moi étions aussi proches autrefois.

Nous partîmes à onze heures et suivîmes l'itinéraire proposé sur l'iPhone de Jack, un parcours de cinq kilomètres qui faisait le tour du village, à travers champs et bois. Pete courait devant, avec dans la gueule une branche aussi longue qu'un manche à balai.

Je marchais près de Jack, attendant qu'il me prenne la main. J'attendais ce contact doux qui disait, *Allez, oublions tout ça*. J'en mourais d'envie. Je voulais savoir que tout irait bien. Carly et Alex marchaient devant, enlacés, ils riaient et plaisantaient. Mais entre Jack et moi, un gouffre semblait s'être creusé.

– Bien, dis-je à l'approche du village. On dirait que l'heure des gâteaux est arrivée.

– Bonne nouvelle !, s'exclama Carly avec un large sourire.

Nous passâmes devant l'église en direction du bureau de poste. À côté se trouvait *Sally's Specialties*, avec ses nappes à carreaux et son vertigineux assortiment de gâteaux dans la vitrine.

– On y est.

J'aperçus Sally à travers la vitre et la saluai de la main. Elle nous fit signe d'entrer.

– Je crois qu'il vaut mieux attacher Pete devant, déclara Alex. Avec tous ces gâteaux à sa portée, j'ai peur qu'il ne réduise à néant toutes vos chances d'intégration.

J'ouvris la porte et une clochette tinta.

– Il y a dc la placc pour quatrc ?, m'enquis-je.

– Bien sûr, répondit Sally en s'essuyant les mains sur son tablier. On trouve toujours de la place.

Elle réorganisa quelques tables et chaises pour nous installer dans un coin, bien que le café fût presque plein.

Elle posa doucement la main sur mon épaule.

– Je suis ravie que tu sois venue, déclara-t-elle avec sincérité. C'est bon de te revoir. Et nous avons quelques gâteaux fantastiques à vous faire goûter.

Carly et moi l'écoutâmes avec ferveur énumérer les pâtisseries de la vitrine. En dehors d'une pièce montée, il y avait une riche Sachertorte au chocolat, une amandine et une tarte aux fruits des bois.

Nous commandâmes et je demandai du thé et deux cafés.

– Ta collection vaut largement la mienne, observai-je avec un sourire, en désignant les étagères garnies de théières de toutes les couleurs et toutes les formes derrière le comptoir.

– Toi aussi, tu les collectionnes ? Tu devrais m'inviter un de ces jours. J'aimerais beaucoup voir les tiennes.

Jack me regarda d'un œil qui, pour la première fois de la journée, s'adoucissait.

– Amelia collectionne les théières depuis ses douze ans, expliqua-t-il. Alors vous feriez bien de réserver toute une matinée dans votre agenda.

Carly me sourit, comme si elle aussi avait senti l'atmosphère s'alléger. Le thé et les gâteaux sont décidément un don du ciel.

Le dimanche soir, après le départ de Carly et Alex, Jack et moi terminâmes la soirée devant la télévision, pratiquement sans parler. Puis nous montâmes nous coucher, en laissant les fenêtres ouvertes pour chasser les odeurs de peinture.

Allongée dans la chambre éclairée par la lune, j'avais envie de m'accrocher au week-end, de garder Jack auprès de moi un jour de plus. Je me demandais où allait notre mariage en réalité. Je repensais aux doutes qui m'étaient venus récemment. Souhaitions-nous réellement les mêmes choses ?

– Tout va bien entre nous, maintenant ?, s'enquit Jack d'une voix douce. Enfin, après ce week-end. C'était flippant.

– C'est vrai. Oui, tout va bien.

– C'est vrai ?

– Je ne sais pas, Jack. Ce n'est pas le genre de question à laquelle on peut répondre par oui ou non.

Il me regarda avec tristesse.

– Non, tu as raison.

– Alors qu'est-ce qu'on fait ?, demandai-je en passant la main sur sa joue hérissée de barbe naissante.

– On essaie de vivre dans le présent ?

– On peut essayer.

Jack m'enlaça et me serra contre lui. Je sentais sa poitrine nue contre la mienne, ses bras autour de moi. Et à cet instant, c'était suffisant.

*

Le lundi, Jack se leva pour aller travailler comme n'importe quel autre jour. Comme si rien n'avait changé pendant le week-end. Comment si les mots échangés ne comptaient pas.

Je fis semblant de dormir pendant qu'il s'habillait dans la pénombre, mais en réalité je l'observais tandis qu'il cherchait ses chaussettes, puis les enfilait en s'appuyant au pied du lit avec précaution, pour ne pas me réveiller. Ses mouvements familiers me paraissaient subtilement différents.

Il m'embrassa, une douce caresse sur mon visage, puis partit. J'entendis la porte se refermer.

Comment pouvait-il éprouver la sensation que quelque chose manquait dans notre vie, alors que pour moi elle était déjà parfaite ? Un enfant ne nous éloignerait-il pas, au lieu de nous rapprocher ?

Je débutai la journée devant ma machine à coudre pour faire des rideaux vert clair. Dans l'entrée, Callum et Spencer travaillaient sur l'installation électrique, avec un marteau et une perceuse.

À midi, les livreurs apportèrent le lit en fer forgé et la fragile cage blanche que j'avais achetée dans le même magasin. Callum et Spencer m'aidèrent à sortir les armoires anciennes de mes grands-parents du garage pour les monter dans la chambre et les disposer de chaque côté de la fenêtre donnant sur le jardin.

Le soir, la chambre était achevée. Le parquet était ciré et lustré, les rideaux que j'avais cousus étaient en place, et j'avais déposé un épais tapis de laine sur le sol. Mes vêtements étaient rangés dans une des armoires de ma grand-mère, et ceux de Jack dans l'autre. J'avais suspendu la cage dans le coin, et quelques boîtes à chapeaux anciennes s'alignaient sur les armoires, comme rangement. Je m'assis au bord de notre lit en me demandant quand je me sentirais vraiment chez moi dans cette maison.

Chapitre 12

Le grenier

Dimensions selon les notes de l'agence immobilière : dix mètres sur trois. Hauteur sous plafond maximum : un mètre soixante, moins près des murs. Toute reconversion devra faire l'objet d'une autorisation préalable.

Mardi 8 octobre

Notre facteur me tendit un paquet. Je signai le reçu, le remerciai, puis rentrai.

J'ouvris l'enveloppe à bulles et en sortis une liasse de feuillets A4. Je lus le titre sur la première page : « Quand le meurtre frappe à la porte ». C'étaient les épreuves du dernier roman de Sunita. Je souris, surprise et ravie. Résistant à la tentation de commencer immédiatement ma lecture, je pris mon téléphone pour l'appeler.

– Comment vas-tu, ma chérie ?, s'enquit-elle.

– Bien, merci, je viens de recevoir un paquet très intéressant, figure-toi.

– Parfait. Ravie qu'il soit bien arrivé. Je l'ai fini juste à temps avant l'arrivée de Bella.

– J'ai hâte de le commencer. Je n'en pouvais plus d'attendre.

– Tu devrais peut-être lire la dédicace.

Je cherchai la page trois et y aperçus mon nom.

À Amelia et Jack, en quête du bonheur.

– C'est adorable. Merci, Suni.

– Je te montrerai la couverture dès qu'elle arrivera, promit-elle. Un truc très sanglant avec une croix. Ou un heurtoir. Ou un chaton mort.

– Waouh ! Super. Je suis sûre que ce sera très bien. Comment ça va ? Et Nico ?

– En fait, je viens d'apprendre une nouvelle qui va te faire plaisir.

– Ah bon ? Ce ne sera pas du luxe.

– Nico a un nouvel apprenti au circuit. Il dit qu'il est très appliqué.

– Trey ? Pas possible ? C'est vrai ?

– Oui. La première fois, il est venu avec son assistante sociale, et maintenant il vient seul un soir par semaine et le samedi toute la journée. Nico s'entend bien avec lui.

– C'est génial. Je suis tellement contente que Nico lui donne sa chance. Il le mérite.

– Je crois qu'il est ravi d'avoir quelqu'un à former.

– Comment vas-tu ? Quel effet ça fait d'être maman ?

– Je ne me rappelle même pas ce que c'est qu'une nuit de sommeil complète. Mais en dehors de ça, on s'en sort très bien. Je passe pas mal de temps avec une association de jeunes parents. On discute surtout de mamelons gercés, mais c'est ce dont j'ai besoin en ce moment.

– Et Bella ?

– Elle sourit beaucoup. C'est normal pour un bébé, mais c'est quand même incroyable.

– C'est mignon. Tu crois que tu pourrais me rendre visite ? Je sais que c'est un long trajet, mais ça me ferait plaisir de vous voir, surtout Bella.

– Elle nous bat déjà en matière de popularité. Pour les vacances de Noël ? Ma famille n'organise jamais rien, et du coup, on passe toujours toute la semaine avec celle de Nico… c'est trop, même sans compter Bella. Je préférerais de loin venir chez vous.

– Génial. Avec un peu de chance, la maison sera finie d'ici là, alors tu pourras admirer notre œuvre.

– En fait, je suis contente que tu aies appelé, dit Sunita. Je ne veux pas me mêler de ce qui ne me regarde pas, mais Carly m'a parlé d'un…

– Ah !, la coupai-je, gênée. Elle t'a raconté que Jack et moi avons eu une scène de ménage quand elle est venue pour le week-end ?

– Elle n'a pas présenté les choses comme ça, mais elle a dit que l'atmosphère était un peu tendue. Ce n'était pas du commérage, elle s'inquiète pour toi.

Je m'assis à la table de la cuisine. Apparemment, je ne cachais pas mes sentiments aussi bien que je l'espérais.

– C'est flippant, Suni. On s'est installé à la campagne, j'ai démissionné… C'est un grand pas pour nous. Je pensais que ça suffisait, que c'était ce qu'il nous fallait. Mais il semble qu'on a créé plus de problèmes que de solutions. Je suis venue ici parce que j'avais envie de changer de rythme, de style de vie. Pas pour fonder une famille. Tu le sais bien.

– Seulement parce que tu me l'as dit. Tu l'as dit à Jack ?

– Sûrement pas en ces termes, mais je pensais que c'était clair. Il sait bien que je ne suis pas du genre maternel.

Je ne l'ai jamais été. Dexter… oui, un chat, ça va. Mais un bébé ? Bella est magnifique, mais je n'éprouve pas le besoin d'en faire moi-même.

– C'est dur. C'est ce que ressentait Nico au début. Sans cet accident de préservatif, je ne sais pas si ce serait arrivé un jour.

– Aucune chance d'accident de mon côté. Je n'ai jamais pris la pilule avec autant d'assiduité qu'en ce moment.

– Vous en avez beaucoup discuté avec Jack ? Je veux dire, depuis ce qui s'est passé l'autre jour ?

– Un peu. Mais on s'est retrouvé dans une impasse. Il veut une chose, j'en veux une autre. Je l'aime, bien sûr. Mais comment peut-on arriver à un juste milieu pour ces choses-là ? Il n'y a pas de milieu.

– Je voudrais bien avoir une réponse à te donner, ma chérie. Qu'est-ce que je peux dire ? Les enfants, c'est génial, mais seulement si on est prêt, et si on les veut. C'est ton choix. J'espère que Jack et toi trouverez une solution.

Je sentis une boule grossir dans ma gorge.

– Moi aussi. On a fait tout ça, Suni. Déménager, acheter cette maison ensemble, s'y investir – et pourtant, il y a un fossé entre nous que je n'avais jamais senti avant.

J'entendis un grésillement électronique, suivi de pleurs d'enfant. Sunita s'agita.

– Désolée, s'excusa-t-elle. C'est le babyphone. On dirait que mademoiselle s'est réveillée. Je dois aller m'occuper d'elle.

– Vas-y. C'était bon de t'entendre.

– Quand tu veux. Je suis là en cas de besoin, Amelia. Prends bien soin de toi, d'accord ?

Il était vingt heures et je commençais à me demander ce que faisait Jack. Il ne rentrait jamais si tard, même quand la circulation des trains était perturbée. Je composai le numéro de son portable.

– Salut, dit-il. J'allais t'appeler. Je suis vraiment désolé. Mais on a des délais serrés cette semaine pour préparer la présentation. Je crois que je ne vais pas pouvoir rentrer.

Jack travaillait souvent tard, mais ça, c'était une première.

– Où est-ce que tu vas dormir ?

– Franchement, je ne sais pas si on va beaucoup dormir. On doit mettre au point la bande-annonce de *Lovekatz* pour vendredi, et on a encore beaucoup à faire. Hiro a un canapé dans son bureau, j'atterrirai sûrement là.

– Et vous êtes plusieurs ?

– Oh oui, on est tous là. On vient de commander des bières et des pizzas pour nous soutenir.

Je me représentai la scène : des bières, des pizzas, des canapés où atterrir dans les locaux branchés sur Old Street. Je me sentis étrangement envieuse de la vie professionnelle de Jack.

– D'accord. Bonne chance. J'espère que vous arriverez à tout boucler.

– Merci de comprendre.

– Il faut ce qu'il faut.

J'allais lui dire au revoir, mais me ravisai.

– Jack, je t'aime.

– Les pizzas arrivent !, annonça une voix féminine dans la pièce où se trouvait Jack.

– Vas-y. Tu ne dois pas manquer ça.

– Merci. Et… oui, une part de celle aux pepperoni, s'il te plaît. Désolé. Oui, Amelia, moi aussi. À demain soir.

Je raccrochai et m'assis sur le lit, seule. La maison semblait incroyablement silencieuse.

*

« Le détective Sanders monta l'échelle étroite. Quand il souleva la trappe, l'odeur le frappa de plein fouet. Les relents métalliques du sang mêlés à l'âcreté familière du formaldéhyde. Il n'avait plus le choix. Il devait continuer… »

Depuis une heure, je ne cessais de me répéter d'arrêter de lire et d'éteindre, mais chaque chapitre était plus captivant que le précédent. Une seule question m'obnubilait : où le détective Sanders trouverait-il le corps décapité de l'adolescente ?

J'étais sur les nerfs et regrettais de ne pas avoir Jack auprès de moi. Je consultai le réveil : deux heures du matin. Même s'il travaillait encore, il était trop tard pour l'appeler.

Tandis que le détective Sanders fouillait le grenier du suspect, je m'obligeai à reposer le manuscrit. Je pensai à l'espace vide au-dessus de notre chambre. Nous n'étions jamais montés dans le grenier. Nous n'y avions même pas jeté un coup d'œil. Personne n'avait dû y aller depuis des années – je ne me rappelais pas avoir vu Callum et Spencer en descendre quoi que ce fût quand ils avaient débarrassé les affaires de Mme McGuire. Sous mon pyjama, mes poils se hérissèrent. Avec les images sombres qui encombraient mon esprit à ce moment-là, je n'arriverais jamais à m'endormir.

Un poids me tomba sur les jambes. Je bondis en poussant un hurlement. Dexter arqua le dos et me dévisagea, les yeux écarquillés. Il avait dû sauter de l'armoire. Je n'aurais su dire lequel de nous était le plus surpris.

– Pardon, Dex, murmurai-je en le caressant.

J'essayai de chasser les images de ce qui pourrait se trouver dans le grenier : couteaux ensanglantés, fil de fer barbelé, restes d'un...

– Ça suffit, annonçai-je à Dexter qui parut perplexe. Je vais voir.

J'enfilai ma robe de chambre et mes pantoufles et allumai le plafonnier de la chambre.

La seule façon de cesser d'imaginer ce qui pouvait se trouver là-haut était d'aller y jeter un coup d'œil. Je sortis sur le palier, allumai la lumière et regardai autour de moi. Des ombres dansaient sur les murs à chacun de mes mouvements, mais la maison était silencieuse. J'aurais voulu entendre Jack monter l'escalier ou remplir la bouilloire, ou encore un crissement de gravier sous ses pneus, annonçant son retour. Mais en dehors de Dexter, j'étais seule. Je pris une lampe de poche dans la boîte à outils.

J'installai l'échelle sous la trappe du grenier et vérifiai qu'elle ne risquait pas de glisser. Puis je frottai mes mains moites d'appréhension sur le tissu-éponge de ma robe de chambre. J'agrippai l'échelle. *Je ne trouverai que de la poussière et des araignées*, raisonnai-je.

– De la poussière et des araignées, répétai-je à voix basse en commençant à monter. Pas de quoi s'affoler.

Je déteste les espaces confinés. Je déteste l'obscurité. Et je ne pensais pas réagir avec beaucoup de flegme devant un corps en décomposition. Mais s'il y avait dans le grenier quelque chose d'affreux, mieux valait le savoir. Pas question de laisser cette chose venir nous surprendre dans notre lit.

Je soulevai la trappe. Il me fallut insister un peu pour qu'elle cède. Je la repoussai sur le côté et finis de monter dans la pièce obscure. Elle sentait le renfermé. Des moutons de poussière apparurent dans le faisceau de ma lampe sur les poutres. Si Jack était là, je savais ce qu'il dirait : « Oublie tes idées de cadavres sans tête, le vrai risque, c'est de passer à travers le plancher. » Je promenai la lumière de ma lampe dans toute la pièce. Au milieu, je pouvais me tenir debout, et le plancher paraissait solide. J'appuyai de la main sur les lattes, puis me levai.

Callum avait oublié le grenier quand il avait vidé la maison avec Spencer. Des cartons s'entassaient partout. Dans un coin, je vis un cheval à bascule noir avec une selle au tissu fané. Je m'en approchai et passai la main sur l'étoffe élimée. Je poussai le jouet qui se mit à se balancer doucement. Une de ses oreilles avait été attaquée par les mites.

En retournant vers l'échelle, j'aperçus un coffre en cuir brun contre le mur. J'allai l'examiner et lus le nom « Eleanor McGuire » inscrit nettement au marqueur. Le nom de la grand-mère de Callum avait des sonorités douces et fleuries. Il faisait écho au magnifique jardin qu'il m'avait décrit. J'ouvris les fermoirs de métal et soulevai le couvercle.

En dirigeant ma lampe vers l'intérieur, je crus entendre un grattement. Mais en me penchant vers la trappe, je ne discernai rien. Mon imagination me jouait des tours. Je me retournai vers le coffre et regardai à l'intérieur. Je vis des cahiers d'exercices portant des noms tracés d'une écriture enfantine : David McGuire, Ewan McGuire, de petits uniformes d'écoliers gris avec des chemises à carreaux également grises. Je trouvai aussi des liasses de lettres, photos et cartes postales attachées par un ruban vert. J'ouvris un album photo rouge et contemplai des images d'une belle jeune femme aux boucles brunes. Ses longs cils noirs ressemblaient à ceux de Callum. À la fin de l'album, je découvris une photo de mariage, la même femme en robe de mariée aux côtés d'un homme blond à lunettes.

Mon regard tomba sur un carnet de croquis, dans lequel était insérée une pochette remplie de papiers – des notes et des dessins sur du papier fin. Au début, je ne compris pas de quoi il s'agissait, mais en feuilletant les pages je finis par identifier des patrons de housses à coussins et de sachets à lavande en forme de cœur, à suspendre dans les armoires. Des échantillons de tissus accompagnaient les croquis – des carreaux vichy, des fleurs, des unis aux teintes pastel.

Je me demandai où étaient passées les créations d'Eleanor. Je revis en pensée le canapé et les fauteuils fatigués que nous avions trouvés en arrivant. Ce qu'elle avait confectionné ne servait pas à décorer sa maison, de toute évidence. Je retournai à l'album photo. On apercevait ses œuvres sur les premiers clichés, de jolis rideaux et d'élégants jetés de canapés. Les images étaient en noir et blanc, mais je reconnaissais les échantillons que j'avais maintenant en main. Je ne pouvais que supposer que tout avait été mis en cartons, peut-être après la mort du mari d'Eleanor. Il restait beaucoup de choses dans le cottage à notre arrivée, mais rien d'aussi joli.

Je refermai le carnet, mais ne le remis pas à sa place. Le lendemain, je parlerais des cartons à Callum pour qu'il puisse les emporter.

En refermant le coffre, je remarquai une boîte métallique couleur bronze tout au fond, une boîte à biscuits au décor rouge et beige délavé par le temps. Je m'en saisis et tentai de l'ouvrir, mais le couvercle résista. Elle contenait peut-être du matériel de couture.

Je l'entendis encore. Cette fois, j'en étais certaine. Un grattement, un raclement, comme si quelqu'un tentait de s'approcher de moi.

Je refermai le coffre et abaissai les fermoirs. J'avais la chair de poule. Je pris le carnet et la boîte avec moi et redescendis.

– Callum !, appelai-je le lendemain matin pendant qu'il sortait ses outils de la camionnette. Vous avez une minute ?

Il était dix heures. Spencer et lui venaient juste d'arriver.

– Bien sûr.

Il déposa ses outils contre le mur de la maison et me suivit à l'intérieur.

– Hier soir, je suis montée jeter un coup d'œil au grenier et j'ai trouvé quelques affaires de votre grand-mère. J'ai pensé que votre famille aimerait les récupérer.

– Oh, désolé. On a complètement oublié le grenier quand on est venu débarrasser. Quel genre d'affaires ?

– Des cartons, pour l'essentiel. Un gros coffre en cuir. Un cheval à bascule.

– Le vieux cheval à bascule de papa, sourit-il. J'ai l'impression qu'il y est attaché. Il sera content de savoir qu'il n'est pas perdu.

Je pensai à la boîte en métal que j'avais sortie du coffre avec un sentiment de culpabilité. J'avais essayé d'en soulever le couvercle avec une cuiller, mais il résistait obstinément. Je l'avais mise de côté en haut de mon armoire.

– Je peux aller estimer le volume ?

Nous montâmes ensemble. J'étais consciente de sa proximité. Il ne paraissait rien remarquer, et me suivait de si près que nos corps se touchaient presque. Il sentait le grand air. Il installa l'échelle et je lui passai une lampe de poche. Il grimpa tandis que je restai sur le palier, l'observant par la trappe.

Il resta silencieux un moment. Je voyais le rayon de sa lampe se déplacer sous le toit.

– Il y a pas mal de choses, cria-t-il au bout d'un moment. Je peux vous faire passer quelques cartons ? La plupart sont assez petits pour qu'on les prenne dans la camionnette ce soir.

– Bien sûr. C'est parfait.

Je lui pris les cartons et les empilai soigneusement sur le palier. Nos mains se frôlèrent à plusieurs reprises, déclenchant chez moi un frémissement inattendu.

– Mon Dieu !, s'exclama-t-il en éclatant de rire.

Je revins au pied de l'échelle et levai la tête.

– Qu'est-ce qu'il y a ?

– Vous saviez que vous aviez un nid d'écureuils là-haut ?

J'éclatai de rire en me rappelant les raclements qui m'avaient flanqué une trouille bleue la veille.

– C'était ça ! Ils sont nombreux ?

– Je ne sais pas. Je n'en ai vu qu'un. Vous ne tenez pas à ce qu'ils se baladent ici ?

– Pas spécialement. Je pourrais lâcher Dexter.

– Ça vaut la peine d'essayer. J'ai un ami qui s'est procuré des pièges qui capturent les animaux sans les blesser. Il les a appâtés avec des biscuits tartinés de Nutella. Ça a marché. En tout cas, je devrais revenir chercher le cheval à bascule, le coffre et un ou deux autres cartons, j'en ai peur.

– Pas de problème. Quand vous aurez le temps.

Je repensai à la boîte. Il était trop tard pour l'ajouter discrètement à la pile de cartons, mais je pourrais la mettre avec ce que Callum viendrait chercher plus tard.

– Mon père et mon oncle seront très contents, dit Callum en redescendant, tourné vers moi. (Il rabattit la trappe et sauta au sol.) Tout ce qui peut éveiller des souvenirs chez ma grand-mère nous est bien utile. On pourra feuilleter l'album photo avec elle et en parler ensemble. Une bonne partie de sa mémoire à long terme est encore là, et le plus petit souvenir peut suffire à la réveiller.

– Dans ce cas, je suis contente de m'être aventurée là-haut.

– Vous êtes une femme courageuse. Il y a des araignées énormes. En plus des écureuils.

– Je crois qu'il faisait trop noir pour les voir. Mais de toute façon, je n'ai pas peur des araignées.

Pas question de lui raconter combien les araignées paraissaient insignifiantes à côté de ce que j'avais imaginé.

– Bon. Je vais mettre ces cartons dans la camionnette et je reviendrai chercher le reste très vite.

Il partit vers l'escalier, s'éloignant de moi.

J'inspirai à fond. Un doute me taraudait depuis plusieurs jours.

– Callum ! Ça va sûrement vous paraître bizarre, mais comment connaissez-vous ma mère ?

– Rosie ? Je ne crois pas que ce soit à moi de vous le dire. C'est quelque chose qu'elle devrait vous expliquer elle-même.

Je restai figée sur place. J'éprouvai quelque chose – de la désapprobation ? De la jalousie ? – que je ne pouvais identifier.

– S'il y a quelque chose à savoir, j'aimerai autant l'entendre de votre bouche.

– OK, fit-il avec un haussement d'épaules nonchalant. C'est assez récent, mais votre mère est une femme charmante.

Une femme charmante ?

– Mon père est resté seul longtemps. Ça fait plus de dix ans que ma mère est morte, et Rosie est la première femme avec qui il est sorti depuis. Il m'a fallu un moment pour m'y faire, mais elle l'a transformé. Chacun semble faire ressortir ce qu'il y a de meilleur chez l'autre.

La vérité m'apparut soudain, et je me sentis aussitôt ridicule. Mais aussi soulagée.

– Ma mère… et votre père.

– C'est ça. David, mon père. Un de nous aurait dû vous l'expliquer quand elle est venue l'autre jour, mais je me disais que c'était à elle de le faire. Elle préférait peut-être s'expliquer seule à seule.

– Votre père, dis-je encore.

Je digérais l'information.

– Elle aurait pu tomber plus mal, je vous assure, reprit Callum. On n'est pas toujours d'accord, mais c'est un type correct.

– Vous ne trouvez pas ça bizarre, à leur âge ?

– Non. Je trouve que Rosie est une merveille. Ils vont très bien ensemble.

Présentée ainsi, l'affaire ne paraissait plus aussi énorme.

Cet après-midi-là, je peignis les murs du palier, à l'étage, d'un blanc crème chaleureux qui mettait en valeur les poutres et le parquet. L'endroit paraissait déjà plus gai.

Dexter me tenait compagnie, couché dans une tache de soleil près de la fenêtre. Je grimpai à l'échelle et m'étirai pour peindre le haut du mur. Je laissai échapper le rouleau qui tomba juste à côté de Dexter. Le chat sursauta.

– Et merde ! Désolée, Dex.

Il s'était relevé d'un bond, dos arqué. Soudain il s'élança, marcha dans le couvercle du pot de peinture et fila, laissant une piste d'empreintes sur le parquet.

– Dex ! Arrête !, criai-je en vain en m'empressant de descendre de mon échelle.

Les empreintes menaient à notre chambre. Je le repérai tapi en haut d'une des armoires.

– Viens là, Dex, cajolai-je.

Je devais lui nettoyer les pattes, sans quoi il couvrirait la maison de traces crème.

D'un bond, il me rejoignit, faisant tomber la boîte à biscuits. Elle heurta le plancher avec un bruit sourd et son contenu se déversa par terre.

Dexter me regarda, cherchant à comprendre ce qu'il avait fait de mal. Je le pris dans mes bras et lui nettoyai les pattes au white-spirit dans la salle de bains, malgré ses protestations sonores, puis essuyai les traces sur le parquet fraîchement ciré.

De retour dans la chambre, je pris la boîte. Je constatai avec soulagement que la chute ne lui avait causé qu'une petite encoche.

Sur le sol gisait un bonnet rose tricoté au crochet. Je le pris. Il était doux et semblait avoir à peine servi. À côté s'étalaient des photographies, face contre le sol. Au dos de l'une d'elles, un prénom était écrit : Sarah. Je la retournai et vis un nourrisson avec un nœud dans les cheveux.

Chapitre 13

La salle de bains

Sur le *mood board* : armoire à pharmacie en bois assortie aux poutres, parquet décapé et vernis, baignoire à pieds, robinetterie de style victorien, grand miroir à cadre doré.

Jeudi 10 octobre

Ce matin-là, j'allai en ville, achetai du tissu pour en faire des jetés de canapé, puis entrai chez l'antiquaire. La clochette tinta.

– Bonjour, m'accueillit la femme derrière le comptoir. Vous cherchez quelque chose en particulier, ma chère ?

– Ce matin, je me contente de jeter un coup d'œil.

C'était bon de sortir de la maison. Jack était rentré aux alentours de dix-neuf heures trente le soir précédent, si fatigué qu'il s'était couché tout de suite après un repas rapide, pratiquement sans prononcer un mot. Impossible de lui reprocher de travailler dur, naturellement, mais étant donné l'état de nos relations, je ne pouvais m'empêcher de me demander s'il ne s'agissait pas d'une excuse pour me tenir à distance.

Je passai la main sur un porte-serviettes ancien en bois et vérifiai le prix. Il était raisonnable. Dans un coin, j'avisai une armoire à pharmacie en bois et un miroir à cadre doré qui iraient très bien côte à côte, chez nous.

– Vous pourriez m'emballer quelques objets ? Le porte-serviettes, l'armoire à pharmacie et le miroir ?

– Bien sûr. Très bon choix. Ce miroir en particulier, c'est une véritable trouvaille. Pourquoi ne pas jeter un coup d'œil au sous-sol pendant que je prépare votre paquet ?

En bas, je trouvai des étagères chargées de bric-à-brac et de trésors. À ma droite s'alignait une rangée de flacons médicaux en verre dans diverses nuances de vert et de bleu. J'en choisis une douzaine de tailles différentes. Ils seraient très jolis comme vases sur l'appui de la fenêtre, dans la salle de bains.

De retour à la maison, je cherchai Callum. Il ponçait le parquet dans le séjour.

– Tout va bien ici ?

– Très bien. On avance.

– Je vous offre une tasse de thé ?

– D'accord.

Il remit la ponceuse en marche tandis que je me dirigeai vers la cuisine. Je fis chauffer l'eau, puis remplis les tasses. J'ajoutai du lait et du sucre et en apportai une à Callum, qui la prit avec reconnaissance.

– Sur quoi vous travaillez cet après-midi ?

– La salle de bains. J'ai acheté quelques bricoles ce matin. Attendez, je vais vous montrer.

Je repartis dans l'entrée prendre mes achats.

– Très joli. Ça fera très bien. Donc, vous n'allez pas vous lancer dans des transformations plus radicales ?

– Oh si ! C'est prévu aussi. Tous ces affreux monstres jaune primevère vont disparaître – désolée pour votre grand-mère, mais je ne m'y habituerai jamais. Je vais chercher une nouvelle baignoire cet après-midi. Probablement à pieds de lion, vous voyez ce que je veux dire ?

– Elles sont magnifiques, approuva Callum en se redressant sur sa chaise. J'en ai vu dans plusieurs maisons par ici. Il y a une boutique spécialisée à Canterbury. Ils aménagent beaucoup de maisons de cette époque et ils savent ce qui leur convient.

Il sortit son iPhone et chercha le site.

– Là, voilà, dit-il en me tendant l'appareil.

J'étudiai quelques images – des lavabos en porcelaine et des robinets anciens. Ils étaient superbes. Je notai l'adresse du site.

– Merci. Je crois que vous avez trouvé exactement ce qu'il nous fallait.

Dans la cuisine, j'ouvris mon ordinateur portable et retournai sur le site. J'examinai leurs modèles de baignoires à pieds jusqu'à ce que j'en trouve une qui serait parfaite. Je vis le prix et me mordis la lèvre. C'était bien plus que ce que Jack et moi avions prévu.

Oui, mais une baignoire, c'est essentiel, non ?

J'hésitai un instant, puis pris mon téléphone et passai la commande.

– Tu as faim ?, demandai-je à Jack. J'allais faire une tourte au poulet.

– Super, répondit-il. Désolé de m'être conduit comme un zombie hier soir, j'avais vraiment du sommeil à rattraper.

– Ne t'inquiète pas, ce n'est pas grave. Je sais que tu avais des délais à respecter, et c'est rare que tu rentres si tard.

– La situation était exceptionnelle. Alors, qu'est-ce que tu as fait aujourd'hui ?

– Des tas de choses, éludai-je, saisie de remords en pensant aux décisions que j'avais prises sans le consulter. J'ai acheté quelques accessoires pour la salle de bains.

– Ah bon ? Des porte-serviettes, ce genre de chose ?

– Pas tout à fait. Tu te rappelles cette baignoire magnifique à Arcadia Cottage ? Celle avec les pieds de lion qui nous plaisait tant à tous les deux ? Et le lavabo en porcelaine avec les robinets victoriens ?

Il me dévisagea, étonné.

– Tu n'as pas…

– Quoi ? J'ai trouvé un magasin vraiment génial à Canterbury qui vend ce style de matériel. On a eu droit à une réduction parce que j'ai pris plusieurs articles en même temps. Il nous faut une salle de bains, Jack.

– Je sais, mais je croyais qu'on devait se concerter pour les achats les plus importants. Combien ça a coûté ?

– Pas tant que ça. Comme je disais, on a eu une réduction. Ça fait à peine plus de mille livres.

– Mille livres ? J'aurais bien aimé pouvoir donner mon avis. Tu ne crois pas qu'on aurait d'abord dû faire nos comptes, voir où on en est ?

Il avait raison. Je n'avais pas consulté nos comptes depuis un moment.

– Tu as raison. Je ne les ai pas vérifiés récemment. Mais c'est idiot de rogner sur une salle de bains. C'est important dans une maison.

– Et si on regardait maintenant ?, proposa Jack.

Je voyais bien qu'il faisait des efforts pour rester calme.

– OK. Mais tu étais d'accord pour que je prenne certaines décisions toute seule, si tu étais débordé au travail. Et tu l'étais.

– Je pensais à des coussins, des sets de table, pas à des salles de bains complètes.

Jack ouvrit son portable et cliqua sur le tableau Excel qui reprenait toutes nos finances. Puis il ouvrit le site de notre banque afin de consulter notre compte joint.

Les chiffres qui semblaient amplement suffisants quand nous avions commencé s'étaient considérablement amenuisés.

– Bon, fit-il en étudiant les colonnes de chiffres. Vu qu'on a encore le séjour, la salle à manger, la chambre d'amis, le bureau et les menuiseries à faire, ce n'est pas génial, tu ne crois pas ?

Je pensai à la grande baignoire et au lavabo qui créeraient une agréable atmosphère campagnarde. Je ne voulais pas annuler ma commande.

– On trouvera une solution.

– Et tu sais par où on doit commencer, n'est-ce pas ?

– Amelia !, s'écria mon père au téléphone, tout joyeux, le lendemain matin.

– Bonjour, papa.

– Comment ça va chez vous ?

– Bien, merci.

– Et la maison ?

– Elle avance. On a presque terminé la chambre et la cuisine, et on a domestiqué la jungle dans le jardin de derrière.

– Le travail ne t'a jamais fait peur, pas vrai ?

– Sans doute que non. Et toi, comment vas-tu ?

– Je n'ai pas à me plaindre. J'ai décroché un chantier ces deux dernières semaines, pour toute l'installation électrique dans un nouvel immeuble d'habitation en centreville.

– C'est génial.

Cela signifiait probablement qu'il aurait des rentrées d'argent. Je me préparai à lui demander le remboursement de notre prêt.

– Amelia, en fait, je suis vraiment content que tu appelles. Caitlin et moi, on espérait que tu pourrais nous aider. On a un service à te demander.

Pas un nouveau prêt, priai-je en silence. *Je t'en supplie, papa, ne me demande pas ça.*

– C'est à propos de Mirabel.

– Mirabel ?

– Elle ne nous écoute plus, et on a vraiment besoin d'un peu de répit. Elle pourrait venir chez toi une semaine ?

– Je ne sais pas, dis-je en regardant la poussière de plâtre qui recouvrait tout, les murs inachevés dans l'entrée. On est encore en pleins travaux. On n'est pas vraiment prêt à recevoir des invités.

– Mira n'est qu'une gosse. Le canapé lui ira très bien.

– Ça ne pourrait pas attendre un ou deux mois ?

– Je ne sais pas. Je m'inquiète pour elle, et Caitlin aussi. Elle a bien réussi à son GCSE, assez pour passer en première, mais elle ne veut pas. Elle a manqué la rentrée, maintenant. C'est un esprit libre, comme moi, et je sais qu'elle finira par trouver sa voie. Mais ta belle-mère panique. Mirabel sort tous les soirs avec ce type, Jesse, elle boit et Dieu sait ce qu'elle fait d'autre. On se disait qu'un changement de décor lui ferait du bien. Elle parle encore de la dernière fois qu'elle est venue chez vous.

– C'était différent. La dernière fois, il y a un an, on habitait à Londres, il y avait des tas de magasins de vêtements et de spectacles pour la distraire. Elle avait adoré ça. Maintenant, on est à la campagne. Elle n'aura pas grand-chose à faire.

– Mais si, insista mon père. Et Caitlin et moi, on pourra se remettre sur pied. Tu sais à quel point je déteste les disputes, et la maison en est pleine en ce moment.

Je me tus un instant, cherchant une autre manière de faire comprendre à mon père que c'était une mauvaise idée.

– C'est une bonne idée, tu ne trouves pas ?, insista-t-il.

J'inspirai à fond, mais la force de lui dire non me manqua.

– D'accord, papa. Mirabel peut venir. Mais pendant qu'elle sera là, j'aurais besoin qu'elle m'aide.

Le soir, couchée avec Jack, je feuilletais le livre de décoration intérieure que m'avait offert Carly. Jack consultait les messages sur son téléphone.

– Tu es fâché contre moi ? C'est compréhensible.

– Non, protesta-t-il en posant son téléphone pour se tourner vers moi. Je ne sais pas. Je me sens un peu frustré, je crois.

– À cause de l'argent, dis-je en me rappelant que je n'avais pas réussi à demander à mon père de nous rembourser.

– Pas vraiment. Enfin, pas seulement. Mais… tu es une dure à cuire, Amelia. Tu es droite et franche avec la plupart des gens dans ta vie, et pourtant avec ton père… Je ne sais pas, on dirait que tu t'écrases devant lui. Au lieu de récupérer l'argent dont on a besoin, on va devoir garder Mirabel.

– Tu ne veux pas qu'elle vienne ?

– Ce n'est pas ça. C'est ta sœur, Amelia, c'est à toi de décider. Mais tu as vraiment envie qu'elle vienne maintenant ? Alors que la maison est encore en chantier ? Je n'en ai pas l'impression. D'après ce que tu m'as dit, il ne t'a pas vraiment laissé le choix.

– Tu as raison, au début, j'étais réticente. Mais c'était égoïste. Si mon père a besoin de répit, alors je veux l'aider. Quand elle sera là, je suis sûre que tout ira bien.

– Tant que ça te convient, ça me convient. Je n'ai pas envie qu'on se dispute.

– Je sais. Moi non plus, dis-je en fermant mon livre. Je suis fatiguée, Jack.

– Moi aussi.

*

– Allô ?

C'était bon d'entendre la voix familière et réconfortante de Carly.

– Salut, dis-je en me pelotonnant dans le lit. Je suis contente de t'avoir, encore que tu as sûrement mieux à faire un samedi soir.

– Pas ce soir, non. Alex et Jules sont au cinéma, pour une séance de rapprochement père-fils.

– Où en sont les préparatifs pour votre voyage en Australie ?

– On a bien avancé. Alex a contacté son cousin à Melbourne, alors on aura un point de chute là-bas, et j'ai une amie qui vit à Sydney, tout près de la plage de Bondi. Elle nous offre sa chambre d'amis pour le temps qu'on passera sur place.

– Ça paraît génial. Je suis un peu jalouse, je dois l'avouer.

– Puisque tu m'as laissée toute seule dans la grande ville, il a bien fallu que je trouve de quoi m'occuper. Quoi de neuf dans ton monde ?

– Ma mère est tombée amoureuse.

– C'est vrai ?

– Eh oui. Et toi qui avais peur d'avoir loupé le coche à vingt-neuf ans.

– Comment est-ce que tu réagis ?

– Ça me fait un drôle d'effet, mais je crois que c'est bien. En parlant de ma famille, Mirabel va venir nous voir dans une quinzaine de jours.

– Mirabel la mentaliste !, lança Carly en éclatant de rire. Comment tu vas faire pour la distraire ?

– Ça ira. Elle nous aidera pour les travaux.

– Mirabel ? La Mirabel qui est venue chez vous l'été dernier ?

– Elle a seize ans maintenant. Je suis sûre qu'elle a mûri.

– Si tu le dis, concéda Carly d'un ton sceptique. Tu as oublié l'épisode du vol à l'étalage ?

– Je crois que c'était exceptionnel, dis-je en me rappelant en détail l'incident dans un magasin d'accessoires de mode. (Dieu merci, la police l'avait laissée repartir avec un simple avertissement.) Et de toute façon, je suis sûre qu'elle a dépassé ça maintenant.

– Bonne chance. Je crois que tu en auras besoin.

– Ne dis pas ça, je t'en prie. On a eu assez de surprises à gérer dans la maison.

– Comment ça se passe, de ce côté-là ?

– Bien.

– Bien vraiment, ou bien je fais semblant ?

– Vraiment bien, répondis-je, la tête embrumée. Ou peut-être pas tout à fait. Je ne sais pas.

– Qu'est-ce qu'il y a ?

– Ça ne va pas très bien entre Jack et moi. Ce sont des détails, mais ils s'accumulent. La maison, ma famille, l'argent…

– Je croyais que vous aviez assez pour les travaux ?

– Moi aussi… mais j'ai sans doute été un peu trop dépensière. Je veux que la maison soit parfaite, et je croyais que c'était ce qu'il voulait, lui aussi. Je ne me rappelle même pas la dernière fois qu'on s'est amusé ensemble.

– Retaper une maison, c'est très stressant.

– Je sais, j'y étais préparée. Je croyais qu'on était fort, mais en ce moment, ce n'est pas vraiment le beau fixe entre nous. Je suis sûre que tu as remarqué que nos relations étaient tendues, quand tu es venue.

– Vous aviez l'air d'avoir des sujets à aborder.

– Mais on ne le fait pas. On ne parle quasiment pas des choses qui comptent vraiment.

Et puis, il y avait autre chose. Quelque chose qui devenait trop important pour être ignoré. Quelque chose que je ne pouvais avouer à Carly, que je commençais seulement à m'avouer à moi-même. Quand je m'endormais le soir, ce n'était pas toujours à Jack que je pensais.

– Tu vas y arriver, me promit Carly d'une voix un rien plus haute et plus gaie. Tu n'as pas le choix. Jack et toi, vous êtes faits l'un pour l'autre.

Faits l'un pour l'autre. C'est aussi ce que je croyais, auparavant.

Une semaine plus tard, Jack ouvrit la porte aux installateurs venus livrer la baignoire et le lavabo. Il s'effaça pour les laisser monter l'escalier. Nous avions passé la soirée de la veille à préparer le parquet.

– Je suis sûre que tu changeras d'avis quand tout sera en place, promis-je en le rejoignant dans l'entrée.

– Peut-être. Mais ce n'est pas la baignoire qui pose problème, Amelia. Tu le sais.

J'entendis les deux hommes heurter quelque chose et l'envie me saisit de monter voir ce qui se passait. Après l'incident de la cuisine, je ne voulais rien laisser au hasard.

– Je sais, c'est l'argent. Mais on peut réduire le budget pour les autres pièces. On a toujours su que la cuisine et la salle de bains seraient les plus coûteuses.

Jack baissa les yeux, puis me regarda à nouveau.

– Tu crois encore que c'est ça le problème ? Vraiment ?

Je le dévisageai, cherchant une réponse.

– Ce n'est pas seulement la maison.

– Alors qu'est-ce que c'est ?

– J'ai l'impression qu'on n'est pas sur la même longueur d'onde en ce moment. Sur aucun sujet.

– On discute.

– Oui, mais on ne communique pas vraiment – à propos de la maison, de l'argent, de ce qu'on attend vraiment de la vie.

– Je t'ai donné mon point de vue.

– Oui, et c'est exactement ce que j'ai ressenti, Amelia. Tu as pris ta décision, point final.

Son regard avait une sévérité rare chez lui.

– Ce n'est pas ça, protestai-je. Mais est-ce qu'on ne pourrait pas vivre un peu au jour le jour, comme on avait dit ? Au moins jusqu'à ce que la maison soit terminée ?

– Jusqu'à ce que la maison soit terminée ? Je ne sais pas. Je ne suis pas sûr que je m'y sentirai chez moi un jour.

Je lui pris la main, mais il ne réagit pas.

J'entendis quelque chose tomber à l'étage. Je m'apprêtai à monter, mais Jack posa la main sur mon épaule.

– Amelia, est-ce que tu m'écoutes au moins ?

– Oui, mais… tu te rappelles ce qui s'est passé la dernière fois, la fuite…

– Pour l'instant, je m'en fiche. J'essaie de te dire que je ne suis pas heureux. Et je ne vois pas comment je pourrais l'être si on continue comme ça.

Une boule se forma dans ma gorge. Quelque part au fond de moi, ses paroles résonnaient, se mêlaient à mes propres sentiments. Je pouvais me les cacher, mais je ne pouvais ignorer les mots de Jack.

– Je voudrais qu'on ait envie des mêmes choses, reprit-il, mais je ne sais pas si c'est encore le cas.

– Si, contrai-je d'une voix faible.

Il m'était douloureux de ne pouvoir l'affirmer avec plus de conviction, de ne pas connaître la bonne réponse.

Nous nous tûmes un moment.

– Je crois qu'on a besoin de faire un break, déclara Jack.

– Un break ?, répétai-je d'une voix blanche.

– Oui. Amelia, je vais partir quelque temps.

TROISIÈME PARTIE

HIVER

Chapitre 14

La chambre d'amis
Les débuts

Avant : pièce sombre aux vitres sales. Papier peint à rayures. Moquette verte râpée par endroits. Épais rideaux de velours rouge.

Lundi 21 octobre

De : Amelia@gmail.com
À : Jack@nextgenerationanimations.com
Salut Jack,
Je ne comprends pas vraiment ce qui vient de se passer, ou ce qui nous arrive. Tu dis que tu as besoin d'espace pour réfléchir, mais fallait-il vraiment que tu quittes la maison ? Est-ce qu'on pourrait discuter ?
Je t'embrasse,
Amelia

De : Jack@nextgenerationanimations.com
À : Amelia@gmail.com
Salut Amelia,
Je ne peux pas m'empêcher de penser que tu avais l'esprit ailleurs ces derniers temps. Je ne sais pas où. Mais tu n'es pas avec moi dans notre lit la nuit. Cette proximité… Je ne sais pas.

J'ai l'impression que la femme dont je suis tombé amoureux a disparu.
Je nous croyais capables de tout traverser. Après toutes ces années ensemble. Mais je me trompais peut-être. Nous sommes d'accord pour dire qu'il n'y a pas de juste milieu quand on parle d'avoir un enfant, et je me suis rendu compte que c'était plus important pour moi que je ne croyais.
Je vais rester à Londres quelque temps chez Hiro. Je ne vois pas d'autre solution. Il me semble qu'on n'arrive plus à être honnête l'un envers l'autre. Peut-être qu'avec un peu de temps et de distance, on pourra recommencer à l'être.
Jack

Samedi 26 octobre

Le chêne dans le jardin avait perdu toutes ses feuilles, de même que le pommier. Les branches nues se dressaient dans le ciel hivernal tout blanc. Je dus gratter la glace sur le pare-brise de la voiture pour aller chercher Mirabel à l'aéroport de Gatwick ce matin-là.

– Dis donc, si papa m'avait dit que tu habitais si loin, je n'aurais jamais accepté de venir, maugréa Mirabel en laissant tomber ses sacs par terre dans la chambre d'amis, avant d'aller inspecter sa coiffure dans la glace. Teints en noir, ses cheveux cascadaient sur ses épaules en vagues brillantes. Ses yeux perçants, vert gazon, étaient ombragés par des paupières lourdement maquillées.

Une semaine après le départ de Jack, j'étais encore sous le choc. Je me sentais engourdie. Ce dimanche-là, j'étais montée avec lui dans la chambre et l'avais regardé faire sa valise, sans un mot. J'avais envie de lui crier d'arrêter, de lui dire qu'il existait une solution, qu'on pourrait tout arranger. Mais je m'étais tue. Je l'avais accompagné à la porte et l'avais suivi des yeux tandis qu'il s'éloignait.

Mirabel avait déjà exprimé son déplaisir dans la voiture en voyant qu'on ne prenait pas la direction de Londres.

– C'est ici qu'on habite maintenant, et voilà tout, ripostai-je fermement.

– C'est au milieu de nulle part. Et cette chambre est un taudis.

– C'est exactement là où je voulais en venir. Tu vas m'aider.

Elle ne parut pas m'entendre, ou du moins elle ne réagit pas. Elle ouvrit les rideaux et aperçut Callum et Spencer sur la terrasse, faisant une pause devant une tasse de thé.

– Ah, mais peut-être que la situation s'améliore... C'est qui ces types ?, demanda-t-elle après un sifflement appréciateur.

– Ils s'appellent Spencer et Callum. Ils nous aident pour les travaux.

– Apparemment, c'est ce qu'il y a de plus intéressant à se faire dans le coin.

– Pardon ? Tu viens vraiment de dire « à se faire » ?

Elle pencha la tête de côté et haussa les épaules.

– De toute façon, je croyais que tu avais un petit ami ?

– C'est papa qui t'a dit ça ?, s'enquit-elle avec un regard acerbe. Argh ! Ça me rend dingue quand il parle de moi derrière mon dos. Je ne sors avec personne, d'accord ? Jesse et moi, on a rompu. Maman et papa ne sont pas au courant – je n'aurais pas supporté leurs airs satisfaits. Je sais bien qu'ils voulaient absolument que je le largue.

– Désolée que ça n'ait pas marché.

– Pas moi ! De toute façon, je commençais à m'ennuyer avec lui. Je suis trop jeune pour me mettre la corde au cou.

– C'est vrai. C'était peut-être le moment idéal pour te mettre au vert.

– Je pensais que ce serait sympa de venir te voir. Mais ça, c'était quand je croyais qu'on pourrait aller en ville ensemble comme la dernière fois, avec Jack et ses amis. Je ne pensais pas me retrouver coincée dans un trou paumé. Et d'ailleurs, où est Jack ?

– Il n'est pas là. Il passe quelques jours à Londres chez un ami.

– Génial. Ça va être encore plus chiant sans lui. Vous vous êtes séparés ?

Je serrai les dents, déstabilisée de la voir lire si bien en moi.

– Non, mentis-je. Mais il a beaucoup de boulot. Bref, ton séjour sera un peu différent du précédent. Papa t'a dit ce que tu allais faire ici ?

– Comment ça, faire ? Je suis en vacances. J'ai apporté des trucs pour me détendre. (Elle sortit quelques articles de son sac : un iPad, des magazines, et un exemplaire soldé de *Cinquante nuances de Grey*. Je détournai les yeux de la paire de menottes qui en ornait la couverture. *Seigneur*, me dis-je. *Elle n'a que seize ans.*)

– Tu n'es pas là pour te détendre, j'ai besoin que tu m'aides pour la maison.

– C'est une blague !, se récria-t-elle en haussant ses sourcils finement dessinés.

– Pas du tout.

– Moi ? C'est un cauchemar !

– Mais non. Seulement un peu de peinture. Tu vas voir. J'ai acheté ce papier peint pour deux des murs de la chambre d'amis, expliquai-je en déroulant le papier en partie pour lui montrer le motif d'ancres blanches sur fond bleu. Qu'est-ce que tu en dis ?

– C'est mignon. Et les deux autres murs ? Tu les peins en blanc ?

– Oui, c'est ce que j'avais prévu, confirmai-je en faisant courir mes doigts sur le vieux papier rayé rouge et vert qui se boursouflait par endroits. J'ai du tissu bleu clair pour faire des rideaux, et j'aimerais bien mettre une petite table dans le coin, pour pouvoir y poser ma machine à coudre quand on n'a pas d'invités.

– Tu fais toujours ces trucs-là ?

– On peut dire ça. En fait, je crois que ça empire avec l'âge. Je vais faire quelques housses de coussins aussi. Tu crois que tu pourrais m'aider à peindre et poser le papier ?

– Ouais, accepta Mirabel en haussant les épaules. Ça devrait être facile. Mais je ne commence pas aujourd'hui, on est samedi, déclara-t-elle d'un ton buté.

– Parfait. Aujourd'hui, on peut aller se balader dans le village, et demain, on se met au travail.

– Le village. Waouh ! Quelle fête ! Je n'arrive pas à croire que papa et maman ne m'aient pas dit qu'ils m'avaient louée comme ouvrière.

– Papa était plutôt content de l'idée, alors tu n'auras qu'à t'en prendre à lui.

– Peut-être bien. Et si je n'ai qu'un jour de repos, je vais le passer à faire ce qui me plaît. Si ça ne te dérange pas, je vais aller voir les types en bas.

Dans l'après-midi, j'emmenai Mirabel visiter le village. Nous traversâmes le square en direction de la grand-rue. Une fanfare jouait dans le kiosque. Les notes s'élevaient dans l'air frais. Une petite foule s'était rassemblée autour des musiciens. Des feuilles mortes brunes et jaunes jonchaient le sentier, et les fleurs si éclatantes en été avaient presque toutes disparu. Je me félicitai d'avoir pris ma grosse écharpe.

– Il n'y a pas beaucoup de magasins, observa Mirabel en contemplant la boutique du fleuriste et le bureau de poste.

– C'est un avantage, répondis-je, parce que je ne pense pas que tu aies beaucoup d'argent à dépenser. Mais tu as de la chance, parce que tu as une grande sœur qui va t'offrir un gâteau.

Je l'entraînai chez Sally. La chaleur de la salle était agréable après le froid du dehors.

– Salut Amelia, m'accueillit Sally. Venez vous réchauffer, toutes les deux. Je suis contente de te voir. Une théière d'Earl Grey, c'est bien ça ?

– Oui, merci. Qu'est-ce que tu as envie de manger, Mirabel ? Au fait, je te présente ma sœur, Mirabel, voici Sally. C'est un génie de la pâtisserie.

– Bonjour Sally, dit Mirabel en ôtant son duffel-coat pour le poser sur le dossier de sa chaise. Rien pour moi, merci, je suis au régime.

Elle haussa ses minces épaules.

Deux vieilles dames se retournèrent vers nous, l'air hagard. Sally dévisagea Mirabel comme si elle venait de dire une obscénité.

– Non, pas ici, décréta-t-elle. Ce mot n'existe pas entre ces quatre murs. Qu'est-ce que tu prends ?

Un petit sourire apparut au coin des lèvres pleines de Mirabel.

– Bon, alors, une tarte à la frangipane.

Nous bûmes notre thé à une table près de la porte. Sally nous apporta le gâteau. Par la vitrine, j'aperçus une femme âgée vêtue d'un manteau bleu marine et d'un chapeau en laine blanche, qui passait au bras d'un jeune homme. Ses yeux verts regardaient droit devant elle. Son visage aux traits fins et sa natte de cheveux blancs me paraissaient familiers. C'était Mme McGuire. Eleanor.

Quand je l'avais aperçue pour la première fois à la fenêtre de Brambledown Cottage, elle avait la même expression absente. Je pensai au bonnet et aux photos que j'avais trouvés, puis rangés dans leur boîte et relégués en haut de l'armoire.

– Pourquoi est-ce que tu regardes cette vieille dame comme ça ?, s'enquit Mirabel.

– Elle habitait dans notre maison. C'est la grand-mère de Callum.

– Tu la connais ?

– Non, répondis-je en pensant aux affaires qui lui appartenaient et que je gardais pour moi alors que j'aurais dû les rendre. Pas du tout.

Mirabel attaquait sa tarte avec appétit.

– Tu sais que tu n'as pas besoin de te mettre au régime.

Elle pencha la tête de côté, puis la secoua :

– Si. Je me sens grosse. Jesse me le disait de temps en temps.

– Charmant. Tu as bien fait de t'en débarrasser. Ce n'est pas parce que tu te sens grosse que tu l'es. En fait, quelques kilos en plus ne te feraient pas de mal.

Sally traversa la salle et vint s'installer avec nous.

– Tu restes longtemps, Mirabel ?, demanda-t-elle.

– Une semaine. Ma sœur essaie de m'enrôler pour des travaux de force dans sa maison.

– Un peu de peinture et de décoration, rectifiai-je.

– Ah, la grande rénovation du cottage !, sourit Sally. Si tu as un moment, tu devrais passer à la ferme de mes parents. Ils ont des chevaux et des alpagas. Ils adorent recevoir de la visite.

– Ça m'a l'air pas mal, dit Mirabel. J'aime bien les chevaux.

Je croisai le regard de Sally et lui adressai un sourire reconnaissant.

– Ce serait bien.

En rentrant dans l'après-midi, je me heurtai à Spencer dans l'entrée. Généralement, c'était avec Callum que je discutais, et j'avais presque l'impression de voir Spencer pour la première fois. Je remarquai son sourire un peu de travers.

– Salut, dis-je. Tout va bien ?

– Oui. On a presque fini le parquet de la salle à manger, et celui du séjour est prêt à être ciré.

– Génial. Il faudra d'abord changer le cadre des fenêtres, mais quand ce sera réglé, on s'y mettra. Ces pièces devraient être vraiment agréables. Merci de votre aide. Je vous suis tellement reconnaissante d'être restés.

– Ce n'est rien. Ça nous a fait plaisir.

Il se mit à danser gauchement d'un pied sur l'autre à la porte, sans dire un mot.

– Vous vouliez me parler d'autre chose ?, tentai-je.

– En fait, oui.

Son regard bleu se planta dans le mien.

– Allez-y.

– C'est à propos de votre sœur.

– Mirabel ?

– Il y a un concert ce soir au village, et comme elle ne connaît personne ici, je me suis dit que ça pourrait lui faire plaisir.

– Oui, parfait. Si ça la tente, je suis d'accord. Ça lui ferait du bien de découvrir la vie du village pendant son séjour.

– Génial, dit Spencer.

Tout son corps se redressa.

– Je vais l'appeler.

Je trouvai Mirabel dans sa chambre, allongée sur son lit, lisant un magazine, vêtue d'un jean et d'un de mes hauts préférés, rouge vif bordé de noir. Ses cheveux mouillés avaient déposé une marque sombre d'humidité sur les draps et les épaules de mon haut.

– Tu viens me dire que le wifi est revenu ?, interrogea-t-elle, pleine d'espoir.

– Pas encore, désolée. Je ne sais pas ce qui se passe aujourd'hui. Mais si tu t'ennuies, j'ai de bonnes nouvelles. Spencer vient de me demander si tu voulais sortir ce soir. Il y a un concert au village. Il attend en bas. J'ai dit que j'étais d'accord.

– Spencer, répéta-t-elle avec un air vaguement intéressé. C'est celui qui est mignon ?

– Ça dépend de ce que tu entends par là, répondis-je, mal à l'aise. C'est le plus jeune, celui qui a les cheveux plus clairs.

– C'est l'autre, conclut Mirabel en reportant son attention sur son magazine.

– Ne sois pas méchante. Il est très sympa. Ce n'est pas comme s'il te demandait ta main.

– D'accord, je vais lui parler.

Elle se leva. Elle était plus grande que moi désormais. Je remarquai qu'elle ne portait pas de soutien-gorge sous le haut qu'elle m'avait emprunté sans me demander mon avis. Mais je devais choisir mes batailles, me dis-je.

Un peu plus tard, j'entendis son rire s'élever dans l'escalier, et un murmure de conversation dans la cuisine.

– J'ai dit oui, annonça Mirabel en passant la tête à la porte de ma chambre. On part dans une demi-heure. Je peux le mettre, hein ?, ajouta-t-elle en désignant mon haut.

– Oui, mais demande-moi la prochaine fois, d'accord ?

– OK.

Elle fit la moue et s'apprêta à s'éloigner.

– Mirabel.

Elle se retourna vers moi.

– Tu ferais peut-être mieux de ne pas en parler à papa et Caitlin. Je ne veux pas qu'ils s'imaginent que je te laisse faire tout ce que tu veux.

– Tu crois vraiment que je raconte tout à papa ?, ironisa Mirabel. Il ne me laisserait jamais sortir s'il savait ce que je fais.

J'aurais apprécié que notre père s'intéresse à mes activités quand j'étais adolescente. Je ne lui cachais rien, mais je ne le voyais que quelques fois par an, quand il venait en Angleterre, en général accompagné de Caitlin après leur rencontre.

– Tu ne pourrais pas me prêter vingt livres ?, demanda Mirabel. Au cas où il me faudrait rentrer en taxi ?

– OK, dis-je en sortant un billet de mon portefeuille. Tu rentres avant minuit, s'il te plaît ?

– J'ai l'impression d'être Cendrillon !, plaisanta-t-elle en prenant le billet avec un sourire narquois. Merci.

À cet instant, je vis mon père dans ma petite sœur. Le charme auquel je ne pouvais résister.

– Tu ne fais pas de bêtises, d'accord ?

– Vous ne voulez pas nous accompagner, vous êtes sûre ?, proposa Spencer un peu plus tard, dans l'entrée. Callum va venir prendre un verre, lui aussi.

À côté de lui, Mirabel enfilait son manteau noir bordé de fausse fourrure.

– Vous devriez venir, Amelia, renchérit Callum d'une voix rauque et chaleureuse. Ce sera sympa, c'est un super groupe.

Il portait son jean de travail et un tee-shirt bleu marine à manches longues. Ses yeux gris-vert étaient plongés dans les miens, et je sentis mes joues rougir. Je pouvais sortir, je n'avais aucune raison de refuser.

– Elle ne viendra pas, prédit Mirabel. Elle boude en ce moment, parce que Jack n'est pas là.

Et le moment passa.

– Amusez-vous bien. Mirabel a raison, je préfère rester à la maison ce soir.

– OK, dit Callum. Bonne soirée.

– Merci. N'oublie pas, minuit, criai-je à Mirabel tandis qu'elle s'enfonçait dans l'obscurité.

Je fermai la porte derrière eux et restai un moment dans l'entrée déserte. J'allai aux toilettes, puis me lavai les mains et scrutai mon visage dans la glace. J'avais l'air fatigué et je me sentais vieille.

Que faisait Jack en ce moment ? Était-il avec des amis, ou tout seul quelque part, comme moi ? S'amusait-il en ignorant le fossé qui se creusait entre nous, ou réfléchissait-il à un moyen de le combler ? Je pensai à la femme qui travaillait avec lui, Sadie, son enthousiasme de jeune diplômée, sa coupe au carré élégante et ses baskets à la mode. Étais-je la seule à me demander si une autre vie était possible ?

Sur le côté du lavabo, je retrouvai le médaillon récupéré dans le siphon, que je devais remettre à Callum pour qu'il le rende à sa grand-mère. Je l'ouvris et regardai à l'intérieur : un bel homme aux cheveux bruns, au regard sombre et pensif. Son mari ? Je repensai à la photo de mariage trouvée dans le grenier, Eleanor au bras d'un homme blond, au nez chaussé de lunettes.

Le portrait dans le médaillon ne lui ressemblait en rien.

Chapitre 15

La chambre d'amis
Suite et fin

Sur le *mood board* : thème nautique, coussins blancs ornés d'une ancre, tapis blanc à longs poils, cadres en bois flotté. Poufs bleu marine et blanc. Couleurs : sable, hauts-fonds et mer orageuse.

Dimanche 27 octobre

Mirabel apparut à la porte de la cuisine. Elle avait pris un bain, mais des restes de mascara avaient coulé sous ses yeux.

– Bonne soirée ?

J'étais presque sûre d'avoir entendu la porte s'ouvrir à une ou deux heures du matin, après le couvre-feu que j'avais fixé, mais je ne me sentais pas d'humeur à me disputer.

– Tu as des yeux de panda.

– C'était sympa, répondit-elle en frottant le maquillage sous ses yeux. Enfin, pour le trou du cul du monde.

Je levai les yeux au ciel.

– Mangeons quelque chose. Je suis debout depuis des heures et mon estomac commence à gronder. Tu t'es bien entendue avec Spencer ?

J'espérais au moins qu'elle s'était montrée correcte avec lui.

– Je préfère Callum, mais ça, je le savais déjà.

Je fis de mon mieux pour ignorer la pointe de jalousie qui se frayait un chemin dans ma conscience.

– Le concert était pas mal, un peu minable en fait. Et ensuite, je suis allée en boîte.

– Il y a une boîte au village ?

– Il y en a partout, si on sait où chercher.

Elle s'avachit sur une chaise et défit la serviette nouée en turban sur ses cheveux.

– Qu'est-ce qu'on mange ?

– Ce que tu prépares. Il y a du pain et des céréales sur le plan de travail. Le café est prêt. J'en veux bien une tasse, merci.

Elle alla chercher un mug en traînant des pieds dans ses pantoufles.

Mon téléphone sonna sur la table de la cuisine. Maman. Mirabel aperçut son nom sur l'écran et, l'espace d'un instant, parut inquiète.

– Salut, maman.

– Bonjour, ma chérie. Je ne voudrais pas me mêler de ce qui ne me regarde pas, mais est-ce que Mirabel t'a parlé d'hier soir ?

– Comment ça ?

– Ce qu'elle a fait.

– Fait ? Un peu. Elle vient d'émerger. Je prends du lait, mais pas de sucre, indiquai-je à Mirabel qui abaissait le piston de la cafetière.

– Je me doute qu'elle avait besoin de récupérer.

– Qu'est-ce que tu veux dire ?

– Les voisins viennent de passer. Ils m'ont parlé d'une adolescente qui a semé la pagaille en ville. Apparemment, elle traînait avec des jeunes du coin, ils se sont saoulés dans le square et ils ont fait des graffitis sur le pont ferroviaire. Je ne voulais pas croire que c'était Mirabel, mais d'après la description... ça ne peut être qu'elle.

– Oh mon Dieu. (J'examinai Mirabel. Elle était toute pâle. Oui, pas de doute, elle avait la gueule de bois.) Tu en es sûre ?

– Je ne peux que répéter ce qu'on m'a dit. Et ne t'imagine pas que je juge ta sœur, je sais qu'elle peut être très gentille, mais en ce moment, elle est sous ta responsabilité et j'ai pensé que tu devais être mise au courant. Les gens risquent de jaser. J'ai fait de mon mieux pour les détromper, bien sûr, mais ça rejaillit sur toi aussi, ma chérie.

– D'accord, maman. Ne t'inquiète pas, je vais m'en occuper.

Je posai le téléphone et dévisageai Mirabel. Elle leva les yeux et croisa mon regard.

– Qu'est-ce qu'il y a ?, demanda-t-elle d'un ton de défi.

Je me penchai vers elle.

– C'était ma mère. Apparemment, tout le village parle de tes exploits d'hier soir. Tu veux bien me dire ce qui s'est vraiment passé ?

– Pfff, maugréa Mirabel. Alors comme ça, Rosie t'a appelée pour me descendre ? Je croyais qu'elle était cool, ta mère.

– Elle veille sur Jack et moi, c'est tout. Mirabel, qu'est-ce qui s'est passé hier soir ?

– Pas grand-chose. On est allé au concert, j'ai rencontré quelques types, et je suis rentrée, comme je t'ai dit. J'ai seize ans, Amelia. Je ne suis plus un bébé. Tu peux me faire confiance.

– J'espère que c'est vrai, mais après ce que m'a dit ma mère, je me pose des questions.

Mon téléphone bourdonna, annonçant l'arrivée d'un texto. Spencer.

Salut. J'espère que Mirabel est bien rentrée. On lui a proposé d'appeler un taxi, mais elle a tenu à rester. On n'a pas réussi à la convaincre. Vraiment désolé. Spencer.

Mirabel ne m'avait pas seulement désobéi. Elle avait aussi ignoré les tentatives de Spencer et Callum pour la faire rentrer en toute sécurité.

– Je savais bien que je n'aurais pas dû te laisser sortir. C'étaient qui, ces types ?

– C'étaient… personne. Écoute, je ne suis pas obligée de rester ici, fit-elle sèchement.

– Très bien, rétorquai-je, à bout de patience. Tu peux t'en aller. La porte est là. Bonne chance pour arriver à l'aéroport et te payer un nouveau billet d'avion.

– Hé !, s'insurgea-t-elle. Ce n'est pas juste !

– Tant que tu habites ici, tu respectes mes règles. Ça veut dire ne pas se saouler, et aussi mettre la main à la pâte. Je veux voir la chambre d'amis refaite. Aujourd'hui.

– C'est pire qu'à la maison.

– Je m'en fiche. Tu veux que j'appelle papa et ta mère pour leur dire ce qui se passe ?

– Non !, protesta-t-elle avec une expression de panique authentique. Je t'en prie !

– Tu sais quoi, Mirabel ? Tu t'en tires bien. Tu auras de la chance si personne ne va se plaindre à la police. Ça pourrait encore se produire. Pour une fois, essaie de faire quelque chose d'utile. Je vais te montrer ce que j'attends de toi, et je ne veux plus rien entendre de ta part avant que la pièce ne soit finie.

Tandis que Mirabel travaillait dans la chambre d'amis, je résistai à la tentation de la surveiller. Je m'assis devant ma machine à coudre avec le tissu bleu clair que j'avais commandé sur Internet pour les rideaux. En voyant Eleanor McGuire la veille en ville, quelque chose m'était revenu en mémoire.

Je sortis le carnet de croquis que j'avais trouvé dans le grenier et le feuilletai à nouveau, m'inspirant de ses dessins. Le bourdonnement réconfortant de la machine faisait taire les pensées que je voulais oublier. Je l'imaginai autrefois, occupée à la même activité, peut-être dans la même pièce. Peut-être avec Sarah, la petite fille de la photo.

Quand les rideaux furent terminés, je me lançai dans la confection de housses. J'avais trouvé des coussins bon marché dans un des dépôts-ventes du village – ils étaient assez neufs, mais le tissu était vieillot. Je dépliai l'étoffe à motifs marins que j'avais achetée et y coupai des carrés. J'utilisai les chutes pour faire des sachets en forme de cœur. Je pourrais les remplir avec la lavande que j'avais ramassée dans le jardin à notre arrivée. J'en fis pour la maison, plus trois pour Carly, Sunita et ma mère.

– Fini !, claironna Mirabel en entrant dans le bureau, pinceau en main.

– Toute la pièce ?

– Comme je te l'ai dit. J'ai terminé.

– C'est vrai ?

– Viens voir si tu ne me crois pas.

Je la suivis en me demandant ce que j'allais trouver. De la peinture renversée, peut-être. De grosses bulles d'air sous le papier peint. Je lui avais expliqué avec soin comment le poser, mais je n'étais pas sûre qu'elle m'avait vraiment écoutée. C'était peut-être une mauvaise idée de lui demander ce travail alors qu'elle était si fâchée contre moi.

– Regarde !, m'enjoignit-elle en désignant la pièce d'un mouvement de pinceau.

J'entrai. Les murs avant et arrière étaient d'un blanc immaculé, sans la moindre coulure nulle part, et sur les parois de côté, le vieux papier peint rayé rouge et vert avait cédé la place à un joli motif marin, des ancres blanches sur fond bleu.

– Waouh !, fis-je en m'approchant pour mieux voir. Pas mal.

Mirabel réagit d'un haussement d'épaules désinvolte.

– Ce n'était pas difficile. Je parie que tu t'attendais à ce que j'aie tout foiré là aussi.

– Je vais être franche, je suis impressionnée.

– À la maison, j'ai fait ma chambre et le bureau de maman. Alors je sais m'y prendre.

– J'apprécie. Va te nettoyer, je descends mettre l'eau à chauffer.

Dans la cuisine, elle tira une chaise et me regarda préparer le thé.

– Ça veut dire que je ne suis plus punie ?, demanda-t-elle.

Je réfléchis un moment. J'étais agréablement surprise qu'elle ait terminé la chambre, mais c'était le minimum que j'attendais d'elle. Elle commençait à peine à se racheter après son mauvais comportement de la veille.

– Pas encore, répondis-je en déposant nos mugs sur la table avec quelques biscuits. J'ai autre chose en tête pour toi cette semaine.

– Dis-moi que ça n'implique pas de rester enfermée dans cette maison débile, pria-t-elle en rejetant ses cheveux derrière son épaule.

– Ne t'inquiète pas, tu ne seras pas coincée ici.

– C'est déjà ça.

Je souris intérieurement. Un ou deux coups de fil le lendemain devraient suffire.

– Et si tu te sens si prisonnière, ça te dirait de dîner dehors ce soir ?

– En quel honneur ?

– Pourquoi pas ? Tu es ma sœur et je ne te vois presque jamais. Et puis, tu as travaillé dur aujourd'hui. Ça ne suffit pas ?

Elle me regarda. Un sourire naquit sur ses lèvres.

– D'accord.

J'allai en ville avec Mirabel et garai la voiture dans une ruelle. À pied, nous gagnâmes un petit restaurant italien que ma mère m'avait recommandé.

Une vingtaine de minutes après notre arrivée, le serveur apporta notre commande.

– Et voilà, *signorinas*, annonça-t-il avec un clin d'œil. Tagliatelles à la carbonara pour vous, précisa-t-il en déposant l'assiette devant Mirabel, et linguines au crabe pour vous. Excellents choix.

– Merci, répondîmes-nous en chœur.

Je dévisageai Mirabel.

– En fait, c'est plutôt sympa de t'avoir à la maison, observai-je.

– C'est vrai ? Je pensais que tu n'avais dit oui que parce que papa t'avait forcé la main.

– Pas du tout… OK, un peu, mais seulement parce que ça tombait mal. Tu es toujours la bienvenue ici.

– Ça m'a fait du bien de partir. Papa et maman me rendent dingue en ce moment. Je sais qu'ils veulent que je trouve un travail, ou que j'accumule les expériences professionnelles, mais je ne sais pas encore ce que je veux faire de ma vie. (Elle chargea sa fourchette de pâtes, puis hésita avant de la porter à sa bouche.) Il était strict avec toi, papa, quand tu étais adolescente ?

– Non, pas vraiment. Je ne le voyais pas souvent à l'époque. Maman et lui venaient de se séparer, alors ils se laissaient de l'espace. Maman voyageait beaucoup, et mamie Nikki ne savait pas vraiment ce que je faisais. Quand je discutais avec lui, il était toujours très décontracté. Ce n'est pas lui qui m'aurait imposé des règles. Il venait de rencontrer ta mère, je suppose qu'il se construisait une nouvelle vie.

– Ça devait être bizarre. Je n'aime pas l'avoir tout le temps sur le dos, mais s'il n'était pas là… je crois que ce serait pire.

– Par moments, j'aurais bien aimé pouvoir lui parler plus souvent.

– Il devait être occupé à s'installer avec ma mère, tout ça, commenta-t-elle d'un ton léger en reprenant une bouchée de pâtes.

– Sûrement. De toute façon, il méritait de prendre un nouveau départ, après la façon dont maman l'avait chassé.

– Qu'est-ce que tu veux dire ?

– J'ai l'impression qu'elle ne lui a pas laissé d'autre choix. À l'époque, maman pensait d'abord à elle.

– Qu'est-ce qui t'a donné cette impression ?

– Je les ai entendus, le soir où papa est parti. Il n'avait pas l'air d'avoir envie de s'en aller, ou du moins, c'est ma mère qui l'y a poussé. Elle voulait être hôtesse de l'air, même si elle savait que ce serait compliqué pour la famille.

Mirabel haussa les sourcils :

– Ce n'est pas ce que raconte ma mère.

– Elle essaie sans doute d'être gentille.

J'appelai le serveur et commandai un verre de vin rouge pour moi et une deuxième citronnade pour Mirabel.

Nous mangeâmes en silence un moment, jusqu'à ce qu'elle reprenne la parole :

– Maman disait qu'elle avait des remords à cause de la façon dont papa a quitté ta mère. Elle pensait qu'il ne le ferait pas, parce que tu étais encore si jeune.

– Oh, mais elle se trompe. Ce n'est pas pour elle que papa est parti. Il ne l'a rencontrée qu'environ un an plus tard.

– C'est ce qu'il t'a dit ?, demanda-t-elle d'une voix plus douce que d'ordinaire.

Je posai ma fourchette. Je sentais un poids dans ma poitrine.

– Il ne m'aurait pas menti.

– D'accord.

Était-ce possible ? Il y avait le prêt, toujours non remboursé, la visite en Angleterre qu'il me promettait depuis des années, le dîner pour fêter mon diplôme que j'attendais toujours huit ans plus tard. Je n'avais jamais considéré ces manquements comme des mensonges, mais simplement comme de petites distorsions de la vérité qui permettaient aux engrenages de notre relation de tourner sans heurts.

– Ils avaient sans doute tous les deux leurs torts, repris-je. Je ne vois pas comment ma mère pourrait ne rien avoir à se reprocher…

– Ça n'a peut-être pas d'importance, ils sont tous les deux passés à autre chose. Callum m'a dit pour son père et elle.

– Ah oui, c'est vrai.

Je ne me faisais toujours pas à l'idée que ma mère puisse être amoureuse.

– Je ne vois vraiment pas où est le problème, poursuivit Mirabel en haussant les épaules. Papa dit toujours qu'elle mérite de rencontrer quelqu'un d'autre, quelqu'un qui la traiterait mieux qu'il ne l'a fait.

L'histoire que j'avais toujours crue à propos de ma famille et de la rupture entre mes parents se heurtait désagréablement à ce que Mirabel me racontait. Ma sœur n'avait que seize ans. Comment pouvait-elle en savoir plus que moi-même sur ma famille ?

– Il a vraiment dit ça ?

– Oui. Il disait qu'il n'avait pas pu s'empêcher de tomber amoureux de ma mère, mais qu'il regrettait d'avoir provoqué un tel gâchis.

Je digérai ses paroles et ma poitrine se comprima. M'étais-je trompée sur toute la ligne ?

Je fus distraite par le bavardage de deux femmes à une table située à moins de deux mètres de la nôtre. Je les avais vues à la vente de gâteaux où m'avait emmenée ma mère.

– C'est elle, déclara l'une. La sœur, ce n'est pas vraiment un modèle.

Elles ne semblaient pas faire le moindre effort pour baisser la voix.

Je sentis mes joues s'empourprer.

– Tu ne vas pas laisser ces deux garces te prendre la tête ?, s'inquiéta Mirabel, remarquant mon malaise.

– Non, bien sûr que non. On n'a aucune raison de nous sentir gênées.

– Il paraît qu'elle a fait du tapage dans la rue. À trois heures du matin ! (Les paroles résonnaient dans le restaurant devenu silencieux.) Ce ne sont pas les gens d'ici qui se tiendraient aussi mal. C'est pour Rosie que ça me gêne. Sa réputation en pâtit.

– Seigneur ! Quelles quiches !, s'exclama Mirabel en riant.

– Oui, acquiesçai-je en examinant l'autre table.

De plus près, ce n'étaient que deux femmes d'une soixantaine d'années qui s'ennuyaient et qui, de toute évidence, n'avaient rien de plus intéressant à se dire.

– C'est génial d'être une célébrité locale, déclara Mirabel d'une voix forte et assurée. (Elle avait attiré l'attention de la plupart des clients, tous les regards étaient fixés sur elle.) Ça me convient très bien. Oui, je suis sortie et je me suis bourré la gueule, et oui, j'aurais sûrement dû me tenir mieux.

Je me mordis la lèvre, essayant de déterminer si je devais m'en mêler, et quand. Elle se tourna vers moi et hocha la tête.

– Relax !, articula-t-elle en silence.

– Mais ne traînez pas ma sœur ou sa mère dans cette histoire. Elles n'ont rien à se reprocher. Il se trouve que ce sont deux femmes géniales que vous auriez de la chance de compter parmi vos amis. Même si maintenant, vous n'en aurez plus l'occasion.

Je me sentis envahie de fierté. Les deux femmes murmurèrent quelque chose, puis ramassèrent leur sac à main et décampèrent sans un mot. Mirabel et moi nous regardâmes et éclatâmes de rire. Je posai la main sur la sienne et la serrai, en remerciement.

– Bravo !, s'écria une voix d'homme.

Je levai la tête et vis Sally et son mari. Sally me salua de la main. Je ne les avais pas vus en arrivant. Son mari m'apostropha :

– Ça leur pendait au nez depuis longtemps, à ces deux-là !

Le lundi matin, Mirabel et moi partîmes tôt en voiture pour nous rendre à une brocante sur la côte.

Café à la main, nous nous joignîmes aux commerçants et négociants qui circulaient autour des stands et des voitures au coffre ouvert, à la recherche de bonnes affaires. Je choisis une lampe de bureau des années 1920 et un tapis persan, tandis que Mirabel achetait un lot de vaisselle à fleurs et quelques bijoux fantaisie pour elle.

Quand notre budget fut dépensé, nous rangeâmes nos achats dans la voiture et nous arrêtâmes pour déjeuner dans un café avec vue sur la mer. Nous mangeâmes nos sandwichs au bacon et aux œufs en contemplant les vagues qui venaient se briser sur le sable, sous le soleil. Ensuite, je nous achetai des glaces que nous dégustâmes sur la plage en ramassant galets et coquillages.

– Ce sera joli sur la petite table, remarqua Mirabel en dégageant un morceau de bois flotté à demi enfoui dans le sable.

– Il est parfait. Prenons-le.

– Ça fait du bien de sortir prendre l'air, tu ne trouves pas ?

– Si.

Je ramenai en arrière quelques mèches de cheveux mouillés par l'air marin qui me tombaient sur le visage.

– Il te manque beaucoup ?, demanda Mirabel, ses yeux verts fixés sur moi.

– Jack ?

Elle hocha la tête.

– Oui, mais parfois, même les gens qui s'aiment ont besoin de se séparer quelque temps.

En revenant à la maison, nous arrangeâmes nos trouvailles dans la chambre d'amis redécorée.

– Bon, je pense qu'on a presque fini, dis-je à Mirabel en accrochant un tableau au mur blanc.

Elle balaya la pièce du regard et sourit. Elle examina les tableaux aux murs – des scènes de bord de mer, cabines de plage et jetées – et les coussins bleu et blanc jetés sur le couvre-lit bleu clair. Les coussins s'ornaient d'un dessin de bateau assorti au tissu des rideaux que j'avais pendus à la fenêtre.

Deux des flacons en verre bleu que j'avais achetés chez l'antiquaire étaient posés sur l'appui, avec dans chacun une anémone du Japon. Un bureau à la peinture blanche patinée se dressait dans le coin, J'avais posé le morceau de bois flotté trouvé par Mirabel et ma machine à coudre dessus, et glissé un panier rempli de tissus en dessous.

– Alors, tu seras contente de dormir ici cette nuit, tu crois ?

Mirabel me sourit, les yeux brillants.

– Je pense que ça ira.

Chapitre 16

L'entrée

Sur le *mood board* : murs blancs pour une entrée claire et aérée. Grand miroir face à la porte pour agrandir l'espace. Gravures encadrées aux murs. Petite étagère garnie de classiques de la littérature. Grand vase empli de fleurs de maïs.

Mardi 29 octobre

Je prenais mon petit déjeuner dans la cuisine. Ma conversation avec Mirabel tournait en boucle dans ma tête. J'avais d'abord supposé que ce qu'elle m'avait raconté sur mes parents ne pouvait être vrai. Mais en y réfléchissant, tout s'emboîtait. Je n'avais jamais mis en doute les affirmations de mon père, mais s'il nous avait réellement abandonnées, maman et moi, s'il nous avait laissé tomber, alors il avait de bonnes raisons de mentir. Après toutes ces années, alors que j'étais censément une adulte, je continuais de punir ma mère. Quand elle m'avait confié être amoureuse, j'avais pensé, au fond de moi, qu'elle ne méritait pas ce bonheur. La douleur peut empêcher de discerner la vérité, sans doute. Mais tout commençait à me paraître plus clair.

Je pris mon téléphone et l'appelai.

– Bonjour, Amelia. Comment vas-tu ?

– Bien, merci.

– Ta sœur aussi ?

– Mirabel est en pleine forme. Elle n'est pas encore levée, mais je vais la déposer à Canterbury tout à l'heure. Elle veut faire les magasins.

– Elle aura de quoi s'occuper. Tu pourrais l'emmener chez…

– Écoute, maman, coupai-je. J'appelais pour autre chose.

Il existait un moyen de commencer à améliorer nos relations.

– Ah bon ?

– J'espérais que je pourrais le rencontrer.

– Qui ça, ma chérie ?

– David. L'homme qui t'a redonné le sourire. Qu'est-ce que tu en penses ?

– Je pense que ça peut s'arranger.

J'entendais l'enthousiasme dans sa voix.

En allant chez ma mère, je fis un crochet par une boutique dans le village voisin, *The Better Hearth.* J'avais remarqué une cheminée dans la vitrine et en entrant, je la trouvai encore plus éblouissante de près. Elle serait parfaite dans la salle à manger. Puis je regardai le prix. Elle nous mettrait dans le rouge, c'était certain. *Peut-être…* Je me retins. Je repensai aux paroles de Jack. Il avait raison. Nous n'avions pas les moyens. On devrait faire avec les cheminées déjà en place.

Je poursuivis mon chemin et me garai devant la maison de ma mère. En attendant qu'elle vienne ouvrir, je lissai ma jupe de la main. Elle m'accueillit en souriant. Derrière elle se tenait un homme de taille moyenne, avec des lunettes cerclées de métal et d'épais cheveux gris. Il me sourit d'un air anxieux.

– Voici David. David, c'est Amelia.

– Votre mère m'a beaucoup parlé de vous, déclara-t-il en me serrant la main. Je suis content de vous rencontrer enfin.

C'était lui. L'amant de ma mère, le père de Callum. Il paraissait tout ce qu'il y a d'ordinaire.

– Je suis ravie aussi, dis-je en accrochant mon manteau.

– Bon, je vais mettre l'eau à chauffer, annonça ma mère en se précipitant dans la cuisine, nous laissant face à face dans l'entrée.

– C'est bizarre, remarquai-je. J'habite dans la maison de votre mère, et vous sortez avec la mienne.

– Oh, on s'habitue aux coïncidences à Hazelton, répondit-il avec un sourire. Le village ne paraît peut-être pas si petit à première vue, mais croyez-moi, il l'est !

– On va s'asseoir ?, proposai-je en me dirigeant vers le séjour. Callum m'a dit que votre mère commence à s'habituer à sa nouvelle maison. C'est vrai ?

– Oui, autant qu'il est possible, répondit David avec un haussement d'épaules résigné.

– Je suis désolée. Ce doit être difficile.

– Je vais vous paraître dur, alors que nous venons à peine de nous rencontrer, mais il vaudrait parfois mieux que les êtres chers partent rapidement. Voir une des personnes qu'on aime le plus au monde disparaître peu à peu, c'est un crève-cœur.

– J'imagine. D'après ce que m'a dit Callum, je crois qu'elle a été une mère et une grand-mère formidable. Qu'elle est, rectifiai-je maladroitement.

– Cette part d'elle est toujours là. On en aperçoit des fragments de temps en temps, quand quelque chose déclenche un souvenir.

– Callum vous a montré ce qu'on a trouvé au grenier ? Il pensait que tous ces objets pourraient vous aider dans ce domaine.

– Oui, j'en garde la plupart chez moi. Merci de nous avoir permis de les récupérer. Les souvenirs du passé nous permettent souvent de faire resurgir la femme que nous aimons tous, dit-il en souriant. Le grenier… la seule idée d'y monter me terrifiait quand j'étais enfant. Je n'avais pas peur des araignées, pourtant, mais il y faisait toujours trop noir pour distinguer quoi que ce soit. Même avec une lampe de poche, les recoins sombres étaient trop nombreux pour qu'on puisse les éclairer.

– Une de mes plus grandes aventures, commentai-je. Il y a aussi des écureuils là-haut. J'en ai déjà attrapé un. Callum m'a recommandé quelques astuces et elles semblent fonctionner.

– Je suis désolé qu'on vous ait laissé la maison dans un tel état.

– Oh, ne vous inquiétez pas. Ça paraît déjà très loin. On a fabriqué notre propre chaos depuis.

Ma mère entra avec un plateau chargé de thé et de biscuits.

– Le thé est prêt, annonça-t-elle. Qu'est-ce que j'ai manqué ?

– On se disait combien il était étrange que la maison passe de la famille de David à la nôtre.

– Au moins, tu sais qu'elle est entre de bonnes mains, commenta ma mère en touchant doucement le bras de David. En tout cas, je le suppose. Si Mirabel n'a pas fait de dégâts ?

– Crois-moi si tu veux, mais en fait, elle a apporté des améliorations. C'est ma demi-sœur fourvoyée, expliquai-je en me tournant vers David. Mon père me l'a envoyée pour la remettre sur le droit chemin et leur laisser le temps de souffler, à ma belle-mère et lui.

– Vous avez du pain sur la planche, on dirait !

La chaleur de son expression laissait entendre qu'il avait connu ce genre d'épreuve et s'en était sorti.

– On peut dire ça. Mais en fait, Mirabel a travaillé dur pour rattraper ses bêtises. Elle a refait la chambre d'amis.

– Je suis impressionnée, déclara ma mère.

– Moi aussi. Elle a fait du bon boulot, en réalité. Maintenant, c'est un petit paradis dont les invités ne voudront plus jamais partir. C'était le plan, encore qu'à présent…

– Tu te dis que tu n'as pas envie qu'elle soit trop accueillante ?, demanda ma mère avec un éclat de rire chaleureux.

– Je ne suis pas sûre de pouvoir contrôler Mirabel très longtemps.

– C'est un âge difficile, seize ans.

– Sans doute. Mais je ne me rappelle pas m'être autant rebellée.

– Je crois que ta mémoire est un peu sélective, remarqua ma mère avec tendresse. Enfin, qu'est-ce que tu as prévu pour le reste de son séjour ? Une autre pièce à repeindre ?

– Non. En fait, j'ai autre chose en tête. Tu sais, ton amie Rachel ?

– Oui ?

– Je pourrais avoir son numéro de téléphone ? Sally m'a dit que ses parents avaient du mal à assurer les tâches quotidiennes depuis qu'elle était partie ouvrir sa pâtisserie. Alors je me demandais s'ils accepteraient une autre paire de bras.

– Tu ne proposes pas…

– Tu ne crois pas que ça lui ferait du bien ? De se salir les mains pendant un ou deux jours ? Je crois même qu'elle n'a jamais vu une ferme.

– Comment est-ce que tu vas la convaincre d'y aller ?

– Je ne vais pas lui laisser le choix.

– Ça me paraît une excellente idée, déclara David. Avec mon frère, on adorait passer du temps auprès des animaux quand on était adolescent. Ça nous a évité de chercher les ennuis.

– C'est ce que j'espère. Votre sœur aussi aimait les animaux ?, m'enquis-je en pensant à la photo que j'avais trouvée.

– Ma sœur ?

– Sarah.

– Je n'ai pas de sœur, dit David en secouant la tête. Il n'y a qu'Ewan et moi. Pauvre maman. Je crois qu'elle aurait bien aimé avoir une fille, mais elle a dû se contenter de nous.

J'essayai de trouver un moyen de changer de sujet. C'était stupide de ma part de tirer des conclusions hâtives.

– Vous travaillez toujours, David, ou vous êtes à la retraite ?

– En théorie, je suis à la retraite. Mais j'aime bien m'occuper, alors je bricole encore chez l'opticien quand il a besoin de moi.

– Même maintenant, il reste accro au travail !, plaisanta ma mère.

– J'ai fait de gros progrès !, protesta-t-il. Rosie est un don du ciel. Elle me rappelle qu'il existe quelque chose qui vaut qu'on arrête de travailler pour rentrer chez soi. Je n'avais rien de ce genre, depuis que la mère de Callum et Alice est morte.

Je pensai aux longues années que ma mère avait passées seule et me sentis coupable de ne pas l'avoir encouragée à trouver le bonheur.

– Comment vous êtes-vous rencontrés ?

– Une amie commune, répondit David avec un sourire narquois. (À cet instant, je vis la ressemblance avec Callum, l'étincelle dans ses yeux.) Emma, qui dirige le cours de peinture. Quand on est venu tous les deux voir l'exposition de fin d'année, elle nous a présentés. Je crois qu'elle avait l'intuition que ça pourrait marcher entre nous.

– Elle a vu juste, dit maman.

Elle paraissait plus jeune, elle flirtait presque. Un mois plus tôt, je m'en serais inquiétée, mais ce n'était plus le cas.

– En fait, j'avais vu votre mère une ou deux fois. J'aurais bien aimé trouver le courage de lui parler.

Elle se tourna vers moi.

– Ça devient plus difficile avec l'âge, de déterminer ceux qui sont déjà pris. Et on ne peut pas prendre le risque de froisser quelqu'un dans un endroit comme Hazelton.

– On en entendrait parler jusqu'à la fin des temps, renchérit David, si une femme abordait un homme marié chez le marchand de journaux ! Vous êtes heureuse en ménage, Amelia, n'est-ce pas ?

Je me tus un instant.

– Jack et moi sommes mariés, oui.

Je repensai à nos souvenirs heureux, aux moments que nous avions partagés en tant que couple au fil des années, aux épreuves dans lesquelles nous nous étions soutenus. Je ne comprenais pas comment les choses avaient pu tourner si mal, si vite.

– C'est une épreuve pour un couple, de retaper une maison, poursuivis-je. À la vérité, on a des problèmes à régler en ce moment. Il est parti s'installer chez un ami à Londres quelque temps.

– Je suis désolée de l'apprendre, ma chérie, compatit ma mère.

– J'espère que ça ira mieux très vite, ajouta David. Tout ne peut pas être parfait tout le temps, pas vrai ?

Comme Callum, il avait le don de vous persuader que tout s'arrangerait.

– Je ferais bien d'y aller, dit-il encore en se levant lentement. Je dois aller chez ma mère lui préparer son thé. Mais j'ai été ravi de vous rencontrer, Amelia. Et j'espère vous revoir bientôt.

– Oui, je suis sûre que nous nous reverrons, assurai-je en me levant pour le saluer.

Ma mère le raccompagna à la porte. En revenant, elle s'assit près de moi.

– Il a l'air vraiment gentil, remarquai-je.

– Je suis contente qu'il te plaise. Il a le cœur sur la main et il est très attentionné. Il veille sur moi.

– Tu le mérites, maman.

Elle me regarda comme si elle me voyait pour la première fois.

– Tu ne m'as jamais dit toute la vérité sur le départ de papa, n'est-ce pas ?

Elle remua, croisa les jambes.

– Toute la vérité ?

– Mirabel m'a raconté ce qui s'était passé avec Caitlin. Ce n'est pas toi qui as brisé la famille. C'est lui.

Une légère rougeur apparut sur la gorge de ma mère, à peine visible dans l'échancrure de son chemisier blanc.

– Rien n'est tout blanc ou tout noir en amour, ma chérie. Je suis sûre que j'ai aussi mes torts.

– Tu ne m'as jamais dit qu'il t'avait trompée – et moi aussi. Ce n'était pas ton travail, le problème. C'est lui qui est tombé amoureux de quelqu'un d'autre.

Ma mère inspira à fond avant de répondre.

– En ce qui concerne ton père, j'ai pensé qu'il valait mieux te laisser te faire ta propre opinion. Il est parti à cause de la relation entre nous, ça n'avait rien à voir avec son amour pour toi. Alors je ne voyais pas l'intérêt de t'entraîner là-dedans.

– Tu me l'as cachée, poursuivis-je. La vérité. Sur Caitlin, sur lui. Tu n'as jamais dit un mot de ce qu'il avait fait.

– Je suis désolée.

Je l'avais mal jugée si longtemps. Je me sentis accablée de remords.

– Non, ne sois pas désolée. Tu as bien fait. Tu aurais pu nous éloigner, papa et moi, mais tu as choisi de ne pas le faire. Tu as été assez forte pour me laisser voir par moi-même quel genre d'homme il était. Je regrette seulement d'avoir mis si longtemps à comprendre.

Ma mère hocha la tête, et je vis son visage se détendre un peu.

– Sans doute.

– Toutes ces années, j'ai cru que c'était ta faute si j'avais grandi sans père et dû vivre la plupart du temps avec mes grands-parents. Je croyais que tu avais détruit notre famille en parcourant le monde, que tu avais fait passer ton ambition professionnelle en premier.

– Non, ma chérie, ce n'est pas ce qui s'est passé. Je n'ai pris ce travail que parce que c'était le poste le mieux payé auquel je pouvais prétendre. Je voulais que tu ne manques de rien.

– Je le comprends maintenant.

Elle croisa mon regard et je posai les mains sur les siennes. Nous avions encore le temps de remettre les choses en ordre.

En revenant à la maison, je n'entendis que le bruit de la perceuse que Callum et Spencer utilisaient dans le séjour, pour installer les rayonnages que j'avais demandés. Mirabel devait encore faire les magasins à Canterbury. Elle ne m'avait toujours pas appelée pour me demander de venir la chercher.

Ma conversation avec David m'avait ramenée à Jack. J'avais laissé la situation se dégrader sans même m'en apercevoir. J'ouvris mon ordinateur portable et tapai un e-mail :

Salut Jack.

Comment vas-tu ? C'est bizarre ici, sans toi.

Je vais bien. Mirabel est ici. Je survis à sa présence. Tout juste. Elle met de l'animation, c'est le moins qu'on puisse dire. Tu te rappelles, la dernière fois qu'elle est venue, quand on s'est retrouvé avec la police chez Claire's Accessories, parce qu'elle avait piqué des chouchous ? Selon la rumeur, elle est montée en grade : ivrognerie et graffiti... Je ne suis pas sûre qu'Hazelton

comprenne ce qui lui est tombé dessus. Enfin bref, elle aide aux travaux et elle va donner un coup de main dans une ferme quelques jours.
La maison avance, pas à pas. Les autorisations sont arrivées la semaine dernière pour la rénovation de l'escalier et des fenêtres.
Tu me manques, Jack.
Je t'embrasse,
Amelia.

J'envoyai le message et attendis un moment. Je revins sur mon texte comme si ce geste pouvait faire apparaître une réponse par magie.

Puis je refermai l'ordinateur.

– Ça vous dit une pause devant une tasse de thé ?, demanda Callum en passant la tête à la porte de la cuisine. Spencer a dû partir tôt et je ne dirais pas non à un peu de compagnie.

– Bien sûr, acceptai-je en posant mon carnet de croquis.

Callum mit la bouilloire en marche et sortit deux mugs.

– Vous travaillez sur quoi ?, s'enquit-il.

– C'est un *mood board* pour le séjour. Des images et des idées du style que j'aimerais lui donner, quelques meubles que je veux acheter – ce fauteuil, par exemple. Mais le reste, comme les châtaignes, c'est plutôt ce que je nous imagine y faire, le genre d'atmosphère que nous recherchons.

Je continuais à parler de nous – Jack et moi. Bien qu'il ait à peine regardé mes plans et que, au train où allaient les choses, il n'était pas certain que nous habitions jamais cette maison ensemble.

Il servit le thé et le lait et apporta les tasses.

– Ça vous ennuie si je regarde ?, demanda-t-il avec un geste du menton en direction de mon carnet.

– Pas du tout.

Je le lui tendis.

Il détailla les pages avec attention.

– C'est intéressant pour moi, ça me donne une idée de votre orientation générale, et je peux la garder à l'esprit en travaillant. Ma grand-mère aussi était créative, comme vous, ajouta-t-il en tournant les pages. Enfin, avant qu'elle ne tombe malade. Il y avait le jardin, évidemment, et elle fabriquait sans arrêt de petits objets pour la maison, des vêtements pour Alice et moi. Ça plaisait beaucoup à mon grand-père. Il l'adorait.

– Vous étiez proche de votre grand-père ?

– Plus ou moins. Il ne parlait pas beaucoup. Avec ma grand-mère, ils n'étaient pas toujours d'accord, mais c'était un homme bon. À ce que j'ai compris, mon père s'entendait mieux avec sa mère.

– J'ai rencontré votre père ce matin, dis-je. Il est adorable.

– Alors, il fera l'affaire ?

– Oui !, répondis-je en riant. Sans problème. Ma mère semble très heureuse. Je ne comprends pas pourquoi j'ai eu tant de mal à me faire à cette idée.

– Je ne sais pas. Pour être franc, ça m'a pris quelques jours à moi aussi. (Callum referma le carnet et le mit de côté.) Pendant des années, nos parents se concentrent sur nous, et puis tout d'un coup, ils se mettent à vivre leur propre vie. Ce devrait être interdit.

– Je pense que c'est ça. Je ne suis peut-être pas aussi adulte que je croyais. Et puis, je commence tout juste à comprendre ce qui s'est passé entre mes parents quand ils ont rompu.

– Le mariage, ce n'est sans doute pas facile tous les jours, commenta Callum en buvant une gorgée de thé. Désolé, s'empressa-t-il d'ajouter comme s'il venait de comprendre ce qu'il avait dit. Pardon, enfin, de quoi je me mêle ?

– Non, vous avez raison, répondis-je en pensant à Jack, en me demandant à quel moment nous avions cessé de parler vraiment, franchement. Ce n'est pas facile.

Plus tard ce jour-là, je reçus une réponse à mon e-mail :

Salut Amelia,
Ça fait plaisir d'avoir de tes nouvelles. Je suis content que Mirabel t'offre des distractions à la maison, même si elle sème la panique dans le village.
Ici, tout va bien. Je dors sur le canapé d'Hiro. Ce n'est pas le rêve, question confort, mais il habite à cinq minutes du bureau, alors je ne perds pas de temps en trajets. Il est très accueillant, et il m'apprend l'art de cuire les nouilles japonaises. Il dit que si je reste assez longtemps, il m'apprendra à faire les sushis. J'espère ne pas en arriver là – ce n'est pas que je n'aime pas le poisson cru, mais… tu me comprends.
Je pense souvent à toi (évidemment) et à ce qui se passe à la maison. Parfois, je me demande comment on peut laisser des bêtises, comme une baignoire, nous éloigner. Mais ensuite je me rappelle qu'il y a au cœur du problème quelque chose de plus important. Le week-end dernier, je suis allé manger chez Nico et Suni. En tenant Bella dans mes bras, je m'en suis souvenu. Je ne veux pas te forcer la main, Amelia, je ne ferais jamais ça. Mais je ne peux pas non plus me contenter d'espérer que je vais changer d'avis, parce que je ne crois pas que ça arrivera.
Caresse Dexter pour moi.
Jack

– Salut, Suni, c'est moi. Je ne te dérange pas ?

– Pas du tout. Bella a son compte, et je cherchais une excuse pour ouvrir ce paquet de biscuits.

Je l'entendis mettre la bouilloire en marche.

– C'est quoi, comme gâteaux ?

– Des cookies avec double dose de pépites de chocolat.

J'allai ouvrir ma boîte à biscuits et piochai deux sablés gingembre-noisette.

– Je me joins à toi. Je suis toujours solidaire, pour les cookies.

– On a vu Jack l'autre jour. Il est venu manger à la maison.

– Je sais, il me l'a écrit. Il avait l'air en forme ?

– Plus ou moins. Un peu absent, ce qui n'a rien d'étonnant. Je crois que Bella lui a un peu changé les idées. Amelia, il m'a expliqué qu'il habitait à Londres en ce moment. Pourquoi ne m'as-tu rien dit ?

– Je ne sais pas.

J'avais failli une bonne demi-douzaine de fois prendre le téléphone pour appeler Sunita ou Carly, avant de me raviser.

– Peut-être parce qu'alors, ça m'aurait paru plus réel.

– Comment tu te sens ?

– Bizarre. Mais j'ai Mirabel avec moi en ce moment, ça m'occupe.

– Tu as pu réfléchir ? J'ai l'impression que Jack se pose beaucoup de questions.

– Je crois. Je ne sais pas, Suni. Je n'avais pas vraiment envie de penser à tout ça.

– Mais Amelia… écoute, je sais bien que ça ne me regarde pas, mais c'est ton mariage qui est en jeu. C'est grave. Qu'est-ce que tu vas faire ? Abandonner sans même essayer de le sauver ?

– Bien sûr que non, rétorquai-je, blessée. Mais… je ne sais plus ce que je veux maintenant, Suni.

– Il y a quelqu'un d'autre ?, demanda-t-elle doucement.

Un instant, je lui en voulus d'avoir eu cette pensée. Mais ce n'était pas contre elle que j'étais fâchée, c'était contre moi. Sa question m'obligeait à affronter ce que j'essayais de me cacher à moi-même.

– Il ne s'est rien passé. Jack avait besoin d'espace pour réfléchir à notre avenir, et depuis qu'on a déménagé, on s'est plus pris le bec entre ces murs que jamais auparavant. Mais oui, je crois qu'il y a quelqu'un d'autre. Je ne sais pas ce qui m'arrive, mais je me sens attirée. Je suis heureuse quand je suis avec lui.

– Bon, fit Suni. (Je l'entendis inspirer à fond.) Je ne m'attendais pas à ça.

– Moi non plus, tu peux me croire.

– Et est-ce que… il est intéressé ? Tu peux imaginer avoir une relation avec ce type ?

– Peut-être, je ne sais pas. Je te l'ai dit, il ne s'est encore rien passé. Je ne vois pas si loin. Mais avec lui, j'éprouve quelque chose que je n'ai pas ressenti depuis longtemps. Je me sens détendue. Libre.

– Donc, cet homme t'offre une porte de sortie.

– Qu'est-ce que tu veux dire ?

– Rien. Simplement, je pense que tu associes Jack au stress de la maison, et maintenant, tu n'arrives plus à distinguer entre les deux.

– Je ne crois pas que ce soit si simple.

– Pardon. Je ne sais pas. Peut-être que ce type est le bon. La vérité, c'est que je ne peux pas être aussi objective que je voudrais. Je t'aime, mais j'aime aussi Jack.

– Moi aussi, dis-je en sentant les larmes me monter aux yeux. On ne peut pas cesser d'aimer quelqu'un du jour au lendemain.

Ce soir-là, j'entrai dans la salle de bains, enveloppée dans ma robe de chambre bleue, et je m'assis dans le fauteuil en osier à côté de la baignoire. J'ouvris le robinet et fis couler du bain moussant à la lavande sous le jet.

La baignoire à pieds de lion trônait désormais au centre de la pièce, flanquée d'un tapis de bain blanc moelleux, doux sous mes pieds. Des serviettes blanches s'alignaient en piles bien nettes sur les étagères. L'une pendait sur le porte-serviettes ancien, prête à l'usage. Le plancher était teint en brun foncé et les murs peints en blanc faisaient ressortir le bois et les poutres. J'avais voilé la petite fenêtre d'un rideau en fine mousseline, et le soleil traversait les flacons de verre que j'avais disposés sur le rebord, projetant des taches de lumière vertes et bleues sur le sol. Enfin, cette salle de bains était devenue le refuge dont Jack et moi avions rêvé.

Je contemplai l'étagère que j'avais laissée libre pour ses affaires. J'avais acheté cette baignoire parce que Jack et moi avions adoré celle d'Arcadia Cottage, parce que nous avions dit en plaisantant qu'elle serait assez grande pour nous deux. Je me débarrassai de ma robe de chambre et plongeai la main dans l'eau pour en vérifier la température. J'étais si sûre que cette baignoire nous comblerait – et pourtant, je n'avais personne avec qui la partager, personne avec qui rire ou parler. Jack était parti.

J'entrai dans le bain.

Chapitre 17

La ferme de Rachel et Fred

Animaux :
Poules : 8
Vaches : 5
Chevaux : 3
Alpagas : 9

Mercredi 30 octobre

– Bonjour, Rachel, commençai-je quand elle décrocha le téléphone. C'est Amelia, la fille de Rosie. Je sais que je m'y prends un peu tard, mais j'ai un service à vous demander. C'est en rapport avec votre ferme.

– Vous voulez venir la visiter ?, supposa Rachel avec chaleur. Venez quand vous voulez, vous êtes la bienvenue.

– En fait, je me demandais si vous pourriez laisser ma petite sœur, Mirabel, travailler avec vous un ou deux jours.

– Nous serions ravis ! Ça nous aiderait bien d'avoir un coup de main, et on pourrait lui apprendre en même temps deux ou trois choses sur la vie agricole. Amenez-la. Nous avons des vêtements à lui prêter, des pantalons imperméables, des bottes… ce genre de chose.

– C'est génial. J'apprécie. On sera là à dix heures.

Mirabel dormait à poings fermés quand j'entrai dans la chambre d'amis.

– Debout, la marmotte !, l'interpellai-je en la secouant doucement.

– Mmgrah !, grogna-t-elle en se tournant vers moi et en se frottant les yeux.

– Aujourd'hui est un grand jour !

– Où est-ce qu'on va ?, demanda-t-elle en s'appuyant sur un coude.

– Enfile ton jean, je t'expliquerai en chemin.

Après une rapide tasse de thé dans la cuisine, je conduisis Mirabel chez Rachel et Fred, à un quart d'heure de la maison. Pendant le trajet, elle resta silencieuse et regarda par la vitre tandis que j'écoutais les informations à la radio. Je me garai devant la ferme.

– Ah non !, s'insurgea Mirabel en regardant les écuries au fond de la cour. Pas question que tu m'envoies là-dedans.

– C'est dommage, parce qu'ils t'attendent.

Rachel, vêtue d'un jean et d'un gros pull en laine écrue, sortit de la maison pile à cet instant.

– Bonjour !, nous salua-t-elle d'un ton joyeux.

Nous descendîmes de la voiture, elle s'approcha de Mirabel pour lui serrer la main. L'odeur du fumier était difficile à ignorer et Mirabel leva la main pour se couvrir le nez.

– Tu dois être l'ange qui vient nous aider !

– C'est Mirabel, confirmai-je en souriant, malgré la grimace qu'elle m'adressait. Merci d'avoir accepté, Rachel.

– C'est un plaisir, et comme je vous l'ai dit au téléphone, un coup de main est toujours bienvenu.

Je sentais Mirabel chercher désespérément une issue. Rachel lui fit signe d'entrer dans la maison.

– Commençons. J'ai des vêtements de rechange pour toi, et ensuite, je te présenterai les animaux.

Mirabel me foudroya du regard tandis que Rachel l'entraînait en lui tirant doucement le bras.

– Désolée !, articulai-je en silence.

Puis à voix haute :

– À plus tard !

– Fred la déposera quand on aura fini, promit Rachel.

– Merci beaucoup, Rachel. À plus tard. Téléphonez-moi s'il vous faut quelque chose.

De retour à la maison, je levai la tête de ma machine à coudre en entendant frapper à la porte.

– Désolé de vous déranger, s'excusa le menuisier en s'avançant timidement.

C'était un homme d'une soixantaine d'années, aux cheveux gris et aux vêtements mal ajustés. Il venait régulièrement à la maison depuis quelques jours.

– Je voulais vous dire que j'ai fini en bas. Vous voulez venir voir ?

– Génial, me réjouis-je en me levant. Bien sûr. Vous avez eu du mal ?

– Pas trop. C'est un cas classique dans la région. Je dirais que toutes ces vieilles maisons ont les mêmes problèmes, alors j'avais tout le matériel à l'atelier. Les barreaux de la rampe ont été les plus difficiles à trouver.

Nous arrivâmes devant l'escalier et il se pencha pour caresser ceux qu'il avait remplacés. Il fit glisser son doigt sur la guirlande de glands gravée dans le bois.

– C'est un motif assez inhabituel. Mais il est magnifique.

Il avait aussi réparé les marches que j'avais pris l'habitude de sauter pour éviter que mon pied ne passe à travers.

– J'envisageai d'y mettre un tapis, déclarai-je, mais en fait, c'est très bien comme ça, non ?

– Moi, je le laisserais tel quel, conseilla le menuisier. Mais ce n'est que mon opinion. J'aime bien faire les choses comme dans le temps. Ma femme me dit que je suis un vieux croûton, ajouta-t-il en riant.

Nous allâmes dans le séjour, où il avait fini de remplacer les cadres des fenêtres.

– Je les ai presque tous changés, déclara-t-il. Normalement, j'aime bien laisser en place un peu du vieux bois, mais ceux-là étaient trop abîmés. Je trouve que ça transforme la pièce.

Je contemplai le séjour, notre séjour. On reconnaissait à peine la pièce où nous étions entrés le jour du déménagement, pleine du bric-à-brac de Mme McGuire. Désormais, les fenêtres étincelaient de propreté. Leurs nouveaux cadres s'harmonisaient parfaitement au style de la maison. Le sol était prêt à recevoir son tapis – j'avais en tête un modèle couleur taupe que j'avais vu dans un magasin.

J'approchai des fenêtres pour examiner les cadres de plus près. La couleur du bois était presque identique.

– C'est génial, dis-je. Exactement ce que nous espérions. Merci.

Plus tard dans la journée, j'étais en train de peindre l'entrée quand mon téléphone sonna. Dans mon bleu de travail taché de peinture, j'allai le chercher sur la table de la cuisine.

– Amelia !

La voix de mon père, chaleureuse et taquine. D'habitude, elle provoquait chez moi un sourire instinctif. Connectée à lui, je me sentais rassurée. Mais ce jour-là, je réagis à peine.

– Salut, papa.

– Alors, ma chérie, comment ça va ? Comment s'en sort ta sœur au bagne ?, demanda-t-il d'une voix rieuse.

– Très bien, répondis-je en gardant pour moi les détails croustillants.

Je compris que ma loyauté avait changé de camp.

– Elle est allée donner un coup de main à la ferme d'une amie aujourd'hui.

– Eh ben, dis donc, je ne l'aurais jamais cru. Comment tu as fait ça ? Avec du chloroforme ?

– En fait, elle m'a pas mal aidée. Tu sais papa, je crois qu'elle a beaucoup mûri.

– Ah bon ? On ne s'en est pas aperçu.

– Elle devient plus responsable. Je ne dirais peut-être pas qu'elle est adulte, mais après tout, elle n'a que seize ans.

– Ce n'est pas une mauvaise gosse. Mais merci de nous avoir permis de souffler un peu. Elle nous donnait vraiment du fil à retordre !

Je rassemblai mon courage. Les pensées et émotions qui tourbillonnaient dans ma tête et dans mon ventre depuis plusieurs jours cherchaient à remonter à la surface maintenant que j'entendais la voix de mon père.

– Papa, je voudrais te parler.

– Bien sûr, pas la peine de prendre un ton si sérieux.

– Peut-être que si.

– OK. Bon, eh bien, vas-y.

– Tes filles ne sont pas là pour que tu les prennes et les abandonnes à ta convenance. C'est valable pour Mirabel, et aussi pour moi.

– De quoi est-ce que tu parles, Amelia ? Qu'est-ce qui te prend ?

J'inspirai à fond et tentai d'empêcher ma voix de trembler.

– Disons que je me suis enfin réveillée.

– Ta mère t'a dit quelque chose ?

– Non. En fait, tu devrais lui être reconnaissant, elle n'a jamais dit un mot contre toi.

À l'autre bout du fil, il se taisait. C'était la première fois que cela se produisait lors d'une conversation entre nous deux.

– Je suis désolée que tu aies cette impression, Amelia. J'ai toujours essayé d'être là pour toi, mais bien sûr, c'est parfois difficile quand on habite si loin. Tu es toujours bienvenue si tu veux nous rendre visite, tu le sais, et j'essaie de t'offrir des cadeaux qui prouvent que je me soucie de toi.

– Je ne veux pas de bijoux ni de promesses creuses. Maintenant, je veux que tu sois franc avec moi.

– J'ai toujours été franc avec toi, mon cœur !

– Ah bon ?, fis-je d'une voix où le venin s'insinuait. Vraiment, sincèrement ?

Il se tut à nouveau.

– Quelle mouche t'a piquée ? Tout le monde fait des erreurs, ma chérie. Je ne peux pas défaire ce que j'ai fait.

– Non, tu ne peux pas. Je le comprends. Je t'aime, papa, et ce qui s'est passé entre maman et toi est derrière nous. Mais j'ai besoin que les choses changent entre toi et moi, tout de suite.

– D'accord. Qu'est-ce que tu veux exactement ?

– Je t'ai toujours respecté, et j'ai besoin que toi aussi, tu me respectes. Je voudrais commencer par le prêt. Je ne veux pas de promesses creuses. Jack et moi t'avons avancé cet argent en toute confiance, et maintenant, nous en avons besoin. Quand pourras-tu nous rembourser ?

– C'est compliqué. Je vais voir ce que je peux faire.

– Je veux une date.

Je l'entendis respirer.

– D'accord, dit-il enfin. Pour Noël. Je le virerai sur ton compte.

– Tu me le promets ?

– Oui, je ne te laisserai pas tomber cette fois.

– Très bien, je te fais confiance.

– D'accord. Au revoir, Amelia.

– Au revoir, papa.

Je coupai la communication et posai mon téléphone.

Je respirai profondément et m'assis. Puis, peu à peu, un sourire naquit sur mon visage. J'avais réussi. J'avais enfin réussi. Dorénavant, j'aurais le contrôle.

Juste après dix-huit heures, j'entendis frapper à la porte et descendis ouvrir.

Mirabel se tenait devant la porte avec un homme à la barbe grise que je me rappelais vaguement avoir déjà vu au village.

– Bonjour, vous devez être Fred, je suis Amelia, l'accueillis-je en lui tendant la main.

– Ravi de vous rencontrer, dit Fred, mais si ça ne vous fait rien, j'aime mieux ne pas vous serrer la main. (Il montra les siennes, couvertes de boue.) Merci de nous avoir confié Mirabel aujourd'hui. Elle a été merveilleuse.

– Merci. Je suis contente de l'entendre, répondis-je en essayant de croiser le regard de ma sœur.

Mais elle gardait les yeux baissés.

Fred lui fit ses adieux et repartit vers son Range Rover boueux.

– Oh là là ! C'était affreux, soupira-t-elle dès que la porte fut refermée.

– Qu'est-ce qu'ils t'ont fait ?, demandai-je avec un soupçon de satisfaction à l'idée que Fred et Rachel n'avaient pas été trop tendres avec elle.

– D'abord, il a fallu nettoyer l'écurie. Tout ce fumier, c'était dégueulasse. (Elle souleva sa chemise à carreaux pour la humer.) Sérieux, je t'assure, j'ai encore l'odeur sur moi. C'était vraiment répugnant. Tiens, viens sentir si tu ne me crois pas.

– Ta parole me suffit. Donne-moi tes affaires, je vais les mettre à la machine.

Mirabel soupira.

– Et puis, quand j'ai fini de nettoyer l'écurie, j'ai dû brosser les chevaux.

– Ça me paraît plutôt sympa, commentai-je.

– En fait, ça, c'était cool. Ils vont participer à un concours régional ce week-end, et Rachel veut qu'ils soient très beaux.

– Tu as pu voir les alpagas ?

– Oui. Ils sont vraiment mignons, mais super timides. Dès qu'on s'approche, ils s'enfuient.

– Ils doivent avoir besoin de s'habituer à toi. Peut-être que demain…

– Pas question que j'y retourne demain, décréta Mirabel.

– Ah bon ?, fis-je d'un ton désinvolte. C'est intéressant.

– Tu ne peux pas me forcer à y aller.

– Je sais, concédai-je en haussant les épaules. Mais je sais aussi que Rachel et Fred seront très déçus si tu n'y retournes pas.

Elle soupira puis monta l'escalier en tapant des pieds.

Chapitre 18

Le séjour

Sur le *mood board* : cheminée d'époque allumée, tapis couleur taupe, panier d'osier chargé de bûches. Canapé rouge confortable avec coussins. Fauteuil ancien. Rideaux rouge et or.

Jeudi 31 octobre

Je tripotai le thermostat dans la cuisine. Nous avions à peine allumé le chauffage depuis que nous avions investi dans une chaudière neuve, mais ce jour-là, nous en aurions besoin. Les haies et les arbres au-dehors s'ornaient d'une mince couche de givre, et les grêlons tambourinaient contre les vitres. En pyjama, robe de chambre et pantoufles fourrées, je grelottais dans la cuisine. J'entendis la chaudière démarrer et les tuyaux cliqueter, et mis la main sur le radiateur, impatiente de le sentir chauffer.

Mirabel arriva avec un de mes pulls sur sa chemise de nuit et ses leggings.

– Il fait un froid de canard dans cette maison.

– Je sais. Je viens de mettre le chauffage en marche. Du thé et des *crumpets* pour nous réchauffer ?

– Oui, s'il te plaît.

J'allumai la bouilloire et saisis une théière à pois blanche et bleue sur le vaisselier.

Vu son attitude de la veille, j'étais étonnée de la voir debout si tôt de son propre chef.

– Tu te réchaufferas vite avec les animaux, remarquai-je pour tâter le terrain.

– Sûrement.

– Donc, tu es d'accord pour retourner à la ferme ?

– Oui. De toute façon, il n'y a rien de plus intéressant à faire ici.

– Très bien. Je t'y déposerai dans une petite heure.

– En fait, tu crois que… Rachel m'a dit que je pourrais l'aider à préparer les chevaux pour le concours, samedi, si j'ai le temps avant mon vol. Tu veux bien ?

– Je pense qu'on se débrouillera, répondis-je en retenant mon sourire.

Après avoir déposé Mirabel à la ferme, je rentrai à la maison. Dans le séjour, Spencer, accroupi, fixait une longueur de plinthe au marteau.

– Salut !, dit-il en levant la tête vers moi. Ces plinthes se décollaient. Je me suis dit que j'allais les remettre en place.

– Merci. J'ai l'impression que ça n'en finira jamais. Dès qu'on a réparé quelque chose, on trouve autre chose qui tombe en morceaux.

– Je comprends. Mais j'adore les vieilles maisons, pas vous ? Je n'échangerais la mienne pour rien au monde.

– J'ai eu des moments de doute, mais je dois dire que je suis convertie maintenant.

Je jetai un coup d'œil dans l'entrée, au cas où j'aurais, on ne sait comment, manqué Callum.

– Euh… est-ce que…

– Callum est là ?, compléta Spencer.

– Oui, répondis-je en me lissant machinalement les cheveux. Je voulais lui parler de quelque chose.

– Il sera là dans une seconde. Il téléphone dans le jardin.

– Ah, très bien.

– C'est moi qui l'ai mis dehors. Ça finissait par me rendre malade, tout ce romantisme dégoulinant, expliqua-t-il en levant les yeux au ciel, souriant.

Le souffle me manqua.

– Romantisme ?

– Ne vous inquiétez pas, son travail n'en souffrira pas. Il faut plus qu'une nouvelle conquête pour déconcentrer Callum. Je dis nouvelle, mais en fait, je crois qu'il a déjà eu une histoire avec celle-là.

– Ah bon ?, m'enquis-je d'un ton que j'essayais de rendre désinvolte.

– Elle est espagnole. Je crois que c'est à cause d'elle qu'il veut aller là-bas.

L'Espagne. Évidemment. Le voyage dont il m'avait parlé. Celui qui, à mes yeux, démontrait son insouciance et sa spontanéité, son absence d'attaches.

– Bien sûr.

J'avais l'estomac noué. Évidemment, il y avait une femme dans la vie de Callum. Pourquoi avais-je supposé le contraire ?

Sentant une présence derrière moi, je me retournai et le vis, à la porte, téléphone encore en main.

– Vous ne prêtez pas l'oreille aux commérages de Spencer, j'espère ?, s'enquit-il avec un sourire.

Je m'excusai et m'empressai de quitter la pièce. Je montai dans ma chambre et m'assis sur le lit. Je me repassai les paroles de Spencer. Je me sentais ridicule. L'embarras monta lentement jusqu'à mes joues, qui se mirent à me brûler.

Et en même temps, je me sentais étrangement soulagée.

Tout ce temps, j'avais pensé qu'il pourrait se passer quelque chose entre Callum et moi. Je m'étais convaincue qu'il existait une alchimie entre nous, que l'attirance que j'éprouvais était réciproque. Et pourtant, tandis que je pensais à lui, il pensait à quelqu'un d'autre. Son projet en Espagne paraissait une échappée bohème, un symbole de la liberté dont ma vie ne contenait plus la moindre trace. Mais c'était un conte que je m'étais inventé. Son désir de voyager lui était inspiré par l'amour et la tendresse, tout comme ma vie.

Ou du moins, comme l'avait été ma vie. Ces derniers temps, ces priorités avaient dégringolé en bas de liste, sans que je réagisse. Dans ma quête du bonheur et de la maison parfaite, j'avais pratiquement négligé ce que j'avais déjà – l'amour entre Jack et moi. Je m'étais laissée imaginer ce qu'un autre homme pourrait m'offrir, la personne que je pourrais être si je n'étais pas une épouse, une propriétaire… ou, comme Jack semblait me voir, une future mère.

Je m'étais montrée froide et égoïste. Rien d'étonnant à ce qu'il se soit éloigné. Je ne pourrais lui en vouloir s'il choisissait de ne jamais revenir. Mais désormais, je savais ce dont j'avais besoin… et surtout, je désirais sa présence.

Était-il encore temps ? S'il existait une chance de sauver notre relation, je devais essayer. Et c'était à moi de faire le premier pas. J'ouvris mon ordinateur et commençai un e-mail :

Cher Jack,
Tu te souviens de notre relation, avant ? J'ai réfléchi, et j'aimerais vraiment la retrouver…

En fin d'après-midi, j'allai chercher Mirabel à la ferme.

– Elle a travaillé très dur aujourd'hui, déclara Rachel quand nous nous retrouvâmes tous dans la cour.

Mirabel promenait le bout de sa botte sur le sol.

– C'était assez sympa, admit-elle. J'ai beaucoup appris.

– On n'avait plus beaucoup de temps pour préparer les chevaux avant le concours, c'était super que tu viennes nous aider, Mirabel, reprit Rachel en l'entourant de son bras. Je crois que Dora et Brodie vont te regretter quand tu seras partie.

Mirabel leva les yeux et sourit.

– Mirabel m'a dit que le concours était pour samedi. Elle devrait avoir le temps d'y aller avec vous avant qu'on ne parte pour l'aéroport. Si ça vous convient ?

– Bien sûr, approuva Rachel. Ce sera sympa. Et puis, ce n'est que justice qu'elle puisse voir les chevaux concourir après tout ce qu'elle a fait ici.

– Génial, dit Mirabel. Vivement samedi.

– Très bien, dis-je en lui décochant un léger coup de coude. Je crois qu'il est temps qu'on rentre dîner, toutes les deux, tu ne crois pas ?

Elle fit oui de la tête.

– À demain, Rachel, dit-elle.

– À demain, et encore merci.

Rachel nous fit des signes de la main pendant que nous repartions.

– Alors, ça t'a plu ?, demandai-je.

– C'était pas mal, répondit-elle en dénouant sa queue-de-cheval pour passer les doigts dans ses cheveux. Demain, Rachel va revoir le programme avec moi pour que tout soit prêt samedi. Et puis elle m'a dit quelque chose aujourd'hui. Dora attend un petit. Elle va avoir un poulain.

– C'est formidable.

– Elle a promis de m'envoyer des photos, quand je serai rentrée en Irlande. Je voudrais bien être là quand il va naître. Tu crois que tu pourras m'envoyer une vidéo ?

– Bien sûr.

– Qu'est-ce qu'on mange ce soir ?

– Je pensais à une *shepherd's pie*. Ça te va ?

– Très bien. Je meurs de faim.

Nous écoutâmes Magic FM en rentrant, et chantâmes ensemble les morceaux qui passaient. Une fois à la maison, Mirabel monta se doucher.

Callum apparut dans l'entrée pendant que j'accrochais mon manteau.

– Salut. On vient de finir le séjour, avec Spencer. Je crois que vous aurez bientôt la maison tout à vous… enfin, Jack et vous.

Évidemment, il avait remarqué que mon mari, qu'il avait croisé quelques fois, n'était plus jamais à la maison.

– Génial !, m'exclamai-je d'un ton guilleret. Faites-moi voir. Je brûle d'impatience.

Et voilà, me dis-je. On y était. Le dernier jour de Callum à la maison.

Il me précéda dans la pièce. À côté de lui, je ne sentais plus la moindre trace d'alchimie entre nous – cette chose invisible qui semblait nous unir, alors que nous n'étions que des étrangers. Depuis que j'avais appris l'existence de son amie en Espagne, le lien que j'avais imaginé s'était évaporé. À trente ans, je m'étais entichée de lui comme une collégienne et désormais – Dieu merci – c'était fini.

– On a mis les lattes à nu, on les a poncées et cirées comme vous l'aviez demandé. Et les murs sont prêts pour le nouveau papier peint.

– C'est très bien, approuvai-je en inspectant la pièce.

Elle paraissait plus claire et plus grande sans sa vieille moquette. Je pouvais imaginer m'y blottir sur le canapé, le soir, ou y recevoir des invités.

– Je ne pourrais jamais assez vous remercier, Spencer et vous, pour tout ce que vous avez fait. Je vous ai payé tout ce que je vous devais, non ?

– Oui, tout est réglé, merci, répondit-il avec chaleur. On a vraiment aimé travailler ici, surtout dans le jardin. Tel qu'il est maintenant, il plairait beaucoup à ma grand-mère.

– Merci encore, dis-je en l'étreignant.

Au bout d'un instant, il s'écarta, et son regard gris-vert croisa le mien avec intensité.

L'espace d'une seconde, je me demandai si, peut-être, il existait quelque chose entre nous, finalement.

– J'ai le sentiment que vous serez très heureuse ici, Amelia.

*

Le samedi, sur le chemin de l'aéroport, Mirabel me racontait sa matinée.

– C'était incroyable de voir Dora gagner le concours, après m'en être occupée toute la semaine.

– Ça devait être génial.

– Rachel dit qu'elle a gagné parce que je l'avais très bien soignée.

– On dirait que tu es douée avec les animaux. Tu sais quoi ? Je parie qu'il existe des tas de formations en alternance que tu pourrais suivre en rapport avec les animaux. Tu crois que ça t'intéresserait ?

– Peut-être. Ce serait mieux que les trucs qu'on apprend au lycée, je parie.

– Je me renseignerai, promis-je. Je t'enverrai quelques liens.

– D'accord. Merci.

Je me garai dans le parking dépose-minute.

– Et voilà, on y est. Tu es prête ?

– Oui.

Nous nous dirigeâmes vers le hall des départs. Mirabel traînait sa valise à roulettes et je portais son bagage à main.

– Ça va aller, pour rentrer ?, m'inquiétai-je.

– Évidemment. Arrête de te faire du souci. Maman a déjà appelé pour me dire qu'elle viendrait me chercher à l'aéroport.

– Bon, très bien. Alors bon voyage. Sois sage.

– Merci de m'avoir accueillie, répondit-elle avec une révérence, en parodie de la jeune fille modèle que, nous le savions toutes les deux, elle n'était pas. Et de m'avoir fait travailler comme une esclave, ajouta-t-elle avec un sourire. Sérieusement, bonne chance pour la maison. Et dis bonjour à Jack de ma part. (Elle me toucha le bras, avec une gentillesse que je n'avais encore jamais vue chez elle.) J'espère qu'il reviendra bientôt.

J'inspirai à fond. Je ne voulais pas pleurer devant Mirabel. Pas maintenant. J'étais censée être forte.

– Reviens bientôt, l'invitai-je. Depuis peu, on a une chambre d'amis vraiment magnifique.

Elle me serra contre elle puis rassembla ses bagages.

– À bientôt, sœurette.

Elle s'éloigna sans un regard en arrière, en direction des guichets d'enregistrement. Elle paraissait bien plus adulte qu'à son arrivée.

Quand je revins, deux livreurs étaient là, avec le tapis couleur taupe pour le séjour. Lorsqu'ils l'eurent mis en place, la pièce sembla aussitôt différente, plus intime et chaleureuse.

J'apportai les derniers meubles stockés dans le garage, le petit bar et la console en noyer de mamie Nikki, le fauteuil que j'avais eu pour une bouchée de pain aux enchères sur eBay et, avec l'aide des livreurs, le canapé de notre ancien appartement.

Quand ils furent partis, je mis de la musique et recouvris le canapé du jeté rouge que j'avais cousu. En chantant, j'accrochai les rideaux assortis, disposai nos livres sur les étagères et nos bibelots sur les meubles et les appuis de fenêtres. Je pris notre photo de mariage devant le pont suspendu de Clifton, et la plaçai sur le manteau de la cheminée, bien au centre.

Je m'assis sur le canapé et regardai autour de moi. Le séjour était enfin terminé. Tout était en place.

Et pourtant, rien n'allait.

Chapitre 19

Le bureau

Sur le *mood board* : papier peint à motifs de pommes vertes sur fond crème pour rappeler la vue sur le jardin de devant. Nouvelle moquette taupe ou crème. Bureau en bois ancien et chaise assortie devant la fenêtre. Couleurs de nature : verts et bruns.

Samedi 30 novembre

Novembre avait apporté avec lui des gelées de plus en plus intenses, et chaque fois que je regardais par la fenêtre, il me semblait que le givre sur le chêne et les arbustes devenait plus épais et plus brillant. Ce matin-là, en me promenant dans le jardin avec une tasse de chocolat chaud, je me disais qu'il ferait une bonne publicité pour la vie à la campagne. Mais en même temps, j'avais l'impression de vivre une imposture. Notre idylle campagnarde n'appartenait plus qu'à moi.

Quand je rentrai, la maison était bien chaude, surtout grâce au poêle à bois dans la salle à manger. J'avais acheté un calendrier de l'Avent en prévision du mois à venir, et commencé à ramasser des feuillages persistants et du houx dans le jardin pour les décorations de Noël.

Les premières journées dorées de l'automne, quand Jack et moi nous étions installés dans la maison, quand tout était encore simple entre nous, me paraissaient bien loin. Désormais, il me semblait presque normal d'habiter là, seule.

La plus petite pièce à l'étage, celle avec la vue sur le pommier, nous servait plus ou moins de débarras depuis notre arrivée. Tous les meubles qui n'avaient pas trouvé leur place, les tableaux qui ne figuraient pas parmi nos préférés, les classeurs bourrés de papiers que nous ne savions où ranger, avaient atterri là, entassés, de sorte que la petite pièce reflétait, à échelle réduite, le chaos qui régnait dans toute la maison à notre arrivée.

Ce jour-là, j'avais le temps de m'y atteler. Je pris la décolleuse à vapeur et entrepris d'arracher le papier peint foncé – un motif chargé jauni de nicotine qui devait être là depuis l'enfance de David et son frère. En dessous, je trouvai un autre papier peint orné de boutons de rose. Près de la porte, je remarquai des dates et des traits de mesure au crayon. Les noms de David et Ewan étaient encore lisibles. Je fis courir mon doigt sur les marques. Il me semblait dommage de les recouvrir.

Les rouleaux de papier peint à pommes que j'avais achetés en solde au village s'entassaient dans un coin de la pièce. C'est ici que je mettrais ma machine à coudre – j'aurais tout l'espace qu'il me fallait pour fabriquer des coussins et même, maintenant, des vêtements. Dexter se mit à miauler à la porte et se frotta contre le montant.

Toutefois je n'aurais plus beaucoup de temps libre pour ce genre d'activité – désormais, j'assurais des remplacements et, avec un peu de chance, le rythme allait s'accélérer au début de la nouvelle année. J'avais récemment travaillé à Woodlands Secondary, et avais apprécié chaque minute passée là-bas. Les élèves étaient intelligents et enthousiastes, ils avaient lu tous les textes demandés, participaient de bon gré aux activités que je leur assignais et même, ils m'écoutaient sans que j'aie besoin de hurler quand je leur posais des questions. J'avais l'impression d'être dans un autre monde, je pouvais enfin mettre en pratique les techniques et programmes que j'avais appris à l'université, au lieu de devoir me contenter de maintenir la discipline. Certains de mes élèves de St Catherine me manquaient, mais le changement était rafraîchissant.

Charlotte Jacobs m'avait appelée en début de semaine pour me demander si je pourrais assurer d'autres remplacements en début d'année, et me confirmer qu'ils chercheraient un nouveau professeur de lettres pour le printemps.

– Votre CV est tout en haut de ma pile, déclara-t-elle au téléphone. À bientôt, j'espère, Amelia.

J'avais besoin de faire une pause, mais sans enseigner, j'avais l'impression qu'une part de moi disparaissait. Je brûlais d'impatience de reprendre le travail. Et puis, je réfléchissais à autre chose.

De ma fenêtre, j'apercevais la ferme de Rachel et Fred. En repensant au changement survenu chez Mirabel, je me demandais ce qui se passerait si je pouvais faire venir ici quelques-uns de mes anciens élèves de troisième : Trey, Paul, Shanice et les autres, qui ne pouvaient jamais sortir de la ville, même pour une journée. Me serait-il possible d'en faire venir quelques-uns ici pour leur faire découvrir un autre environnement ? La campagne m'avait permis de m'évader quand j'étais enfant, même si ce n'était qu'à travers des livres et des films. La vraie campagne pourrait peut-être faire encore mieux ? Peut-être que les élèves les moins troublés de Woodlands Secondary tireraient eux aussi profit d'un changement de quelques jours ?

Je posai la décolleuse et décidai d'aller à la ferme. J'avais quelque chose à demander à Rachel et Fred.

De retour à la maison, je m'assis sur la banquette sous la fenêtre de la chambre d'amis et appelai St Catherine.

– Lewis Garrett ?, m'enquis-je en entendant la voix masculine familière.

– C'est bien moi.

– Bonjour, Lewis, c'est Amelia. Amelia Grey.

– Bonjour, Amelia, je suis content de vous entendre.

– Oui, en fait, je ne pensais pas appeler, dis-je en riant. Tout va bien ?

– Oui. J'espère que vous savez combien nous vous regrettons.

– Merci.

– En fait, j'ai de bonnes nouvelles à vous transmettre.

– Ne me dites rien... Vous n'avez pas eu Paul Reilly en colle depuis mon départ ?

– Si, malheureusement. Toutes les semaines, comme autrefois. M. Kilfern n'a pas plus de succès avec lui. Mais Trey Donoghue est revenu en classe, et il semble s'être acheté une conduite.

– C'est formidable !, m'exclamai-je, emplie de joie en l'imaginant à son bureau près de la fenêtre.

– Mais en fait, la bonne nouvelle concerne Isabel Humphries. Je suis heureux de vous annoncer qu'elle se remet bien, très bien même. Elle est en rémission, et elle reviendra travailler avec nous au printemps.

Je souris. La chimiothérapie d'Isabel avait marché !

– C'est fantastique.

– Nous sommes tous ravis, dit Lewis. Elle a bien meilleure mine.

– Embrassez-la pour moi.

– Je n'y manquerai pas. Vous appeliez pour une raison précise ?

– En fait, j'ai eu une idée que je voulais vous soumettre. Une façon de donner un peu d'air aux élèves, surtout ceux qui n'ont guère l'occasion de sortir de la ville.

– Ah bon ?

– Il y a une ferme près de chez moi. Ça ne prendrait pas longtemps de faire venir quelques ados en autocar, peut-être une fois par trimestre. Ils pourraient y passer la journée, se changer les idées, découvrir autre chose. Les propriétaires se feraient un plaisir de leur expliquer ce qu'ils font, et s'ils donnent un coup de main, c'est encore mieux.

– Mmmm… L'idée me plaît assez, dit Lewis d'un ton pensif. Je vais en discuter avec d'autres professeurs et je vous rappelle. Mais *a priori*, je ne vois pas d'obstacle.

Je repris mon travail dans la pièce au pommier. À midi, les murs étaient prêts à recevoir leur nouveau papier peint, et j'avais lessivé le cadre de la fenêtre et les plinthes pour pouvoir les repeindre.

Je décidai de faire une pause et descendis à la cuisine me préparer quelque chose à manger. Je coupai un morceau de pain, pris du jambon, du beurre et de la salade verte dans le réfrigérateur. L'idée me vint que l'année suivante, nous pourrions avoir des légumes de notre propre potager. Ce serait bon de faire pousser des plantes.

En dehors de la salle à manger, la maison était presque entièrement rénovée.

Mon téléphone sonna.

– Bonjour, maman.

– Bonjour, ma chérie.

Je sentis aussitôt dans sa voix que quelque chose n'allait pas.

– Qu'est-ce qui se passe ?

– Je suis chez moi avec David et Callum. La voisine d'Eleanor nous a appelés pour dire qu'elle a disparu.

J'entendais Callum et son père discuter.

– C'est affreux, commentai-je.

– Oui. Quelque chose a dû l'effrayer. Apparemment, la voisine l'a vue sur la route en chemise de nuit il y a une heure. On a pris la voiture, mais on ne l'a pas trouvée. David a parlé à d'autres voisins, et l'un d'eux croyait l'avoir vue retourner vers la maison. Alors on a fait des allers et retours.

– Pauvre Eleanor, dis-je en pensant à la frêle vieille dame que j'avais aperçue dans la grand-rue depuis la pâtisserie de Sally.

Le froid hivernal s'était intensifié au cours des semaines écoulées et la météo prévoyait des gelées – ce n'était pas le temps idéal pour se promener aux abords du village en chemise de nuit, toute seule.

– Je peux faire quelque chose ?

– C'est pour ça que j'appelais, répondit ma mère. Il y a peu de chances, mais on se demandait si elle n'aurait pas pu revenir à Brambledown Cottage, sur pilote automatique. Tu sais comment font les chats ? Je ne veux pas la comparer à un chat, mais tu vois ce que je veux dire. Tu pourrais regarder un peu partout, pour qu'on puisse éliminer cette possibilité avant d'appeler la police ?

– Bien sûr. J'y vais tout de suite.

Je pensai à ma matinée de peinture. Pour aérer la maison, j'avais laissé la porte et les fenêtres du rez-de-chaussée ouvertes. Eleanor connaissait parfaitement les lieux, elle aurait pu entrer sans même que je m'en aperçoive.

– Mme McGuire !, appelai-je doucement.

J'ouvris la porte du cabinet de toilette, puis traversai l'entrée pour vérifier la salle à manger. La pièce n'était pas encore meublée, et il ne me fallut pas longtemps pour constater qu'elle était vide. Je ne la trouverais pas là.

Je montai l'escalier en continuant de l'appeler. Je mesurai combien il serait perturbant pour elle de revenir dans sa maison, et de tout trouver changé, les meubles de sa chambre disparus du séjour, toutes ses affaires évaporées.

Je jetai un coup d'œil dans chaque pièce, inquiète à l'idée de la laisser seule, perdue, plus longtemps que nécessaire – après sa marche depuis le bungalow, elle devait déjà souffrir du froid. Je vérifiai la pièce que je venais de peindre. Rien. La maison était vide.

Il restait une dernière possibilité. Je levai les yeux vers le grenier. Mais non, Callum m'avait dit qu'elle ne pouvait même plus monter l'escalier ces derniers temps.

Je descendis rappeler ma mère.

– Je suis désolée, j'ai fouillé la maison, mais je ne l'ai pas trouvée.

– Merci d'avoir cherché, ma chérie. C'était une idée comme ça. Et on espérait sans doute tous que ce soit la bonne, puisque ta maison est sûre et chauffée. Mais ce n'était qu'une intuition stupide.

– Ça valait la peine d'essayer. Dites-moi si je peux faire autre chose. Bonne chance.

Je raccrochai et regardai le sandwich que j'avais commencé à préparer. Ma faim avait disparu. J'émiettai le pain. Les oiseaux seraient contents de le trouver.

J'enfilai un épais gilet de laine et ouvris la porte de derrière. Une bourrasque glaciale s'engouffra dans la cuisine.

Je tirai les manches sur mes mains et balayai le jardin du regard. En déposant le pain sur la mangeoire à oiseaux, j'aperçus une tache blanche au loin, près du ruisseau. Elle disparut aussitôt. Je m'avançai sur l'allée empierrée vers le fond du jardin. Au bout de quelques pas, je repérai à nouveau la silhouette vêtue de blanc, et cette fois, je la distinguai clairement : une femme de l'âge d'Eleanor, aux cheveux blancs défaits, qui faisait les cent pas au bord du ruisseau.

– Mme McGuire ?

Elle paraissait perdue dans son monde et ne leva pas la tête. Mais c'était elle. Son visage, si semblable à ceux de son fils et de son petit-fils, était facilement identifiable.

– Mme McGuire.

Cette fois, elle tourna la tête vers moi et je vis un éclair de lucidité dans ses yeux verts. Elle avait reconnu son nom. Elle me sourit.

– Le jardin, murmura-t-elle à mon approche.

– Tenez, dis-je en ôtant mon gilet pour le lui tendre. Mettez ça, vous devez avoir froid.

Elle secoua la tête, puis enfila de mauvaise grâce ses bras dans les manches et serra le lainage autour d'elle.

– J'avais froid. Mais le jardin est joli à cette époque de l'année, dit-elle avec un léger sourire. Vous ne trouvez pas ? J'en ai toujours pris grand soin.

Je voyais maintenant qu'elle ne portait que des pantoufles aux pieds. Ses jambes pâles, où les veines apparaissaient sous la peau fine, viraient au bleu.

– C'est un très joli jardin. Magnifique. Si on rentrait ?, proposai-je en lui tendant la main.

– Non, s'obstina-t-elle. Je suis venue pour regarder le ruisseau.

J'offris à nouveau ma main, et elle parut avoir oublié pourquoi elle tenait à rester. Elle s'appuya sur moi pour marcher lentement vers la chaleur de la maison.

– Je vais vous faire une tasse de thé, promis-je. Avec des biscuits. Et ensuite, j'appellerai David pour qu'il vienne vous chercher. Tout le monde se fait du souci, vous savez. Votre famille tient beaucoup à vous.

– Bien trop, marmonna-t-elle. Je ne suis qu'une menteuse.

Dans la cuisine, ses yeux se posèrent sur le seul élément qui restait de son époque, la cuisinière en fonte. L'appareil familier parut la réconforter.

Je mis l'eau à chauffer, en remerciant le ciel qu'elle n'ait pas paniqué en voyant les changements opérés dans la pièce.

– Je vais appeler votre fils pour lui dire que vous allez bien.

– Si c'est nécessaire, répondit-elle en s'asseyant.

J'appelai ma mère et lui dis qu'Eleanor allait bien, qu'elle était à l'intérieur et se réchauffait. J'entendis la réaction de soulagement de David et Callum en arrière-plan.

– Vous êtes revenue au cottage, remarquai-je en posant devant elle une tasse de thé qu'elle examina d'un œil suspicieux.

– Je suis venue chercher ses affaires. Je dois les retrouver, insista-t-elle en prenant ma main et en me regardant droit dans les yeux. Vous savez.

– La boîte en fer ?, demandai-je prudemment.

– C'est là que je les ai mises, oui.

– D'accord.

J'allai verrouiller la porte de derrière.

– Promettez-moi de rester là, Eleanor. Et de boire votre thé. Et je vous l'apporterai.

– C'est vrai ?, s'écria-t-elle, le regard suppliant.

– Je reviens dans une minute.

Je sortis de la cuisine et montai dans ma chambre. Je retrouvai toute de suite la boîte, dont le métal bruni luisait sur l'armoire.

Je redescendis et la passai à Eleanor, qui n'avait pas bougé.

– Sarah, dit-elle en la prenant. Les affaires de Sarah.

Les larmes lui montèrent aux yeux. Elle ouvrit la boîte et en sortit la photographie de la petite fille. Ensuite elle prit le bonnet, appuya l'étoffe douce contre son visage, puis le serra contre sa poitrine.

Je m'assis face à elle, avec le sentiment d'être de trop en cet instant si intime.

– Est-ce que Sarah..., commençai-je.

– Je ne voulais pas qu'elle parte !, affirma-t-elle en me dévisageant comme si je l'accusais de quelque chose. On m'a forcée.

– Je sais.

Elle parut rassurée. Elle posa la photographie sur la table et releva les yeux vers moi.

– Je ne veux pas qu'ils sachent. C'est pour ça que je suis venue. Je ne veux pas qu'ils soient au courant. Mes garçons. Toutes ces années, je ne leur ai jamais parlé de Sarah. Ce serait trop. Trop de douleur, s'ils l'apprenaient maintenant.

Son regard était clair, elle semblait lucide. Ce n'était plus l'ombre apeurée que j'avais trouvée au bord du ruisseau un peu plus tôt.

– Qu'est-ce qui s'est passé ?, demandai-je avec douceur.

Ses yeux s'emplirent à nouveau de larmes, mais elle les essuya d'un geste brusque.

– C'était pendant la guerre. J'étais trop jeune pour comprendre ce que je faisais. J'aurais pu m'en sortir. Je le sais. Je la voulais tellement, ma petite fille.

Je repensai à ma conversation avec David. Les pièces du puzzle commençaient à former une image.

– Vous l'avez abandonnée ?, m'enquis-je avec toute la douceur que je pus rassembler.

– Je ne voulais pas. Mais j'y ai été obligée, vous comprenez. Ma mère disait que ce n'était pas possible. Même si je pouvais m'en sortir, elle disait que les gens me jugeraient mal. Ce n'était pas quelque chose qu'on pouvait cacher. J'étais encore une enfant quand j'ai rencontré Alfie. C'était mon premier bal au village. Il m'a ensorcelée. Littéralement. J'avais économisé pendant des semaines pour cette robe, elle était vert émeraude, et ma sœur Marie m'avait aidée à me coiffer. Normalement, mes parents ne nous auraient jamais laissées y aller sans surveillance, mais le bal était organisé par l'église et ils ne voyaient pas où était le mal. J'ai dansé avec Alfie toute la soirée. Il n'était pas d'ici, seulement de passage. Il ne m'a jamais dit son métier, et en vérité, je ne le lui ai pas demandé. Ça paraissait sans importance. On a eu un déclic, vous comprenez, on riait, on plaisantait, on ne parlait pas vraiment de sujets sérieux. Alfie a demandé à me revoir le dimanche suivant, pour aller au cinéma. Jamais un homme ne m'avait invitée auparavant. Ça me semblait mal de mentir à mes parents, mais Marie a dit que je ne devais pas laisser passer ma chance. Évidemment, elle avait vu Alfie, et elle était aussi séduite par ses yeux sombres et ses cheveux bruns que moi. Son sourire, et ses magnifiques fossettes… Je ne suis pas une mauvaise fille, vous savez.

– Je n'ai jamais pensé ça, assurai-je.

– Mais je me suis laissée ensorceler. Je n'ai pas pensé une seconde qu'il pouvait être marié. Il ne portait pas d'alliance, et bien sûr, presque personne ne le connaissait au village. Il avait une maison dans le centre. Je ne sais pas si elle était à lui ou à un ami. Deux mois plus tard, j'ai compris ce qui s'était passé.

– Vous le lui avez dit ?

– Oui, je croyais qu'il serait heureux. Vous savez quoi ? Je crois qu'un instant, il l'a été. Il m'a dit qu'il voulait le bébé, Sarah. Qu'on trouverait une solution.

– Il ne vous a pas dit qu'il était marié ?

– Non. Mais un ami de mon père nous a vus ensemble – c'était inévitable, nous n'étions pas aussi prudents qu'il aurait fallu. Et mes parents ont commencé à poser des questions à son sujet. Ils ont découvert ce que je n'avais pas envie de savoir, ou de croire. Ce dimanche-là a été le pire de toute ma vie. Mes parents m'ont dit que je ne devais plus jamais voir Alfie. Je l'ai rencontré une dernière fois, il est venu à la fenêtre de ma chambre pour qu'on discute. Il m'a dit qu'il regrettait de m'avoir menti, qu'il allait quitter sa femme. J'étais peut-être naïve, mais je l'aurais suivi. Seulement je savais que mes parents ne me pardonneraient jamais. C'est la dernière fois que je l'ai vu. Il m'a laissé son adresse.

– Et ensuite ?

– C'est ma mère qui a remarqué que je commençais à m'arrondir. Elle était horrifiée, naturellement. Elle n'a pas osé en parler à mon père. Il est allé dans la tombe sans rien savoir. C'était probablement mieux. Elle m'a envoyée chez une tante à Plymouth, et j'ai eu le bébé là-bas.

– Vous avez dit à Alfie ce qui s'était passé ?

– Je lui ai écrit. J'espérais qu'il me dirait que je ne pouvais pas abandonner le bébé. Que je n'étais pas obligée de leur obéir. Mais je n'ai jamais reçu de réponse. Ça m'a brisé le cœur. Je ne suis pas sûre de m'en être remise.

– Mais vous avez eu vos fils…

– Et je n'aurais pas pu les aimer davantage. Mais il m'a toujours manqué une partie de moi. Encore maintenant. La douleur de l'abandonner… ma première née. Je ne l'oublierai jamais.

Sous les cheveux blancs et la peau ridée, j'entraperçus l'Eleanor adolescente, seule et terrifiée, sans autre choix que d'obéir à sa mère.

– Je suis désolée. Vous n'avez jamais…

– Je ne l'ai jamais revue. Et les garçons… ils ne sont pas au courant. Je ne veux pas qu'ils l'apprennent, qu'ils croient que j'ai abandonné leur sœur de mon plein gré, que je n'ai pas de cœur. Vous allez m'aider, n'est-ce pas ?, pria-t-elle en désignant la boîte.

Pouvais-je réellement l'aider à dissimuler la vérité à David et son frère ?

– Je vous en prie.

Cette femme s'accrochait aux bribes du monde qu'elle connaissait, tentait de garder le contrôle. Je devais l'aider, avant qu'elle ne perde pied complètement.

– Que voulez-vous faire ?

– Le jardin, répondit-elle, en regardant par la fenêtre de la cuisine l'étendue herbeuse. David et Ewan ont eu une enfance merveilleuse dans ce jardin. Callum et Alice aussi. Ils jouaient toujours dehors, l'été, au grand air.

– C'est un jardin parfait pour les enfants.

– Sarah n'a pas eu la possibilité d'en profiter. Ils me l'ont prise. Ils l'ont emmenée en Cornouailles, je crois.

– Vous voudriez mettre ses affaires dans le jardin ?

– Près du ruisseau, décréta-t-elle. Pour qu'elle soit au bord de l'eau.

– On y va maintenant ?, proposai-je. David est en route, et je sais que vous voulez avoir fini avant qu'il n'arrive.

– Oui.

Je la convainquis d'enfiler mon duffel-coat et un chapeau, ainsi que des chaussures, pour qu'elle ait plus chaud.

Nous prîmes la boîte et descendîmes au fond du jardin. Je m'arrêtai devant l'appentis pour prendre un déplantoir.

– Là ?, suggérai-je en désignant un endroit au bord de l'eau.

Eleanor regarda attentivement autour d'elle, comme si elle tentait de se rappeler quelque chose.

– Près de l'arbre, décida-t-elle en désignant le chêne tortueux à quelques pas de nous. Je la suivis et, quand elle s'arrêta, je me penchai pour creuser un trou dans le sol meuble et humide. Elle me regarda enlever la boue avec mon déplantoir jusqu'à obtenir un trou de la taille voulue, d'une trentaine de centimètres de profondeur.

Elle me passa la boîte et je la déposai au fond du trou.

– Je t'aime, Sarah, dit-elle doucement. Je t'aimerai toujours.

Je pris sa main et cette fois, elle serra la mienne.

Je comblai le trou. Les traces de notre passage étaient presque invisibles.

J'entendis au loin la sonnette de la porte.

– Ce doit être David et Callum qui viennent vous chercher.

– Bon, alors il est temps d'y aller, murmura-t-elle comme si elle ne savait plus très bien ce que nous faisions près du ruisseau.

– Maman !, soupira David quand j'ouvris la porte, en voyant Eleanor près de moi.

La tension disparut aussitôt de son front. Il la serra contre lui. La frêle vieille dame paraissait encore plus fragile dans ses bras puissants.

– On s'est fait tellement de souci.

Callum leva la tête. Le soulagement apparaissait clairement sur son visage souriant.

– Merci mon Dieu. Enfin, merci, Amelia. On devenait fou.

– Contente d'avoir pu vous aider. J'ai failli ne pas la voir, elle était tout au fond du jardin.

– Dans le jardin, mamie ?, se récria Callum. En chemise de nuit ? Tu aurais pu attraper une pneumonie.

Il secoua la tête.

– Je suis plus solide que tu crois, riposta Eleanor. Et je ne vais pas me laisser dicter ma conduite par toi ou tes semblables, Callum.

En l'entendant prononcer le nom de son petit-fils, tout à fait lucide, nous nous tûmes tous. Les yeux de David brillaient de larmes. Callum posa doucement une main discrète sur l'épaule de son père.

– Je suis revenue parce que j'avais laissé quelque chose ici. Et cette dame m'a aidée à le trouver.

Callum se tourna vers moi, dans l'attente d'une explication. Je haussai les épaules comme s'il n'y avait rien à dire.

– Je ne me rappelle plus ce que c'était, poursuivit la vieille dame. Mais c'était agréable de revoir le ruisseau.

– Papa, je vais appeler la police pour arrêter les recherches, annonça Callum. Tu veux bien faire monter mamie dans la voiture ?

– Je monterai toute seule, merci bien, décréta Eleanor en serrant autour d'elle le gilet que je lui avais prêté. J'en ai assez que vous me donniez tous des ordres.

– Prenez soin de vous, conseillai-je.

Elle soutint mon regard un moment, puis détourna les yeux.

– J'aime bien cette maison, observa-t-elle.

Malgré le papier peint enlevé et les vieilles moquettes arrachées, les nouveaux éléments de cuisine et les radiateurs remplacés, c'était toujours la maison qu'elle connaissait. Elle semblait s'y sentir chez elle.

– Eleanor, j'ai quelque chose qui vous appartient. Attendez une minute.

J'allai dans le cabinet de toilette et saisis le médaillon posé sur le rebord du lavabo. En revenant, je le mis dans sa main. Elle referma les doigts sur le bijou.

– Merci, mon petit.

Je crus voir passer un souvenir dans son regard.

Elle s'éloigna avec ma mère tandis que Callum parlait au téléphone avec la police. Je saisis le coude de David qui s'apprêtait à sortir.

– Je viens juste d'y penser, commençai-je. Voudriez-vous venir pour Noël avec votre famille ? Eleanor semble se sentir à l'aise ici et maintenant, vous êtes des nôtres, Callum et vous.

Il sourit.

– Merci. Je crois que nous en serions tous ravis.

Il me sembla entendre la voiture démarrer et s'éloigner, mais une ou deux minutes plus tard, j'entendis sonner à la porte. *Maman*, me dis-je. *Elle a dû oublier quelque chose.*

Quand je vis qui se tenait là, je crus que mon cœur cessait de battre. Ce visage. L'être auprès de qui je me sentais complète. L'homme dont je sus, immédiatement, qu'il était mon chez-moi.

– Salut, Amelia.

– Entre, Jack.

J'aurais sans doute dû savoir qu'il reviendrait à un moment ou un autre, que nous parlerions à nouveau. Mais l'avoir là, si près, après six semaines de séparation, fit remonter toutes mes émotions.

Je voulais qu'il revienne, et pourtant, maintenant qu'il était là, je ne savais que dire. Comment défaire ce que j'avais fait, arranger les choses entre nous ?

Je l'entraînai vers le séjour et nous nous assîmes dans notre vieux canapé.

– Ça a bien changé ici, remarqua-t-il en souriant.

– Oui, tout a changé, sauf ça, dis-je en passant la main sur le tissu usé.

Nous n'avions pas les moyens de le changer, mais peu m'importait. C'était un souvenir d'Addison Road, d'où nous venions.

– Tu m'as manqué, dit-il.

– Toi aussi, tu m'as manqué.

Sa main caressa doucement ma joue, s'attarda sur les larmes que je n'avais pu retenir.

– Alors, qu'est-ce qu'on fait maintenant ?, demandai-je.

– Je ne sais pas. Mais je sais que je ne peux pas vivre sans toi, Amelia. J'ai besoin d'être avec toi. Je t'aime.

Je repensai aux mois écoulés – le tumulte du déménagement, nos désaccords sur notre avenir, mes doutes sur Jack – et sur moi-même. Quelque part dans tout ça, l'intimité d'être nous, tout simplement, Jack et Amelia, s'était perdue. Autrefois, nous ne désirions que du temps pour être ensemble – et c'est ce que je désirais à nouveau.

– Moi aussi je t'aime. Et je suis désolée. Pour tout. Pour ne pas t'avoir donné – nous avoir donné – la priorité.

– Tu n'es pas la seule. J'avais promis de t'aider pour la maison, et quand le moment est venu, tu as presque tout fait toute seule. Je n'avais jamais pensé que le travail prendrait le dessus comme ça.

– Tu l'as eu ? Le financement ?

– Les investisseurs ont adoré. On commence le projet en début d'année.

– Félicitations.

– Merci. Pour être franc, je n'ai pas vraiment pu savourer la victoire jusqu'à présent, vu la situation.

– C'était comment, d'être à Londres ?

– Tu veux la vérité ? Je crois que mes jours de bohème sur canapé sont derrière moi.

– Tu n'as jamais eu envie de rentrer à la maison ?

– Tu plaisantes ? J'en rêvais en permanence. Mais je ne voulais pas faire comme s'il ne s'était rien passé. Et je ne le veux toujours pas. On avait besoin tous les deux de réfléchir.

– Je me sentais assez seule ici, avouai-je. Tes blagues idiotes me manquaient. Et ta façon de me réveiller le matin d'un baiser.

– Tout me manquait chez toi, même ton obsession pour les accessoires de salle de bains. Même ton pyjama, figure-toi !

– Je savais bien que tu l'aimais, dans le fond.

Il tendit la main et suivit doucement ma mâchoire. Ses doigts s'arrêtèrent sur ma bouche.

Je posai la main sur son bras. Ce contact. Il m'avait tellement manqué.

– Amelia, tu crois qu'on a encore une chance d'être ensemble ?

– Je suis prête à tenter le coup si tu l'es aussi.

Chapitre 20

Faire d'une maison son foyer

Lundi 2 décembre

– Des châtaignes ?, proposa Jack en m'en tendant une assiette qu'il venait de faire griller.

Le feu crépitait devant nous. J'en pris une et brisai l'enveloppe dure pour révéler la chair pâle à l'intérieur. J'y mordis avidement. Dehors, il neigeait.

Sally et son mari Dan venaient de partir. Nous les avions invités à dîner, et avions fini la soirée en buvant du vin dans le séjour.

On avait réussi. Les poutres apparentes, les fenêtres propres, les tapis qui faisaient de cette pièce la plus chaleureuse de la maison, celle où nous aimions passer le plus de temps. Mais surtout, Jack était là de nouveau.

Un sapin de Noël se dressait dans un coin. Son sommet, qui touchait presque le plafond, s'ornait d'un ange minuscule.

– On est vraiment chez nous maintenant, non ?, remarqua Jack en se tournant vers moi, le visage coloré par les flammes.

– Oui. Enfin presque.

Il me dévisagea.

– Tu crois qu'on doit encore faire des travaux ici ? Je croyais que tu disais qu'on en avait enfin terminé. Dis-moi que tu n'envisages que quelques retouches dans la salle à manger !

Je haussai les épaules et lui souris. Ces dernières semaines, quelque chose en moi avait changé. Peut-être parce qu'après tous les hauts et les bas de cette année, je me sentais plus proche de Jack, et plus amoureuse de lui que jamais. Peut-être parce que j'avais enfin compris ce que ma mère avait enduré pour m'élever, et m'étais rendu compte qu'elle avait eu un comportement exemplaire. Ou peut-être était-ce parce que j'avais vu Eleanor, entraperçu la souffrance qui perdurait en elle de n'avoir pu être une mère pour tous les enfants qu'elle avait mis au monde. Mes idées n'étaient plus si arrêtées. Je n'avais plus besoin que Jack et moi restions exactement comme nous étions. Je n'avais plus peur du changement. Plutôt qu'un projet tirant à sa fin, la maison semblait désormais le début de quelque chose pour nous deux.

– On a une chambre en plus à l'étage, et finalement, je ne suis pas sûre qu'on ait besoin d'un bureau. Et le jardin. Maintenant, il paraît trop beau pour ne pas être partagé.

– Qu'est-ce que tu veux dire ?, demanda-t-il en plissant les yeux.

– La chambre à l'étage, celle qui donne sur le pommier.

Un instant, j'imaginais ce que serait la maison. Pleine de rires et de désordre, et de boue. Et après tout, l'image n'était pas si effrayante.

– Elle ferait une ravissante chambre d'enfant, tu ne crois pas ?

Jack prit ma main et la serra très fort, tandis qu'un large sourire se peignait sur son visage.

– Tu es sûre d'être prête ? On peut attendre, si tu veux.

– Rien ne peut être plus dur que de finir cette maison.

– Tu veux parier ?

– Je suis prête à relever le défi.

Jack me prit dans ses bras et m'embrassa. Dans ce baiser, je sentis le mélange de notre passé et notre présent, et un aperçu – juste un aperçu – de notre avenir.

Chapitre 21

La salle à manger

Sur le *mood board* : grande table en chêne de chez *Heal*, chaises en bois, branchages entremêlés de guirlandes électriques, cheminée avec cartes de vœux disposées sur le manteau. Tapis persan au sol, rideaux rouge foncé, branches de gui.

Mercredi 25 décembre

La salle à manger était la dernière pièce de la maison que nous avions rénovée. Jack et moi l'avions achevée avec l'aide de maman. À nous deux, nous avions décollé les carreaux verts de style années 1970 qui recouvraient la cheminée pour révéler la brique d'origine en dessous. J'avais cousu les rideaux rouges et retapissé la banquette sous la fenêtre. Jack avait posé sur les murs un papier peint crème et rouge assorti aux tissus.

Mais c'est ma mère qui s'était rendu compte, quinze jours avant Noël, que nous n'avions encore ni table ni chaises, en dehors des meubles de cuisine bon marché apportés d'Addison Road. Elle nous fit la surprise de nous acheter une magnifique table en chêne chez *Heal*, avec les chaises assorties, dont elle savait que Jack et moi étions tombés amoureux. C'était un cadeau de Noël très généreux, et ce jour-là, nous en faisions bon usage.

Eleanor était assise en tête de table, près du feu qui conférait à la pièce la température d'un four. David se tenait à sa gauche, en face de ma mère. Puis venaient Jack et moi, avec Sunita, Nico et la petite Bella de l'autre côté. Une drôle d'assemblée, c'est vrai. Mais pour moi, c'était la famille idéale.

Au centre de la table, les chandeliers étaient décorés de houx et de feuillages du jardin. Des bougies rouges dispensaient une lumière chaleureuse. D'autres branchettes parsemaient la table.

Ma mère me passa un plat où s'empilaient les friands à la saucisse, en souriant.

– Mamie Nikki serait contente de te voir en servir. C'était son plat préféré.

– L'essentiel du repas vient de ses recettes, répondis-je en regardant la dinde et les pommes de terre rôties.

– Maman était bonne cuisinière, dit-elle à David. Elle nous a appris une ou deux choses à tous.

– J'en veux bien encore, s'il vous plaît !, appela Eleanor en tapant de sa fourchette contre son assiette.

Près de son fils, dans la maison qui avait été la sienne, elle ne ressemblait guère à la femme que j'avais trouvée perdue au fond du jardin, la peau translucide et les yeux vides, à la dérive. Ce jour-là, elle portait un élégant corsage rouge. Ses cheveux étaient bien coiffés et ses joues se teintaient de rose.

– C'est délicieux, déclara-t-elle.

– Apparemment, aujourd'hui, elle est dans un bon jour, me glissa David en souriant. La maison est magnifique. Je crois que ça lui a remonté le moral.

Mon père m'avait appelé dans la matinée pour me souhaiter un joyeux Noël, et me prévenir qu'il avait remboursé notre prêt en totalité. Il était trop tard pour que l'argent serve à la maison, mais désormais, nous avions une autre idée en tête. Il nous avait invités, Jack et moi, à venir passer le Nouvel An avec lui, et cette fois j'avais accepté.

Mirabel lui avait arraché le téléphone pour me parler du programme auquel elle s'était inscrite, une formation au métier d'éleveur à la fois pratique et théorique. Elle comptait accumuler les expériences dans des fermes au début de l'année suivante pour commencer les cours en septembre.

Callum n'était pas là – début décembre, il avait pris la route de l'Espagne. Mais il avait laissé des présents pour tous sous le sapin, et promis de revenir l'été suivant pour prendre des nouvelles du jardin.

– On pourra peut-être reparler du pavillon d'été, avait-il commenté.

Avec le poste permanent que j'avais décroché à Woodlands Secondary à partir du printemps, nous pourrions peut-être nous l'offrir l'année suivante.

Quant à Carly et Alex, ma page Facebook était remplie de photos d'eux prenant le soleil sur la plage de Bondi et mangeant des huîtres au marché aux poissons de Sydney. Carly paraissait bronzée et heureuse, aux côtés d'un Alex détendu en maillot de bain. Ils avaient l'air d'être ensemble depuis toujours.

Bella gargouilla sur les genoux de Sunita.

– Je crois qu'elle apprécie son premier Noël, remarqua Nico en chatouillant sa fille sous le menton. J'espère que l'année prochaine, elle pourra manger un peu plus.

– Elle adore les guirlandes électriques, ajouta Sunita. Elle les dévore des yeux depuis une éternité.

– Vous avez bien bossé, constata Nico.

– Oui, je crois, acquiesçai-je.

Jack croisa mon regard et sourit.

– Maintenant, on se sent chez nous.

Je pensai à nos projets, et compris que c'était enfin vrai.

Remerciements

Comme toujours, merci à mon éditrice de génie, Jo, dont la créativité, le talent et les encouragements amicaux ont été essentiels, dès le tout début, à la naissance de ce roman, et à mon agent Caroline Hardman, pour son soutien pratique, son œil critique et son inaltérable sens de l'humour.

À l'équipe de chez Quercus : Kathryn Taussig pour son efficacité et son talent de correctrice, Georgina Difford qui sait si bien jongler avec les emplois du temps, Caroline Butler pour ses inépuisables bonnes idées en matière de marketing, et Alice Hill, mon attachée de presse, pour son dévouement et son énergie. Merci aussi à Mark Thwaite, David North, Daniel Fraser – et à Jenny Richards qui a conçu une fois encore une magnifique couverture.

À mes amis et ma famille, en particulier à celles qui ont partagé avec moi leurs expériences de rénovations : Donna, Tracey, Sophie et Vicki. Ce roman n'est pas basé sur leurs histoires vraies, mais leur résilience face aux tuyaux crevés, escaliers disparus et murs croulants, m'a malgré tout inspirée.

Je suis reconnaissante à mon compagnon, James, pour m'avoir soutenue à chaque étape, en particulier à l'approche des dates butoir, et parce qu'il me fait toujours rire. James, j'attends avec impatience (et un tout petit peu d'angoisse) le jour où nous retaperons notre propre maison.

Abby Clements
Les divines glaces à l'italienne d'Anna
EDITIONS PRISMA

Dépôt légal : octobre 2016 – N° d'impression : 1605.0440
Achevé d'imprimer en France par Aubin Imprimeur